JN304469

あなたに逢えてよかった

新堂冬樹

角川文庫
16092

目次

プロローグ　五
第一章　二七
第二章　一四六
第三章　一九一
第四章　三一二
第五章　三四四
第六章　三六〇
エピローグ　四〇九
解説　中辻理夫　四三四

プロローグ

おいしい紅茶を、飲みに行きませんか?

忘れもしない。それが、初めて彼が私をデートらしきものに誘ってくれたときのセリフだった。

私は彼の誘いの言葉を聞いた瞬間、大きく眼を見開き、そして数秒後には噴き出していた。だって、私の勤め先……「ブローニュ」は紅茶専門店だったのだから。

私が、あの記念すべき日の出来事を、らしきもの、と言うのには理由があった。というのも、そのときのふたりは顔こそよく合わせていたものの、会話らしき言葉を交わしたことがなかったから。

恋人関係と呼べるような間柄ではなかったし、親戚《しんせき》でも友人でも幼馴染《おさななじ》みでも……もちろん、いまいち仲のよくない兄妹《きょうだい》でもない。

敢《あ》えて、そのときの関係を言葉で表現するのなら、互いに好意を抱いた(少なくとも私はそうだった)顔見知り。それが一番しっくりくる。

あの頃は、瞳《ひとみ》に映るもの……耳に入るもののすべてが私の心を弾ませた。

私は、クロゼットの奥から思い出帳を取り出した。桜の絵が描かれた薄桃色の表紙には、うっすらと埃《ほこり》が積もっている。

この思い出帳を手にするのは、約半年振りのこと。

私は、クッションタイプのソファに座り、ティーポットからウェッジウッドのカップに紅茶を注いだ。

あの日以来、この紅茶を飲むのは初めてだった。

匂い立つキャンディティーの甘い香りとともに、これまで眼を逸《そ》らしていた記憶の扉がゆっくりと開いた。

3月20日　土曜日　☀今日も晴れだよ

彼が初めてお店にきたのは二週間前、私が自由《じゆう》が丘《おか》の「ブローニュ」で働き始めて三ヵ月目……麗《うら》らかな春の陽射しが心地好《よ》い、お花見シーズン間近の三月の第一日曜日。

その日は、ポカポカ気分のせいなのか、いつも閑古鳥の鳴いているお店にしては珍しく、開店してすぐに何組ものカップルが店内を占領？　していた。

紅茶専門店の宿命で、来店客は女性客かカップルが多く、窓際の奥の席で物静かにファイルを開く彼の存在は、バラ園に一本だけ咲くひまわりのように異彩を放っていた。

私は、幸せそうに語らうカップルにせっせと紅茶やらシフォンケーキやらを運びながら、彼の注文をはやく取らなきゃ、と内心焦っていた。

自由が丘といっても、駅から離れた住宅街の外れにある「ブローニュ」は、十七年前の新装オープン以来、八卓のテーブルが三分の一以上埋まったことはないという不名誉な記録を誇っていた。

だから、従業員は私ひとり。なのに、その日ときたら、八卓全部に待ち人がいるからてんてこまいの忙しさ。

いままで二羽しか口を開けていなかった燕《つばめ》の子が、ある日突然に十数羽に増えていて、お母さん燕もおおわらわ……つまり、そんな感じ。

ようやく彼の席に注文を取りに行けたのは、十分くらい経ってから。

私の数少ない経験で得たお客さんの堪忍袋の緒は、五分を過ぎれば、プチン、と音を立てて切れて、いつまで待たせるのよ、と怒られるのはまだいいほうで、鬼のような顔で立ち去ってしまう人もいる。

私は、お昼寝中の猫に近づくリス（彼は猫のように気ままでも、私はリスのように小柄でもないけど）のように、怖々《おずおず》と彼に近づいた。

あの、ごめんなさい。こんなに長くお待たせしちゃって……。

彼がファイルから顔を上げ、癇癪《かんしゃく》を起こした猿みたいに恐ろしくまっ赤になっているだろう私に優しい眼差《まなざ》しを向けた。

冷や汗はたらたら、心臓はばくばく。とっても親切な人が彼のテーブルの脇に佇《たたず》む私をみたら、きっと、携帯電話を取り出して一一九を押したと思う。

つまり……そのくらい、私はパニックになっていたの。

え？　ああ……僕、読み物に夢中になっていたから。気にしないでください。

彼はのんびりとした口調で言うと、眼差しと同じに優しく微笑んだ。

もしも、タイムスリップした江戸時代のお侍さんが携帯電話や飛行機をみたら、そのときの私と同じような顔をすると思う。

だって、普通の人は三分で険しい顔になって、五分で、まだですか？　と不機嫌そうな声を出し、それ以上になると……考えただけで、恐ろしい。

でも、当然だよね。私だってそんなに待たされたら、なに？　この店？　ってなっちゃうと思うから。

だけど、彼は怒らなかった。それどころか、あの癒《いや》しスマイルで焦りまくる私を気遣ってくれた。

私の単純明快な思考回路に、彼の存在がしっかりとインプットされた。

彼がキャンディのストレートティーを注文したのも、私の気を惹《ひ》く材料のひとつだった。

キャンディティーは、紅茶の中で私が一番好きな銘柄。

紅茶のシャンパンと言われるダージリンや、アールグレイで有名なキーマンよりも格落ちの印象だけれど、息を呑《の》むような美しいルビー色の水色《すいしょく》に私は魅せられた。

もちろん、水色だけがキャンディの魅力じゃない。

ミルクティー、フレバーティー、アイスティー……癖がなく口当たりのいいキャンディティーは、いろんなバリエーションで愉《たの》しめる。

キャンディティーを飲みながら静かにファイルを眺める彼の周囲の空気は、そこだけ日溜《ひだま》りができたようにポカポカとしていた。

その日、三十分くらいして彼は帰った。

次の日も、彼は同じ時間に現れ、同じ席につき、同じようにキャンディのストレートティーを飲みながら物静かにファイルに視線を落としていた。

「ブローニュ」を訪れた彼の行動パターンは、何度も繰り返されたビデオの再生フィルムをみているようだった。

いつの間にか、彼の来店を心待ちにしている私がいた。

彼が十時を過ぎても姿をみせない日には、いつもより時間をかけて店先の掃き掃除や窓拭《まどふ》きをしながら、道行く人々に視線を巡らせた。

チリリン、とドアベルが鳴るたびに、私は、スーパーの前で待たされている犬のようにオフホワイトのドアに顔を向けた。

彼じゃない人を視界に捉《とら》えるたびに、小さなため息を吐《つ》いた。

そんな繰り返しを続けているうちに、彼の来店パターンが読めてきた。

彼が「ブローニュ」を訪れるのは、日、月、水、金の四日間。私は、彼が来店する曜日の朝になると、そわそわどきどきと落ち着かなくなり、鏡を覗《のぞ》き込んでいる時間が長くなった。

私は、もしかして、名前も、年も、仕事も、住所も、星座も、血液型も……それから、どんな女のコがタイプなのかも全然知らない男性に恋をしたのかもしれない。

星座からあとは、普通、知らないか。

でも、彼はなにをやっている人だろう？

平日の十時頃にカジュアルな服装でくるからサラリーマンじゃないし、いつもファイルを開いているから学生かと思ったけど、ちょっと年が上のような気もするし……もしかして、何浪かした大学生？　それとも、売れない小説家？

そんなわけないか。

よし！　明日は日曜日。彼がくる日だ。

いらっしゃいませ、ご注文はお決まりでしょうか？　ありがとうございました、以外に、思いきって話しかけるぞ！

彼のことを考えてたら、テンションが上がり過ぎて疲れちゃったから、今夜は寝よう。

じゃあ、また、思い出帳を書くときまでさようなら。

3月23日　火曜日　☀またまた晴れだよ

僕は、思い出を預かる仕事をしているんです。

「お仕事はなにをなさっているのですか？」という私の質問（その質問をすると決めてから、

彼の代わりを務めてくれた「くまのプーさん」の特大のぬいぐるみとクジラの抱き枕に感謝）にたいしての、それが答えだった。

そう、一昨日《おととい》の日曜日、私は、ついに彼に話しかけることに成功した。

質問をしてから返答がくるまでの僅《わず》か一、二秒間に、私の寿命は十年は縮んだと思う。大袈裟《おおげさ》じゃないって。本当に、それくらい、心臓がばくばくと音を立てていたんだから。


思い出を預かる仕事って……写真屋さん？


私の数多い短所のうち、一番短所らしくないようにみえて、じつは一番厄介なのが、他人《ひと》の言葉をそのまま受け取ってしまうこと。

素直。疑うことを知らない。無垢《むく》。

無理やり美化して考えれば長所と言えなくもないけれど、少なくとも私は、この性格でかなり大変な思いをしている。

たとえば、小学生の頃に、雷様が鳴ったらお臍《へそ》を取られてしまうんだよ、と、お祖父《じい》ちゃんに言われて、ゴロゴロと空が鳴る夜に一晩中お腹を掌《てのひら》で押さえていたことがあったり、しゃっくりを百回したらお髭《ひげ》が生えてくるんだよ、と、またまたお祖父ちゃんに言われたら、急にしゃっくりが出て、五十回を超えたあたりから半べそ顔で鏡を覗き込んでいたこともあった。

もちろん、お臍もなくならなかったしお髭も生えてこなかった。

ずっとあとになって、そのことをお祖父ちゃんに訊《たず》ねたことがあって、「なっちゃん、わしの言うことを信じていたのかね？」と顔中に刻まれた深い皺《しわ》をみて、私は、悪戯《いたずら》好きの祖父が単純な孫をからかっていたのだと初めて知った。

　大人になってからも、私の特異な性格は直らなかった。

新宿や渋谷《しぶや》を歩いているときに声をかけてくる男の人の言葉に乗せられて（アンケートに五分だけ協力してください、なんて言葉を鵜呑《うの》みにするほうが悪いのはわかっている）高い化粧品を買わされそうになったり、それから、一昨年《おととし》の春に短大の卒業記念に友人のハルちゃんとパリに旅行したときには、オペラ座の近くで物乞《ものご》いする母子《おやこ》連れに呼び止められ、硬貨以外のユーロを全部あげたこともあった。

　夏陽《なつひ》。彼女達はああやって、日本人観光客からお金をせびるのが手なんだよ。ガイドブックにも書いてあったでしょう？　物乞いが寄ってきたら無視するか追い払うか、って。それに、普通、紙幣じゃなくてコインをあげない？　まったく……そんな性格してると、あんたのほうが物乞いする側になっちゃうぞ。

　石畳の上で仁王立ちしたハルちゃんは、すぐそばを流れるセーヌ川のように長い長いため息を吐いたっけ。

　ああだこうだ言いながらも、姐御《あねご》肌の彼女が、世話のかかる妹分のために残り五日間の滞在費を立て替えてくれたのを覚えている。

ハルちゃんじゃないけど、本当に、私って、まったく……な性格をしていると思う。

こうやって記憶を辿《たど》ってみると、私は小学生の頃からちっとも成長していないことがわかる。

さすがに、雷が鳴ってもお臍を隠すことはなくなったけれど。

それはともかく、話を彼に戻そう。


僕は、作業療法士をやっているんです。


彼は、私の「写真屋発言」を穏やかな微笑みで受け流し、「思い出を預かる仕事」、について語ってくれた。

因《ちな》みに、彼の好きなところはいろいろあるけれど、そのうちのひとつは、笑うと眼がなくなること。

彼が初めて店を訪れたときの印象は、あの、ハチミツを片手にした穏やかで、のんびりとした……みているだけで癒される、そう、私の大好きな「くまのプーさん」みたいな男性。

もちろん、彼はあんなにお腹も出ていなければ、遅回しのテープレコーダーのような喋《しゃべ》りかたもしない。

背が高くて、ちょっと妬《ねた》ましいくらいにスリムで、手と足がすらっと長くて、でも、ガリガリってわけじゃなくて……とにかく、パッと見は「プーさん」とは正反対。

似ているのは柔らかく温かな瞳《ひとみ》、それから、彼といると、日干しした布団に包まれたときみたいな心地好《よ》くふわふわな気分になるところ。

ふわふわ。そう、これ以上、ぴったりな表現はないと思う。

そんな彼は横浜の病院で、記憶障害の患者を相手に「思い出一一〇番」という仕事をしている。


記憶には、大きくわけてエピソード記憶と意味記憶と呼ばれるものがあります。本当は、もっといろいろあるんですけどね。エピソード記憶は、過去に自分が経験したこと……つまり、何日の何時にどこでなにをしたという記憶や、昨日の夕御飯はなんだったという記憶を指します。意味記憶は、経験には関係のないこと、たとえば、東京は日本の首都である、というような記憶を言います。「思い出一一〇番」に訪れる人は、MCI（Mild Cognitive Impairment）という記憶障害の方や認知症の患者さんなのです。MCIはアルツハイマー病の初期段階という説もあるのですが、本当のところは、お医者さんにもわかっていないようなんですよ。


彼は、多分……絶対に、私のためにかなり易しく解説してくれたと思う。けれど、私は、彼の話を半分も理解できなかった。

ただ、はっきりしているのは、彼が、大事な記憶を失っていく人達のために尽くしているということ。

難しいことはよくわからないけれど、彼にぴったりの仕事って気がした。

彼と話していると、とても落ち着いた気分になれるから、きっと、不安だらけの患者さんも安心するんじゃないかな。

店が暇なときには、マスター兼店長兼なんでも屋？　のハリーさんはカウンターの向こう側で昆虫図鑑に夢中だから（ハリーさんは昆虫マニアで、自宅で飼っている金色のクワガタムシや水牛みたいな角をしたカブトムシの写真をいつも自慢そうにみせるの）、私は彼の指定席……窓際の一番奥のテーブルに相席して、「思い出一一〇番」での彼の仕事振りをゆっくりと聞くことができた。ラッキー。

因みにハリーさんはアメリカ人でもフランス人でもモンゴル人……なわけないか？　とにかく、れっきとした日本人。

なんでも、「ハリー・ポッター」の映画の主人公のなんとかっていう少年に似ていることから、奥さんが命名したらしい。

私からみると、なんとかっていう少年より、メガネザルちゃん、って感じなんだけど。

まあ、それはさておいて、仲睦《むつ》まじくて羨《うらや》ましい夫婦だと思う。

たしか結婚八年目と言っていたけれど、奥さんが店に訪れたときのふたりのイチャつきぶりって言ったら、もう、つき合い始めのティーンエージャーみたい。

ふう……ほんとに羨ましい。

またまた話を戻すと……彼がこの仕事を始めるきっかけになったのは、お祖父さんが認知症になって、最後には、奥さんの顔も子供の顔も孫の顔もわからなくなった姿をみて決意したらしい。

それは十年前……彼が中学三年のときの話。

私が十四、五歳のときは、友達とポテトフライをパクついたり、授業中に国語の先生の寂しくなった頭にハンドミラーの反射光を当ててみたり、それから……とにかく、崇高な決意を胸に秘めた彼とは大違い。

奥さんや子供の顔もわからなくなるなんて、私には、信じられないわ。だって、頭を打ったりして記憶を失っているわけじゃないんでしょう?

私の数少ない特技? のひとつに、初対面の人と会って数時間後には敬語を使わずフランクに話せるというものがある。

フランクといえば聞こえはいいけれど、ハルちゃんに言わせれば、人見知りしない子供みたい、だって。

たしかに、小さい頃から誰にでもよく懐く子供で、少し眼を離すと知らない大人と話している私に、両親はいつもヤキモキしていた。

記憶には、記銘、保持、想起という三つの機能があるんですよ。記銘は新しい情報を取り込む機能、保持は取り込んだ情報を維持する機能、そして、想起は思い出す機能です。ビデオでたとえれば、わかりやすいですよ。記銘は録画の役目で想起は再生の役目。たとえば、MCIが進行すると、まず録画ができなくなることがあります。そうなると、再生しようとしても頭の中のスクリーンにはなにも映りません。つまり、いまみたり聞いたりしたばかりのことを思い出せない……というよりも、もともと録画されていないので、そんな事実はなかったのと同じになるんです。

私は、どこまでも穏やかに語ってくれる彼をみて、この人が怒ったり取り乱したりすることがあるのだろうか？　と、そんなことを考えていた。

でも、新しいことが覚えられなくても、昔の記憶はあるんでしょう？　だったら、家族の顔とか覚えているんじゃない？

ＭＣＩに限りませんが、記銘機能の障害だけなら、そうですね。だけど、病状が進行するにつれ、想起機能も損なわれていきます。想起機能が損なわれると……。

映像の再生ができないってこと？

よくわかりましたね。

彼の眼がなくなる笑顔をみたくて、私は、一生懸命に話を理解しようとした。
まるで、飼い主に撫《な》でてもらいたくて一生懸命に芸をする犬のように。

チリリン　パタン
ドアチャイムとハリーさんが昆虫図鑑を閉じる音で、恋人でも親戚《しんせき》でも友人でもない人との会話……けれど、とても親密で素敵な時間は終わりを告げた。

彼との会話の中で、私は運命的な偶然を発見した。

彼がいつも優しい眼差《まなざ》しで覗《のぞ》いていたファイルは、大学のテキストでも会社の資料でもなく、日記帳だった。

私も日記を書いているんだけど、それを運命的な偶然と言うほど思い込みの激しい性格じゃない。

運命的な偶然とは、日記帳を思い出帳と呼んでいること。そして、毎日少しずつとかではなく、思うがままに何ページでも何十ページでも書いていいということ。

日記帳にも決まりはないけど、文の出だしとか、毎日書くとか、だいたい一日一ページくらいとか、暗黙の了解というのがあるでしょう？

日記って、最初は愉《たの》しくつけてても、それが毎日になると、いつの間にか義務みたいになっていない？　日記のために書くことを探しているみたいな。

それとも、もしかして、私だけかな。

だから私は、自分に都合のいい日記を考え出したの。好きなときに、好きな書きかたで、好きなことを綴《つづ》る。

それが、思い出帳の始まり。

このファイルには、患者さんの思い出が一杯詰まっているんです。「思い出一一〇番」では、患者さんの記憶があるうちに、子供の頃のこと、旅行したときのこと、初めて赤ん坊を抱き上げたときのこと、なんでもいいから、印象に残っている出来事を書いてもらうんです。この思い出帳は、回想法というセラピーに使います。僕達スタッフが思い出帳を患者さんに読んで聞かせながら、少しでも記憶を取り戻してもらえるようにお手伝いをしているんですよ。患者さんの記憶を守るために、僕は、できるだけ印象深い体験を語ってもらうようにしています。深く心に刻まれた思い出は、暗黒の闇に迷う彼らの道標《みちしるべ》になってくれるんです。

そう、彼の思い出帳は、患者さんの失われた宝物。だらだらと取留めのない私の思い出帳とは大違い。

彼は横浜の病院に行く前に「ブローニュ」でキャンディティーを飲みながらファイルを眺め、今日はどんな記憶探しの旅に出ようかと考えているらしい。

もっともっと話を聞いていたかったけど、お邪魔虫のカップルの注文を取っている間に彼は店を出て行ってしまい、ありがとうございました、も言えなかったの。

声をかけてくれればよかったのに、と思う反面、声をかけるような間柄でないことはわかっていた。

その日は、話が尻切《しりき》れとんぼになった後悔やら初めて会話らしい言葉を交わした興奮やらで、まったく仕事が手につかなかった。

それに、お邪魔虫はあのカップルじゃなくて、私だったのかもしれないって不安まで込み上げてきちゃって。

だって、私が話しかけたことで、間違いなく彼はいつもより思い出帳に集中できなかったんだから。

彼は優しいから顔には出さないけど、本当は迷惑だったんじゃないかって、本当はあのカップルが出現してほっとしたんじゃないかって、明日から店にきてくれないんじゃないかって……もう、家に帰ってシャワーを浴びているときも、ボサノヴァを聴きながら読みかけの推理小説（いつまで経っても読みかけ）を開いているときも、スイートピーに水をあげているときも、そんなことばっかり考えてうじうじぐじぐじ。

二十二年間、ずっと私は自分のことを竹を割ったような性格だと思っていたけれど、どうやらその竹は意外に湿っているみたい。

私の心配をよそに、彼は翌日も同じ時間に現れ、同じ席に座り、キャンディティーを飲みながら思い出帳を捲《めく》っていた。

それだけでも私のうじうじぐじぐじした梅雨空は一気に晴れ上がったのに、大事件が起きたの！

今夜は思い出帳を書くのに時間がかかっちゃって、もう三時を過ぎちゃったから、続きはまた明日。

あー、はやく大事件を書きたい！

じゃあ、おやすみ。

私は、思い出帳を閉じた。滲《にじ》む視界が、桜色に染まった。

いま私が読んでいたのは、一年半前に書き始めたばかりの頃のページ。思い出帳は全部で五冊。五冊目は一年後の三月二十二日を最後に、白紙になっている。

指先が震え、ティーカップの中のルビー色の液体がさざ波立つ。

私は、ティーカップをそっとソーサーに戻す。水色《すいしょく》に映る女性の顔は、一年半前の私とは別人のように暗く沈んでいた。

あの頃は、道端に転がる小石でさえ、輝いてみえた。

でも、いまは、近所のフラワーショップのウインドウ越しに咲き誇るバラも、ハリーさんが自慢げにみせる金色のクワガタムシの標本も、キャンディティーのルビー色の水色さえも、古いフランス映画のワンシーンのように色褪《いろあ》せてみえる。

この半年間、私は、はやく夜になってほしいと願い、夜になればいつまでも朝がこないでほしいと願っていた。

けれど、必ず朝は訪れる。彼がいたときと同じに、小鳥の囀《さえず》りと新聞配達のスクーターの音とともに……。

あの頃と、なにも変わらない。

フローリング床の端についた大きな傷跡も、向かいの家で飼われているビーグル犬の甲高い吠《ほ》え声も、ふたりでよく散歩した公園のベンチに書かれた落書きも……なにひとつ変わらないのに、彼だけがいない。

彼とともに過ごし、ともに眼にした光景を、いま、私ひとりでみている現実が、たまらなくつらい。

変わったのは、あの頃はショートだった髪の毛先が肩まで伸びているということと、春の陽射しのように明るく温かな光に満ちていた心が、暗く冷え冷えとしているということ。

三冊目になったあたりから、思い出帳のお気楽な文体に少しずつ変化が現れた。

四冊目からは、それまでとは別の人間が書いているような暗鬱《あんうつ》とした文章になり、そして五冊目に並ぶ文字は、もはや文章と呼べるようなものではなく、神様への恨み言と祈りの言葉で埋め尽くされていた。

虚《うつ》ろな眼差しをテーブルに落とした。

私が口もとに運ぶのと同じ柄のティーカップ……主《あるじ》を失ったティーカップが、もう、ルビー色に染まることはない。

カップの底とソーサーが触れ合うカチャンという甲高い音が、私の空洞になった胸奥に寒々と響き渡る。

私は、のんびりと微笑む「くまのプーさん」を抱き締め、ソファに俯《うつぶ》せになった。膝《ひざ》を折り曲げ、背を丸め、きつく眼を閉じる。

これは悪い夢。次に眼を開けたときには、おはよう、と彼が声をかけてくれる。

そんな非現実的な期待を胸に、私は無理やりまどろみに入ろうとする。

彼のいない世界は、音も光も届かない深海のよう。泣いても叫んでも、その声は果てしない闇と静寂に呑《の》み込まれてしまう。

彼の名を呼んでも、漆黒のカーテンに覆われた空間が目の前に広がるだけ。

進むべき道も見当たらず、導いてくれる声も聞こえない。私は孤独な黒の世界で、ゆらゆらと漂うばかり。

不意に、リズミカルなベルが鳴る。私は慌ててソファから下り、携帯電話を手に取った。ディスプレイに浮かぶ「母」の文字。小さなため息を吐《つ》き、通話ボタンを押した。

『夏陽？』

「お母さん。どうしたのよ、こんな時間に？」

私は、気持ちを悟られぬように明るい声を出した。

『どうしたってことはないけど、元気にしてるかなと思って』

「なんだ、そんなこと？」

『まあ、二ヵ月振りの電話だっていうのにずいぶんとご挨拶《あいさつ》ね。あなたのことを、心配してるんじゃない』

この前、母からの電話があったのは七月の終わり。たしか、お盆には戻ってくるの？　という内容だったと思う。

私の実家は国立《くにたち》市。短大を卒業してから、私は自由が丘で独り暮らしを始めていた。

そのときにどんな返事をしたのかは忘れてしまったけれど、結局、私がお盆に実家に帰ることはなかった。

最後に母に会ったのは、お正月。あのときも母は、実家に戻らぬ娘を心配して部屋を訪れてくれた。

お正月は、帰らなかったのではなく、帰れなかった。私は、一分、一秒でも長く、彼のそばにいてあげたかった。

「ごめん、ごめん。でも、大丈夫。いま、『ブローニュ』の冬バージョンのメニューを考えていたの」

『冬のメニューを？　まだ、九月よ』

「まだじゃなくて、もうよ。あと数日で九月も終わりだし、十月に入れば冬の足音が聞こえてくるわ。それに、新メニューに採用した茶葉を仕入れたり、その紅茶に合ったケーキを選んだり……いろいろと、大変なんだから。なんてったって紅茶屋さんは、冬が勝負だからね。私が店を任されてから、ハリーさんのときと違ってお客さんの数は増えたのよ」

私は、得意げに言った。

三ヵ月前から、私は「ブローニュ」の店長を任されていた。四ヵ月前ハリーさんは代官山《だいかんやま》に念願の昆虫ショップをオープンし、最近ではそちらにかかりっきりだった。

将来は、森の中に紅茶専門店をオープンする。

それが、幼い頃からの私の夢。

その夢に一歩近づいたというのに、私の胸が弾むことはなかった。

『まあまあ、大変な自信ね。でも、昔の夏陽に戻ってくれて、母さん安心したわ。この前の電話のときには、あなた、死にそうな声を出して、もう、どうしようかと思ったわよ』

受話口越しに、母が安堵《あんど》の吐息を漏らす。

なにも変わっていない。ただ、二ヵ月前の私より、元気に振る舞うことを覚えただけ。

『夏陽。自分を責めないでね。あなたは、できるだけのことをやった。星君《ほし》がいなくなったのは、夏陽のためを思ってのことよ。あの人は、こうすることであなたに……』

「わかってるって。私は、お母さんの子よ。過去は現在《いま》という大切な時間を奪う泥棒。思い悩まず振り返らず、未来に向けて一歩を踏み出しなさい、でしょ？」

私は、母の口癖を朗らかな調子で口にした。

星純也《じゅんや》という男性との思い出は、とっくに風化してしまったとでもいうように……。

『まあ、この子ったら』

母の忍び笑いを耳にしながら、私は閉じたばかりの思い出帳をふたたび開いた。


　記憶を失い、新しい情報を取り込めなくなった患者さんには、過去も未来もありません。彼らは、永遠の現在《いま》という海の漂流者なんです。

彼の声に導かれるように、私は記念すべき日の出来事を綴《つづ》ったページに視線をやった。

3月24日　水曜日　☂今日は恵みの雨だよ

「おいしい紅茶を、飲みに行きませんか？」

夢じゃない。幻じゃない。もちろん、ドラマのワンシーンでもない。

私のレジスターを打つ指先が、凍りついたように動かなくなった。

財布から抜いた千円札を差し出しながら、彼はたしかにそう言ったの。

私は、思わず後ろを振り返った。壁にかかったルノワールの少女の絵と眼が合った。

嘘みたい。彼が、私をデートに誘ってくれた。

私の胸は

文字が涙で霞《かす》んだ。私の気持ちなどお構いなしに、思い出帳の中の「私」は女子高校生のようにはしゃいでいる。

『もしもし？　夏陽？　もしもし？　もしもし？』

掌《てのひら》から滑り落ちソファに転がった携帯電話から聞こえる母の呼びかけが、次第に耳から遠ざかる。

私はクッションを口に押し当て、ソファに泣き崩れた。

純也さん……どうしてなの？

記憶のスクリーンに大写しになる彼は、なにも答えてはくれず、ただ、微笑んでいるだけだった。

第一章

1

そのお店は、桜木町《さくらぎちょう》の駅から十分ほど歩いた住宅街の中にひっそりと建っていた。

全面がガラス張りなので、観葉植物の生い茂る緑が外からも窺《うかが》えた。

窓際の――といっても、すべてが窓のようなものだけれど――テーブルに座る学生ふうのカップルが、ティーカップを傾け、そして、フルーツタルトをフォークでつっ突いていた。

金粉をちりばめたような柔らかな陽射しの微粒子が、女のコの髪を栗色に染める。

女のコがタルトのイチゴを掬《すく》ったフォークを、男のコの唇に運ぶ。男のコがあたりを見回してから、雛《ひな》が餌を啄《ついば》むようにちょんと首を前に出してイチゴを口に含んだ。

イチゴに負けないくらいに顔を赤らめる男のコを、幸せそうな顔でみつめる女のコ。

「入りましょう」

レモン色のドアの前で佇《たたず》んでいた彼が振り返り、優しく私を促した。

「あ、ごめんなさい」

私は慌てて彼に駆け寄り……駆け寄ろうとした右足が裸足《はだし》なのに気づいた。

案山子《かかし》みたいに一本足で立ち尽くした私は、下水道の格子の蓋《ふた》に取り残された赤いハイヒールをみて、すべてを悟った。

また、やってしまった。

自慢じゃないけど、これまでに同じようなことが両手の指で数えきれないほどにあった。

でも、いままでは、ひとりのときや気心の知れたハルちゃんと一緒のときばかり。

よりによって、彼との初デートのときに、十八番《おはこ》を披露するなんて……。

これじゃあ、イグアナみたいに這《は》いつくばってハイヒールと格闘することができない。

なにより、こんなお間抜けな案山子姿を彼にみられていると思うと……頬でお湯を沸かせるくらいに顔が火照《ほて》った。

彼が中腰になり、自分の肩を叩《たた》いた。

「摑《つか》まって」

「え、でも……」

「遠慮しないで」

彼はにっこりと笑っていたと思う。

私は恥ずかしくて、顔を上げることができなかった。

「失礼します」

職員室に入る生徒じゃないんだから。

私は自分に呆《あき》れながら、俯《うつむ》いたまま彼の肩に手を乗せた。

ポロシャツ姿の彼はとてもスリムにみえるけれど、掌に触れた肩は意外なほどに筋肉質。

そっと腰を屈《かが》めた彼は、あっさりと抜いたハイヒールを私の足に履かせてくれた。

「さ、行きましょう」

そして何事もなかったように立ち上がり、両目がなくなる笑顔で私を見下ろすとレモン色のドアに向かった。

「ありがとう……」

私は、消え入りそうな声で呟《つぶや》き、彼の背中を追った。

初《しょ》っ端《ぱな》から、大減点。私、どんな顔をしてたんだろう？　せっかくうまくお化粧ができたのに、多分、タコみたいに真っ赤になって、しかも、動揺して頬も引きつっていたと思う。

本当の私は……本当の私もたいした顔じゃないけど、頬を引きつらせたタコよりはずっとまし。

彼の瞳《ひとみ》になって、自分の顔がどんなふうに映っていたかをチェックしたかった。

やっぱり、そんな度胸はない。もし想像通りの、いいえ、万が一、想像以上の顔だったら……

……考えただけでも、心臓が風船みたいに破裂しそう。

「アラジン」が現実世界だったら、私は迷わずジーニーに願う。

彼の記憶を消して、ってね。

「いらっしゃいませ」

「モーニングガーデン」に足を踏み入れた瞬間、鼻腔《びこう》に新緑と土の匂いが広がった。壁とテーブルが白で統一された店内には、小鳥の囀《さえず》りが交じったリラクゼーションミュージックが流れている。

客席と客席の間にはパーティションの代わりに背丈の低い観葉植物が置かれ、壁にはウグイス、メジロ、セキセイインコ、そして……名前はわからないけれど黄色くムクムクとした鳥のパネルが飾られていた。

あまりの心地好《よ》さに、フロアの一番奥のテーブルに案内されたときには、落ち込み気分からはすっかりと立ち直っていた。

「素敵なところね」

私は、店内を見渡しながら言った。

「ええ、職場の同僚に教えてもらったんです。以前は、よく仕事の前に通っていたんですよ」

「いまは、通ってないの？」

「横浜のマンションから、自由が丘に引っ越ししたんですよ」

「やだ。あなた、自由が丘に住んでるの!? あ、ごめん……やだっていうのは、そういう意味じゃないからね」

私は慌てて、顔の前で手を振った。

やだ、の意味は、朝、パジャマ姿でゴミを出している姿や仕事帰りにくたびれた顔で歩いているのをみられてはいないか、ということ。

そんな姿をもしみられていたら……。

「わかってます」

彼は口もとを綻《ほころ》ばせながら、メニューを差し出した。

私は、いつになく真剣な眼差《まなざ》しでメニューを覗《のぞ》き込む。紅茶専門店に勤める者としては、同業のラインアップは気になるところ。

ダージリン、キーマン、ウバの三大銘茶に、ロイヤルミルクティーに最高のアッサム、ストレートティーからスパイスティーまでなんでもござれのニルギリ、ほかにも、ヌワラエリヤ、ディンブラ、ルフナ、キャンディ、ラプサンスーチョン、ドアーズ、ラミン、ジョルジ、リゼ、ギャル……。

凄《すご》い品揃えだ。

私は、フレバーティーの欄に視線を移す。

キーマンにベルガモットオイルで香りをつけたアールグレイはもちろん、リンゴ風味のフレバーティーの王様のアップル、オレンジとハチミツが絶妙にマッチしたアンブレ、バニラの香りがなんともいえないグランボアシェリ・バニラ、木イチゴの香りのフランボワーズ、ラベンダーの香りのカルチェラタン。

銘柄をみているだけで、様々なフルーツの香りが鼻腔に広がる。

オレンジ、シナモン、バニラ味のショートブレッド、レーズン、オレンジ、チョコレート味のマフィン、イチゴ、レモン味のシフォン、メープルクッキーに水無月《みなづき》……私の頭の中は、様々な銘柄とお菓子の組み合わせで一杯になった。

あれやこれやと夢中で思索しているうちに、彼が自由が丘に住んでいると聞いたときのパニックはどこへやら。

泣いていた子供がたくさんのおもちゃを前にして機嫌を直すみたいな……考えようによって

は、得な性格かもしれない。

「あの、訊《き》いてもいいですか？」

「え？」

「この、ファーストフラッシュとかセカンドフラッシュとかって、どういう意味ですか？」

彼は、メニューのダージリンティーの横を指差していた。

「ああ、それはね、茶葉を摘んだ季節によってわけられているの。三月の終りから四月の初旬にかけて摘まれたのがファーストフラッシュ、五月から六月がセカンドフラッシュ、そして、十月に摘まれたのがオータムナルっていうのよ。ファーストフラッシュは強い渋味がある茶葉でストレートティー向き、セカンドフラッシュは深みがあってミルクティー向き、オータムナルはこくがあってロイヤルミルクティー向きってところ」

「そうだったんですか。僕、どういう違いがあるのかなって、前から気になっていたんですよ」

彼が、無邪気に破顔した。

「いつもお店にきてくれているから、紅茶のこと詳しい人なのかと思ってた」

私は、内心、ホッとしていた。

だって、私が人より自慢できるところは、紅茶に関しての知識だけだから。

「紅茶は大好きですけど、茶葉の違いなんて全然わかりません」

「そうなんだ。キャンディを注文する人って、かなり通の人が多いのよ。初心者は、たいていダージリンから入るから」

「いろいろな紅茶を飲んでいるうちに、キャンディの美しい水色《すいしょく》に魅せられてしまったんです。名前については、飴《あめ》みたいに甘いから、キャンディなのかな？　って思っていました」

「ブローニュ」でもそうだったけど、彼とこうして向き合っているだけで心が安らぐのはなぜだろう、と考えてみる。

きっと、彼のゆったりとした……そう、日溜《ひだま》りで日光浴する猫のようにのんびりとした喋《しゃべ》りかたや仕草が緊張の糸を解きほぐしているに違いなかった。

誰も彼もが、物凄いスピードで回る時計の針に追われるように生活している中で、彼の周囲の時間だけは止まっているよう。

「私と同じだ。私も、あのキャンディの水色に魅入られたひとりなの」

他愛もない会話。チクタク、チクタク、チックタック、チックタック……私の中の秒針が時《と》間《き》を刻むテンポが、スローダウンしてゆく。

「ご注文は、お決まりでしょうか？」

彼の言葉のテンポに慣れた私の耳には、ウエイトレスが早口言葉を喋っているように聞こえる。

「キャンディティーをお願いします。それから、彼女は……あ、そういえば、自己紹介がまだでしたね？　僕は、星純也です。年は、先月二十四になりました。前にも言いましたけど、横浜の病院で作業療法士をやっていて、将来は臨床心理士をめざしています。あなたは？」

ウエイトレスが、伝票とボールペンを手に困惑した表情を浮かべた。

そんなこと後回しにして、さっさと注文してよね。

彼女の心の声が聞こえてくるようだった。

彼と出会うまでの私なら、同じように感じたのかもしれない。けれど、いまは違う。彼の時計の針に波長を合わせているのが心地好く、小さなことでやきもきするのが馬鹿らしく思えた。

「私は吾妻《あずま》夏陽。真夏の夏に太陽の陽。夏の太陽のように、明るく、潑剌《はつらつ》とした子になってほしいって願いを込めて母がつけたらしいの。母の目論見《もくろみ》通りに育ったみたいだけど、潑剌過ぎるのもちょっとね。年は二十二歳。仕事は、もうわかっているよね？」

「夏陽さんか。忘れられない、印象的な名前ですね」

彼は頷《うなず》き、眼を細めて言った。

忘れられない、という彼の言葉が胸をノックした。

そういえば、彼の仕事は記憶を失った人の思い出を預かってあげること。

他人の名前どころか、身内の顔さえも忘れてしまった患者さんを日々相手にしているのだ。

ウエイトレスがため息を漏らし、いら立たしげに爪先で床を小刻みに踏んだ。

「あ、ごめんなさい。注文、まだでしたね。吾妻さんは、なににしますか？」

ようやくウエイトレスのサインに気づいた彼が、相変わらずのんびりとした調子で私に訊《たず》ねてきた。

この人は、遅刻五分前に家を出ても、決して駆け出したりしないんだろうな、などとぼんやり私は考える。

「私もキャンディをください」

目移りするような品揃えだけど、やっぱりあの水色の誘惑には勝てない。

「それから、チョコレートマフィンも。純也さんは、どうする？」

星さん、ではなく、いきなり純也さんだなんて、図々《ずうずう》しかったかな？　とちょっぴり後悔する。

私の辞書には、昔から、人見知り、という文字はなかった。

男の子、女の子問わずに、初めて会った子とも仲良く打ち解け、すぐに友達になった。

「キャンディには、どんなお菓子が合うんですか？」

いきなりの馴《な》れ馴れしさを気にしたふうもなく、彼はアドバイスを求めてくる。

「そうね。クセがなくてさっぱりした口当たりだから、なんでも合うわよ」

「なら、吾妻さんと同じものを貰《もら》おうかな」

「あ、オレンジマフィンにしない？」

「いいですよ」

「じゃあ、オレンジマフィンとチョコレートマフィンね」

私が弾む声で告げると、ウエイトレスが無表情に伝票にボールペンを走らせ踵《きびす》を返した。

「なによ？　あのコ。感じ悪いんだから」

ぷりぷりと怒る私を、にこにことみつめる彼。

「ねえ？」

「吾妻さんみたいに感じのいい人は、そういませんよ」

同意を求める私に、彼が言った。

それって、褒め言葉？　うん。そういうことにしておこう。

「オレンジマフィンは、吾妻さんの……」

「吾妻さんはやめて。なんだか、年を取っちゃったみたい。夏陽でいいよ」

「はい。オレンジマフィンは、夏陽さんのお勧めなんですか？」

「ううん。そうじゃないの。その……私が、ちょっと摘《つま》んでみたかっただけ。ごめんね」

私は俯《うつむ》き、上目遣いで言った。

「そんなこと、全然、気にしないでください」

彼のなだらかに弧を描く唇から白い歯が覗く。声のトーンは、高過ぎず低過ぎず、強過ぎず弱過ぎず……ヒーリングミュージックを聴いているように頭の中にアルファ波が充満しそう。

同じ言葉をほかの誰かが言っても、これほどの安心感は得られないと思う。きっと。

視界の端で、なにかがちらついた。窓の外に視線を投げる。低空飛行していた虹《にじ》色の虫が街路樹に止まった。

「ほら、あれみてっ」

私は、興奮気味に窓を指差す。

「え……あ、変わった虫ですね。しかし、なんてきれいな色をしているんだろう」

私の指先を追っていた彼が、驚いたように眼を見開いた。

「玉虫っていうのよ。最近じゃ、かなり少なくなったみたい」

「昆虫のこと、詳しいんですね」

「ハリーさん……私の上司なんだけど、彼が昆虫マニアで、これは珍しいカブトムシだこれは一番美しいクワガタムシだっていろいろ教えてくれるんだけど、私からみるとゴキブリと同じで最初の頃は気持ち悪いだけだったの。でも、馴れてくると結構かわいい顔してるのよね。おかげで、詳しくなったってわけ」

「ハリーさんって、いつもカウンターの奥で事典を開いている人ですか？」

「そうそう、彼がウチのオーナー。でも、あれは事典じゃなくて昆虫図鑑よ」

図鑑だけじゃない。標本も、そして、調子に乗って生きている虫の入ったケースを持ち込んだときもある。

さすがにそのときは、すぐに家に持ち帰ってもらった。

「あの人が、オーナーさんだったんですか」

意外そうな彼の顔。それも当然。ハリーさんには、オーナーとしての風格や貫禄《かんろく》というものがない。でも、それがハリーさんのいいところ。

「うん。ハリーさんは二代目のオーナーよ」

十七年前まで、「ブローニュ」のオーナーはハリーさんの兄……私の父だった。

その頃、「ブローニュ」のあった場所には、フランス料理店の「プロヴァンス」も併設されていた。

敷地面積はいまの三倍はあり、現在、コンビニエンスストアや駐車場になっている土地は、すべて父の持ち物だった。

ハリーさんの代になってから店は縮小され、紅茶専門店だけになった。

私は、兄貴みたいに商才はないし、大規模な事業は無理だ。でも、「ブローニュ」はどうしても残したいんだ。ブローニュ地方は、兄貴と義姉《ねえ》さんの新婚旅行での思い出の地だからね。いつかは、ブローニュの森に紅茶専門店をオープンしたい。それが、兄貴の夢だった。

お酒を飲むと、ハリーさんは口癖のようにそう言い、決まって眠り込んでしまった。

ブローニュの森に紅茶専門店をオープンしたい。

父の夢はいつしか、私の夢になっていた。

私は、記憶の扉を静かに開いた。

そこは、洞窟《どうくつ》のように薄暗い部屋だった。怖いほどに真っ白なシーツに覆われたベッドに顔を伏せて泣いている女性がいた。

女性は、誰かの名前を叫び続けていた。

私は、女性のように涙が出なかった。ただ、どうしていいのかわからなかった。そして、泣いてしまえばそのことを認めてしまうようで怖かった。

私は、握り締めていた笑顔のお日様の刺繍《ししゅう》の入った小さな麻袋を鼻に当てた。

母が作ってくれた麻袋から立ちのぼる甘酸っぱいリンゴの香り。

これはカモミールといって、紅茶に入れるととてもいい匂いがするんだよ。緊張したときや、どうしていいのかわからなくなったときに、そっと匂いを嗅《か》いでごらん。魔法みたいに、心が安らぐから。

父の言葉を噛《か》み締め、ゆっくりと眼を閉じた。次に眼を開けたときに、プーさんやミッキーやドナルドに囲まれた私の部屋が現れることを祈って。

でも、瞼《まぶた》を開いても、彼らはいなかった。

もう一度、眼を閉じ、瞼を開いた。閉じては開き、また、閉じては開き……何度繰り返しても、目の前に広がるのは薄暗い洞窟だった。

女性の背中が、小さくなってゆく。私は、知らず知らずのうちに後退《あとずさ》りしていた。気がついたときには、部屋を飛び出していた。隣のドアの前で、青褪《あおざ》めた男の人が立ち尽くしていた。私は廊下を駆け抜け、建物の外へ出た。

目の前の道路を横切ると、そこは川原だった。私は川辺で立ち止まり、夜の足音を告げる薄桃色に染まる空を見上げた。不意に、どうしようもなく哀しくなり、涙が溢《あふ》れてきた。

私は濡《ぬ》れた麻袋の匂いを嗅ぎながら、大声を上げて泣いた。

「どうしたんですか？」

彼の声で、私は現実へと引き戻された。心配そうに窺《うかが》う瞳《ひとみ》が、涙に潤む瞳を覗《のぞ》き込んでいる。いつの間にか、キャンディティーとマフィンが運ばれてきていた。

「ううん、なんでもない」

私は、慌てて唇に弧を描いてみせる。

ひとり佇《たたず》む川辺で見上げた薄桃色の夕焼け空を、私は忘れることができなかった。

ふたたび開きそうになる記憶の扉を閉じ、私はティーカップを口もとに運んだ。

口の中に、華やかな香りが広がった。

「ほんと。とっても、おいしい紅茶ね」

「よかった」

彼が穏やかに眼を細め、キャンディティーを静かに口に含む。

「ブローニュ」のときと同じ。違うのは、彼の視線が思い出帳ではなく私に注がれているということ。

「ねえ、ウチの店の紅茶、あんまりおいしくなかった？」

「え？」

彼が、きょとんとした顔を私に向ける。

「おいしい紅茶を、飲みに行きませんか？」

私は悪戯《いたずら》っぽく笑い、彼の誘い文句を口にした。

「ああ、あれは違うんです。この店に、一度夏陽さんと一緒にきたくて……」

「わかってるって。ちょっと、からかってみただけ。あのさ、訊《き》きたいことがあるんだけど……」

安心したように小さく息を吐《つ》く彼と入れ替わりに、私は大きく息を吸い込み気持ちを整える。

あの運命的な日から今日までの五日間……思い出帳を書いているときも、ハルちゃんと買い物に出かけているときも、ハリーさんの昆虫自慢を聞いているときも、そして、桜木町の駅前で彼を待っているときも、そのことで頭が一杯だった。

「どうして、私を誘ってくれたの？」

思いきって、頭の中で溢れ出しそうになっていた言葉を口にした。

ずっと、疑問に思っていたこと。

身長だって高くはないし、私より顔やスタイルがいい人は一杯いる。お料理も得意ではないし、性格だって気分屋なところがあり、わがままでおっちょこちょいで……こんな私の、どこがいいの？

もしかして彼はみかけによらずのプレイボーイ、なんてことはありえないけれど、私にひと目ぼれなんてことは、もっとありえない。

彼はキャンディティーを飲みながら、遠くをみるような眼差《まなざ》しを宙に泳がせた。

私はティーカップを傾け、チョコレートマフィンをフォークでつっ突き、彼の唇が開くのを待った。

キャンディティーもマフィンも、まったく味がしなかった。

ポーチから麻袋を取り出し、そっと匂いを嗅ぐ。麻袋に刺繡されているのは、笑顔のお日様マークではなく気持ちよさそうに眼を閉じたお月様。

父を思い出してしまうのがつらくて、私はあの日以来、高校生になるまで一度もカモミールの匂いを嗅ぐことをしなかった。

高校受験の合格者発表の前夜。緊張で眠れなかった私は、十年振りに魔法の袋を探したのだけれど、どこへ行ってしまったのか、結局、朝までみつからなかった。

これを、持っていきなさい。

暗く落ち込んだ顔で家を出ようとした私に、母は麻袋を手渡してくれた。

でも、それはお母さんのじゃない。

お月様はね、太陽が溌剌《はつらつ》と輝いているから美しい光を放てるの。太陽が雲の陰に隠れてしまったら、お月様も消えてしまうのよ。あなたがいつも光り輝いていてくれれば、私達は麻袋なんてなくても大丈夫。

あのとき母の言った、私達、のもうひとりは父のこと。

母のおかげで、私はあの不運を前向きに捉《とら》え、笑顔を取り戻すことこそが父のためだと思うことができた。

「それは、秘密です」

今度は彼が、悪戯っぽく言った。

「あ、そんなのずるいっ」

私は、真剣に抗議した。

世界の七不思議級の理由を、どうしても訊きたかったから。

「はい」

彼が、私の口もとにオレンジマフィンを掬《すく》ったフォークを差し出す。

「味見したかったんでしょう？」

ふんわり。

本当にずるい。そんな笑顔で言われたら、これ以上追及できなくなるじゃない。

「もう」

私は膨れっ面をフォークに近づける。

「おいしい！」

ほろ苦いオレンジピールと彼みたいにふわふわとしたマフィンの甘さが絶妙にマッチしている。

魔法の香りが、私の味覚を呼び戻してくれた。

言うまでもなく、私の機嫌は一気に直った。

「純也さん。思い出帳持ってる？」

「今日は仕事が休みなので家に置いてきましたけど……なにか？」

「ううん、別にたいしたことじゃないんだけど、純也さんの仕事って、どんな感じなのかなぁと思って」

彼のやっている「思い出を預かる」という仕事がどんなものなのかを、単純に知りたかっただけ。

それと、もうひとつ。彼のことを、もっともっと知りたかった。

「いまから、行きましょうか？」

頬杖《ほおづえ》をついてなにかを考えていた彼が、唐突に言った。

「行くって、どこへ？」

「病院ですよ。ここから歩いて十五分くらいだし、あと三十分もすれば午後のセラピーが始まりますから」

「でも、あなたは今日はお休みなんだし、それに、部外者が治療に顔を出すなんて悪いわ」

本当は行きたかったけれど、彼に迷惑はかけたくなかった。

「悪いなんて……その逆です。患者さんにとっていろいろな人と交遊するのは脳の刺激にもなるし、いいことなんですよ。ご家族や友人の方もよくきています。それに、気になる患者さんがいたので、どの道夕方にでも寄ってみようと思っていたところなんです」

「だけど、私は患者さんの家族でも友人でもないし……」

私は俯《うつむ》き、言葉を濁した。

「僕は、友達じゃないんですか？」

私は顔を上げ、彼をまじまじとみつめた。

思いもしなかったセリフ。もちろん嬉《うれ》しかったけれど、私の心は喜びより驚きに占められていた。

「さあ、行きましょう」

その柔らかな瞳に引き込まれるように、私は頷《うなず》いていた。

2

芝生の上に鮮やかに咲くカラフルなパラソル。パラソルの下のテーブルでうとうととする初老の男性。五、六歳の少女を相手にあやとりをするお婆ちゃん。ヘッドホンを耳に当てて眼を閉じる三、四十代の男性。学生ふうの女のコをモデルにスケッチブックに鉛筆を走らせる私の母と同年代の女性。黒いムクムクとした毛の犬の背中を撫《な》でるお爺《じい》ちゃん……病院の中庭では、二十人前後の患者さんと思《おぼ》しき人々が、それぞれに、様々な時間を過ごしている。

そこに広がる華やかで自由な光景は、私の想像していた「病院で患者さんに行われるセラピー」という、暗く堅苦しいイメージからは懸け離れていた。

ちょっと前にテレビでやっていた、「レナードの朝」の影響かな？

彼と同じ、胸に顔写真入りのＩＤカードをつけた男女……スタッフさん達も、患者さんと一緒にアルバムを開いたり、ただ微笑んでみつめていたり、腕相撲をしたり、花をアレンジしたりと、とっても愉《たの》しそう。

ここでも、私が勝手に抱いていた、「白衣を着て深刻そうな顔をした……」というセラピーに携わるスタッフさん達への先入観念は大きく裏切られてしまった。

「驚いちゃった。私、純也さんの仕事って、もっと真剣な感じだと思ってた……あ、誤解しないで、違うの。真剣じゃないって意味じゃなくて、あの……」

「わかってますよ」

私は、さっき食べたばかりのマフィンみたいに、ふんわりした微笑みを浮かべる彼を見上げた。

そう、彼が注文したはずのオレンジマフィンを、私は半分以上も平らげてしまった。

しかも、自分のぶんのチョコレートマフィンをしっかりと片づけた上で……。

はあ……。

彼にわからないように、私は小さなため息を吐《つ》く。

「初めてこの病院を訪れた人は、みな、夏陽さんと似たようなことを言います。たしかに、セラピーといったら、清潔だけどどこか寂しく冷たい感じの部屋の中でカウンセリングをするというイメージがありますよね。じっさい、同じ精神科の患者さんでも、神経症の人達なんかはそうです。彼らは、神経が過敏になっているので、できるだけ刺激しないように病院側が配慮しているんです。カウンセラーの服装から室内の装飾まで、無機質っぽくしているのはそのためなんですよ」

「じゃあ、この患者さん達は刺激してもいいの？」

私は、青、赤、黄のストライプ模様の入ったパラソルや、そこここで駆け回る子供達、それから、バロック調のクラシックを流しているＣＤコンポを指差しながら訊《たず》ねた。

「ここの患者さん達は神経症の患者さん達とは反対に、脳に刺激が必要なんです。ＭＣＩや認知症については、まだよく解明されていないところもあるんですけど、刺激されない状態の脳……つまり、使われていない機能はどんどん退化していくということなんです」

……退化？

私が普段考えていることといったら、この紅茶にはこのケーキが合うとか、今度ハルちゃんとなにを食べに行こうとか、プーさんはいつも幸せそうだなとか、それから……あ、まずいかも。


脳みそが急に軽くなってしまったような気がする。頭を軽く振ってみた。

「やだ。私なんて、全然使ってないわ。どうしよう！」

私は、両手で頭を抱えた。

スタッフさん達や子供達の眼差《まなざ》しが、一斉に注がれる。ちょっと……じゃなく、かなり大声を出したみたい。

「大丈夫ですよ。そんなにすぐに、記憶を失ったりはしませんから」


　大丈夫だよ。お臍《へそ》はなくなったりしないから。


闇空を青い光が切り裂く夜。お腹を押さえてベッドで震えていた私の頭を撫でながら、お祖父《じい》ちゃんは安心させてくれたっけ。

「それより、ほら」

彼が指差す先では、お洒落《しゃれ》な帽子を被った「ミス・マープル」にそっくりな上品そうなお婆ちゃんが、ロッキングチェアに揺られて編み物をしていた。

「彼女は、五年前まで手芸教室の先生をしていたんですよ。自分が手芸教室の先生だったことを、もちろん、彼女は覚えていません。でも、指先の記憶はなかなか忘れないんですよ」

彼の、七十を超えたお婆ちゃんにたいしての、彼女は、という呼びかたが印象的。

「指先は、忘れない？」

「ええ。自転車って、一度乗りかたを覚えたら、何年振りでも乗れるものでしょう？　これは手続き記憶と呼ばれているんですが、ほかにも、絵を描いたり、踊ったり、楽器を弾いたりっていう躰《からだ》で覚えていることは、記憶を失う以前とほとんど同じ能力を発揮できるんです」

彼が、器用な指先でイチゴ色の毛糸を編むマープルお婆ちゃんに視線を投げ、ほらね、という顔をした。

「じゃあ、癖とかも……たとえば、鼻の頭を掻《か》くとか、貧乏揺すりをするとか、そういうのも残っちゃうの？」

「さあ、それは考えたことないですけど、多分、躰に染みついたことなら、覚えているんじゃないかな」

「やだ」

ほら、また出た、私の口癖。

もしも私が記憶を失ったら、いまとは正反対の人格になってほしいな。

物静かで、おしとやかで、落ち着きがあって……。

だって、私はみんなのことを忘れているけど、みんなは私のことを覚えているんだから、こんなに騒がしくて、おっちょこちょいの私のままだったら、恥ずかしくて。

「どうしました？」

「ううん、なんでもない。ねえ、好きだった映画とか……」

「星君」

口を噤《つぐ》み、後ろを振り返った。

髪を後ろにかわいらしく束ねた若い女性が、手を振りながら駆け寄ってくる。

ジーンズにスニーカー、そしてドナルドダックのプリントの入った長袖《ながそで》の白いトレーナーが、陽灼《ひや》けした顔によく似合っていた。

星君？　くん？　誰？　誰？　あなたは、誰？

年は、私より少し上だと思う。気になる。私なんて会ってすぐに「純也さん」だから他人のことは言えないけど、彼女は、なにかが違う。

女の勘は当たるんだから。私の場合、そうとは言えないけどね。

「今日、休みじゃなかったの？」

「近くまできたから、寄ってみたんだ」

ドナルドの顔の横につけられたIDカード。彼女も、スタッフのようだった。

敬語以外の、彼の喋《しゃべ》りかたを聞くのは初めて。なんだか、とても仲がよさそう。

少しだけ妬《や》けた。スタッフ仲間だから、それも仕方ないか。でも、やっぱり妬ける。

「あ、こちらは？」

彼女が私に気づき、彼に訊ねる。

私は、突然人間に出くわした野良猫のように、無意識に身構えた。ほら、駐車場に駐《と》まっている車の下から出てきた猫みたいな。

「彼女は夏陽さん。自由が丘の、僕の行きつけの紅茶専門店で働いているんだ。こちらは、智《とも》子《こ》さん。彼女はこの近くの福祉会館に勤めていて、週に三日、『思い出一一〇番』で作業療法士をしてくれているんです」

彼女にはフランクな感じで紹介していたのに、私にはやっぱり敬語だ。

彼と彼女は、多分、一年とか二年とか、そんなつき合いだと思う。それに比べて、私と彼は

……まだ、一、二時間？

でも、ふたりだって、仕事場で顔を合わせているだけ。別に、そういうつき合いとは違うに決まっている。

そういうって、どういうよ？　ま、とにかく、そういうつき合いとは違うってことにしておこう。

私は、胸の中でざわざわと音を立てて騒ぎ出す自分の心に言い聞かせた。

「高島《たかしま》智子です。よろしくね」

私は、彼女が差し出した右手の薬指をみる。次に、左手の薬指に視線を移す。どちらの指にも、指輪はなかった。

「吾妻夏陽です。お忙しいときに、お邪魔してすみません」

彼女……智子さんの掌《てのひら》はすべすべとして、驚くほどに柔らか。

「全然、気にしないで。ここはね、来客大歓迎なの」

ちらりと覗《のぞ》く八重歯にピンク色のマシュマロみたいな頬。彼女の笑顔はとても温かく、そして魅力的。

来客大歓迎……。

彼も、智子さんと同じようなことを言っていた。ちょっとだけ羨《うらや》ましかった。ふたりが共有している世界を、私はまだ知らない。

「ありがとうございます」

「ゆっくりしていってね。あ、そうそう、星君。休みの日に悪いんだけど、ちょっとだけ吉川さんのところへ行ってくれる？　彼、私じゃだめみたい」

私から視線を彼に移した智子さんが、顔の前で手を合わせた。

「もちろん。僕も、吉川のお爺《じい》ちゃんは気になっていたし」

「ありがとう。やっぱり、星に願いをしてみるべきね」

ふたりの朗らかな笑い声が、中庭を駆け巡り空へと駆け上る。

「行きましょう、夏陽さん」

不意に、彼が言った。どうしていいのかわからず佇《たたず》んでいた私は、急に先生に指された生徒のようにどぎまぎとする。

「いいの？」

「あたりまえじゃないですか。そのためにきたんですから」

「でも……」

「吉川のお爺ちゃんは人嫌いでかなりの変わり者だけど、なかなかおもしろい人よ。さ、行きましょう」

逡巡《しゅんじゅん》する私の腕を引き、智子さんが駆け出した。

誰かの黒い毛むくじゃらの犬が、ゴム毬《まり》のように私達のあとを追ってきた。

「お爺ちゃん」

彼女が、地面に立てた杖《つえ》に両手を置き、仏頂面で椅子にふん反り返って座る老人に声をかけた。

作務衣《さむえ》の袖《そで》口から覗く手首は、痛々しいほどに細かった。

「なんだ、またあんたか？」

老人が、ちらりと彼女に眼をやり、すぐに横を向いた。

「あー、いいんですか？　そんなこと言って。せっかく、いい人を連れてきたのに」

「誰だ？」

老人が、横目で智子さんをみた。

その仕草が、素直になれない子供のようで、なんだかかわいらしい。

彼女が振り返り、彼に目顔で合図した。彼が老人の前に歩み出るのと入れ替わるように、智子さんが二、三歩後退《あとずさ》る。

阿吽《あうん》の呼吸ってやつ？　まるで、互いのかゆいところに自然に手が届く夫婦みたい。

「はじめまして。星と言います」

はじめまして？　彼はこのお爺ちゃんのお気に入りじゃないの？

老人は唇をへの字に曲げ、わしは頑固者じゃ、と念を押すような頑《かたく》な光を宿した瞳《ひとみ》で、彼の頭の天辺《てっぺん》から爪先までじろじろと眺め回している。

「はてなマークが、頭の中で跳ね回っているみたいね」

智子さんが、私の心を見透かしたように言った。

「純也さんとあのお爺ちゃんは、顔見知りじゃないんですか？」

「あの患者さんはね、認知症なの。認知症は、知ってるよね？」

私は顎《あご》を引きながら、なるほど、そうだったのか、と感心する。いや、待てよ。でも……。

「でも、智子さんのことは、覚えてましたよね？」

また、あんたか？

記憶力はそんなにいいほうじゃないけれど、お爺ちゃんは、たしかにそう言った。

「私が吉川のお爺ちゃんに会ったのは、二十分くらい前だから」

「ん？」

お間抜けな犬みたいに、私は首を傾げた。

私には、彼女の言っている意味が、すぐにはわからなかった。

「あ、認知症の症状を、星君から聞いてなかった？」

「少しだけ」

「そう。ちょっと、こっちにきて」

彼女が、私の腕を取り老人から二、三メートル離れた。

「病状の進行具合や個人差によって違うんだけれど、認知症の患者さんの記憶は、三十分もすればなくなっちゃうのよ。夕御飯を食べたばかりなのに、御飯はまだか？　って奥さんに訊《たず》ねる患者さんの話、テレビとかで観たことない？」

「じゃあ、あと十分経てば智子さんのことも？」

私は頷《うなず》き、質問を返した。

「きっちり三十分で忘れるってことはないけれど、一時間は無理ね。だから、吉川のお爺ちゃんにとって、一時間経てば、みな、初対面の人になっちゃうの」

智子さんが老人をみる横顔は、憂いを帯びていた。

私には、彼女の気持ちが痛いほどわかる。

一時間経てば初対面だなんて、こんな哀しいことがあって？もし私の母がそうだったら、耐えられないと思う。

だって、一時間ごとに、あなたの子供なのよ、と訴えかけるのはあまりにもつらいから。

「でも、不思議なもので、気に入った人のことは何度忘れても気に入るし、気に入らない人のことは何度忘れても気に入らないの。星君なんて、はじめまして、って挨拶《あいさつ》に行くたびに歓迎されるんだから」

彼女の視線の先では、老人が顔をくしゃくしゃにして笑っていた。

「あんなに愉《たの》しそうな顔は、星君以外の人には絶対にみせたことないのよ。私のときは、こんな口ばかり」

智子さんが、唇の両端を人差し指で下げてみせた。

「おい、そこのふたり。なにをこそこそしておる？」

彼にたいしての笑顔と打って変わった渋面が、不意に、私と智子さんに向けられた。

「彼女達は、僕の知り合いなんです」

老人に説明した彼が、私達に手招きをした。

「ひとつ、言い忘れていたわ。あのお爺ちゃん、すっごい地獄耳なの」

耳もとで彼女が囁《ささや》く。

「なにか言ったか？」

老人が敏感に反応し、唇をへの字に曲げる。

「ね？」

智子さんは片目を瞑《つむ》り、老人のもとへ駆け戻った。

「あんた、名前は？」

老人の中から、つい数分前まで存在していた彼女が消えた。

肩先に触れた淡雪のように儚《はかな》く……。

口で説明を受けてはいても、こうやって目の前で哀しい現実をみてしまうと、かなりのショックだった。

「高島智子です。お爺ちゃん、その帽子、とっても素敵ですね」

彼女が、老人の白い麻のソフト帽を指差して言った。

多分、何回も何回も、同じ会話をしているんだろう。

智子さんもつらいはずなのに、そんな素振りは少しもみせずに笑顔で接している。

感情がすぐに顔に出てしまう私には、絶対に真似できないこと。

「おべんちゃら言ってもなにも出んぞ。わしのこと、こそこそ話しておっただろ？」

「だから、お爺ちゃんの帽子が素敵だな、って」

「まったく、強情な女だ」

「お爺ちゃんには負けます」

「わしは子供の頃から素直だと評判だったんだ」

老人が、杖で地面を叩《たた》きながらムキになって言った。

「あら、本当かしら？　誰に、言われてたんですか？」

智子さんが大袈裟《おおげさ》に眉《まゆ》をひそめてみせる。

「なんだ、お前、疑っとるのか？　お袋だよ」

「お母様が？　へぇ。お爺ちゃんのお母様って、どんな方だったんです？」

私は気づいた。

老人は彼のことだけでなく、智子さんのこともお気に入りだということに。

「あれも、回想法のひとつなんですよ」

いつの間にか隣に立っていた彼が耳打ちしてきた。

「回想法？」

「ああやって、昔の記憶を少しでも思い出してもらおうとしてるんです」

彼が頷き、ふたりのやり取りに眼を細めながら言った。

「でも、智子さんが言ってたわ。あのお爺ちゃん、三十分くらいで記憶を失ってしまうって。お母さんのことも、忘れてるんでしょう？」

「たしかに、お母さんの名前や、どんな顔をしていたかは忘れています。目の前にお母さんが現れても、わからないでしょう。ただ、お母さんと過ごしていたときの安心感や心地好《よ》さは、感覚で覚えているものなんです」

「そっか。だから、好きな人のことは何度忘れても好きになるんだ」

独り言ちる私に、彼が深く頷《ご》いた。

「みんなは、ここの患者さんはなにもわからなくなってると思ってるけど、それは誤解です。彼らは、思い出をしまった場所を忘れているだけで、消えたわけじゃないんです」

珍しく、彼が語気を強めた。

「ブローニュ」で、毎日、患者さんの思い出帳を眺める彼の姿が眼に浮かぶ。

思い出探しの旅。彼は、患者さんの大切な宝物を一緒になって取り戻そうとしている。

「でな、お袋がわしにいつも言っていた。あんたは……その、なんだ。あんたは……」

腕組みをした老人が、苦しそうな表情で首を傾げていた。

「お爺《じい》ちゃん。竹馬で遊んだことありますか？」

彼が、老人の前に屈《かが》み、唐突に話題を変えた。智子さんが、ほっとしたような顔で小さく息を吐いた。

「あたりまえだ。遊んだもなにも、わしは竹馬の名人だったんだからな」

老人の声に活気が漲《みなぎ》り、生き生きとした表情になった。

「父も子供の頃によく遊んだって言ってましたけど、僕、竹馬ってみたことないんですよね」

「なんだ？　竹馬も知らんのか？　竹馬はな、大股《おおまた》で歩いたらだめなんだ。こうやってな、急ぎ足で歩くように右足と左足を小さく……」

老人が杖を置いて立ち上がり、両腕を前に突き出すと、左右の足を交互に踏み出した。

その足取りは、竹馬の名人というよりはよちよち歩きの赤ん坊みたいだったけれど、私の年の三倍は昔の話なので無理もない。

大事なのは、老人が本当に愉《たの》しそうにしているということ。

「星君はさすがね。そういえば、以前に、吉川のお爺ちゃんが竹馬競走でいつも一番だったってことを思い出帳に書いていたわ。ほかのことは全部忘れてても、印象深い出来事は覚えているものね」

彼女が、感心したように言った。

老人の実演をふわふわの笑顔で見守る彼の柔らかなウェーブのかかった髪が、広葉樹の梢《こずえ》から射し込む木漏れ日で金色に染まっていた。

老人は、子供のように得意げに、短い距離を何度も往復している。

「この調子なら、当時遊んでいた友達のことを思い出せるかもしれませんね」

「それは、難しいと思うな。症状が進めば記憶の機能が損なわれるから、過去のこともどんどん忘れちゃうの。だから、思い出すどころか、そのうち竹馬のことも……」

彼女が言葉を切り、唇を噛《か》んだ。

老人は、もう十往復はしているだろうか。息が弾み、肩が上下していた。

「竹馬の競走って、ルールとかあるんですか？」

彼が、さりげなく老人を椅子へと促し麦茶のグラスを手渡した。

「足を着いたら失格じゃ」

「何メートルくらい走るんですか？」

「そんなのは適当だ。五メートルのときもあれば、十メートルのときもある。わしは何十メートルでも平気だったが、ほかの奴らがだらしなくってな」

老人が、胸を張って言った。

「純也さんは、そのことを知らないんですか？」

「ううん。とんでもない。ほかの誰よりも知ってるわ」

私は、彼がこの仕事を始めることになったきっかけ……お祖父《じい》ちゃんが認知症の患者さんだったことを思い出した。

智子さんも、そのことを知っているのだろうか？

「彼はね、時間と闘ってるのよ」

「時間と……闘っている？」

「そう。かろうじて残っている記憶を繰り返し本人に語らせることで、思い出を守ろうとしているの」

刺激されない状態の脳……つまり、使われていない機能はどんどん退化していくということなんです。

彼の言葉が蘇《よみがえ》る。

きっと彼は、老人の記憶の喪失を防ごうとしているに違いなかった。

「僕なら、一メートルも進めないいな」

「情けない奴だな」

「あ、そうだ。今度、竹馬の乗りかた教えてくださいよ」

彼と老人のやり取りをみているうちに鼻の奥が熱くなり、水滴の付着したレンズのように視界が滲《にじ》んだ。

彼と智子さんの関係を妬《や》いていた自分が、恥ずかしくなった。

私は患者さんとほんの二、三十分接しただけで、空気がなくなったように胸が苦しく、いたたまれない気持ちになるのに、ふたりは毎日のように残酷で厳しい現実と向き合っている。年はそう変わらないというのに、毎日をただお気楽に暮らしている私とは大違いだった。

「おい、そこの女。こっちにこい」

不意に、老人が私に手招きをした。

「え？　私？」

私は自分の鼻を指差しながら、きょろきょろと首を巡らせた。

「あたりまえだ。あんた以外に誰がおる？」

せっかく弧を描いていた老人の唇が、また、への字に曲がる。

まずい。どうしよう。私なんて、嫌われるに決まってる。

ポーチから取り出したお月様マークの入った麻袋を鼻に当てる。カモミールの甘い匂いが胸に広がり、不安感に麻酔をかけてくれる。

魔法の香り。ハイテンポで刻んでいた心音がスローになってゆく。

彼の視線を感じた。私は、麻袋を宙に翳《かざ》し、照れ隠しに笑ってみせた。

「さあ、ご指名よ」

智子さんに背中を押され、私は渋々と芝生に足を踏み出した。

「はじめまして、吾妻夏陽です」

私は覚悟を決め、健康優良児の転校生みたいに大声を出し、膝《ひざ》に額がくっつくほど頭を下げた。

足もとに、小さなきらめきが放物線を描いた。

「そんな大きな声を出さんでも、ちゃんと聞こえとるわい」

老人が耳を押さえ、顔をしかめた。

「ごめんなさい」

「ほれ」

目の前に現れた老人の皺々《しわしわ》の掌《てのひら》に載る、三日月型のイヤリング。

「あ、どうも……」

頭を下げたときに、落ちたに違いなかった。

私って、ほんとにドジ。

「あんた、この病院の人間か？」

「いえ……私は、東京の紅茶専門店で働いてます」

「なんだ、そうか」

老人の顔が、微《かす》かに曇ったような気がした。

もしかして、怒らせるようなことを言ってしまったのだろうか？

「わしはてっきり、ここの人間かと思ったよ」

「どうして、そう思うんですか？」

「わしにも、よくわからん。だが、あんたをみてると、もう、何年も前から知ってるような気がするんだな」

家族か誰かに、私に似た人がいたのだろうか？　でも、老人は過去の記憶を忘れているはずなのに……。

「お爺ちゃん、娘さんとかいるんですか？」

馬鹿、なにを言ってるの？　そんなことを訊《き》いたら、苦しめるだけじゃない。

まったく、私ったら……救いようのないまぬけだわ。

反射的に、振り返った。大丈夫だよ、とでもいうように、彼が小さく顎《あご》を引いた。

彼は、私を動揺させないようにしている。その証拠に、智子さんのほうは微かに表情を強張《こわば》らせていた。

「あの、お爺ちゃん……」

「恵《めぐみ》と言うてな。娘はいま、大きな赤いランドセルを背負って学校に行っとるよ」

彼と智子さんが、眼を見開き顔を見合わせた。

私には、ふたりがなぜ驚いたのかわかる。

「お孫さんのこと？」

老人の子供が小学生では、年が離れ過ぎている。きっと、勘違いしているに違いない。

「馬鹿なことを言うな。恵はまだ小学生だ。子供など、おるわけなかろうが」

老人が、語気を強めて言った。

なにがなんだか、わからなくなってきた。

「でも、娘さんは小学生……」

「夏陽さん」

智子さんが、ゆっくりと首を横に振った。

「お爺《じい》ちゃん。恵ちゃんにも、竹馬を教えてあげたんですか？」

それから老人の前に屈《かが》み、興味津々の顔で訊《たず》ねた。

「もちろんだとも。あの子は、わしに似て覚えがよくてな」

老人が、いままでみせたことのないような穏やかな笑みを浮かべ、遠くをみつめた。

彼女に、バトンを渡したほうがよさそうだ。

「驚きました」

珍しく興奮気味に言いながら、彼が歩み寄ってきた。

「私も驚いちゃった。だって、お爺ちゃんに小学生の娘だよ!?」

「あっちに行きましょう」

彼が、中庭の片隅にある空色のベンチに向かう。私もあとに続く。

腰を下ろした私は、ベンチを取り囲むように咲き誇る、紫と黄と白の斑《まだら》模様が愛らしいパンジーに視線を奪われた。

黒くまん丸な躰《からだ》に金の襟巻きをつけたようなふとっちょのハチが蜜《みつ》を吸い、葉の上では鮮やかな黄色が美しい蝶《ちょう》が翅《はね》を休めている。

足もとからは土の匂いが立ち上ぼり、子供達の歓声は空の青へと吸い込まれ、流麗な旋律を奏でるピアノの調べが風に乗って聴こえてくる。

真っ黒なむく犬が芝生を駆け回る姿に、患者さん達が口もとを綻《ほころ》ばせて目尻《めじり》を下げる。

私はベンチに深く背を預け、蕾《つぼみ》が開き花びらが色づいてゆくときのような緩やかな時間《とき》の流れに身を任せた。

「恵さんが旦那《だんな》さんと一緒に訪れても、いままではまったく思い出せなかったんです」

花びらから飛び立つ蝶を視線で追いながら、彼が言葉を嚙《か》み締めるように言った。

「旦那さん？　だって、娘さんは小学生でしょう？」

「彼が言っているのは、三十年以上前の恵さんですよ」

「そうなんだ。じゃあ、いまの恵さんのことはわからないのね」

私は短く息を吐き、膝で重ね合わせた掌に視線を落とした。

「でも、凄《すご》いことです。彼が恵さんの名前を口にしたのは、ここにきて一年の間で初めてのことですからね。夏陽さんが、吉川のお爺ちゃんの記憶の抽出《ひきだし》をひとつ開けたんですよ」

彼が蝶から移した顔を私に向けて、声を弾ませた。

「そんな……私なんて余計なことばっかり言っちゃって、全然だめよ」

言葉とは裏腹に、陽射しが降り注ぐこの中庭のように心が明るくなる。

相変わらず単純ね。落ち込んでいる私を励ましてくれているだけなのがわからないの？

「それが、いいんですよ」

私は、首を傾げた。彼の言う、それ、がなんのことなのかわからなかった。

「あれを言ったらいけない。これを言ったらまずい。そうやって僕達は、無意識のうちに言葉を選んでしまっているんです。余計なことを言わないようにと、そればかりを考えているから、新鮮な声が出ないんです」

「新鮮な声？」

「そう。夏陽さんは、心に思ったことをそのまま口にした。うまく言おう、刺激しないようにしようなんて考えず、飾り気のない言葉で語りかけた。たとえは悪いけど、デパートのリンゴと一緒です。色や形に拘《こだわ》った物は、みかけはいいけど果樹園の取れ立てのリンゴの味には敵《かな》わないでしょう？」

「つまり、私は不格好なリンゴってわけ？」

私は腕を組み、軽く彼を睨《にら》みつけた。

「あ、そういう意味じゃなくて……」

顔を真っ赤に染めてしどろもどろになる彼をみて、私は噴き出した。

「冗談よ」

「脅かさないでくださいよ」

彼が、私に釣られて口もとを緩めた。

「それ、『モーニングガーデン』でも持ってましたね？」

彼が、私の手に握られている麻袋に眼をやった。

「え？　ああ、これ？　私のお守りなの」

「ハーブですよね？」

「うん。カモミール。緊張しているときや不安なときに匂いを嗅《か》ぐと、気分がすごく落ち着くの」

「僕も、カモミールの匂いが大好きです」

「本当？」

「ええ。患者さんにも、ハーブ療法は効果的なんですよ」

「へぇ、そうなんだ」

私は、カモミールの麻袋をみつめた。

お父さん、凄いね。ハーブが、患者さんに役立ってるんですって……。

掌の中でまどろむお月様に、語りかけてみる。

「斉藤《さいとう》さん、落ち着いて」

若い男性スタッフの緊張した声が、穏やかな空気の中に場違いに響いた。

私達から十メートルほど離れたところで、初老の女性がテーブルの上のグラスやクッキーの載った皿を払い落として泣き叫んでいた。

「どうしたのかしら？」

「多分、癇癪《かんしゃく》を起こしたんだと思います。回想法の過程で、思い出せそうで思い出せないもどかしさに、ときどきこういうことがあるんです。癇癪は病状が進行した患者さんよりも初期の段階で多く起こるんですよ」

彼が、心配そうに騒ぎをみつめながら言った。

わかるような気がした。

私だって、伝えようとしたことを度忘れして、いらいらが募り、母に当たったのは一度や二度じゃなかった。

若いスタッフとは別の男性が駆けつけ、女性を宥《なだ》めながら必死に椅子に座らせようとしている。

女性がひと際大きな金切り声を上げ、両腕をぶんぶん振り回した。

子供達も、ほかの患者さん達も……そしてむく犬までもが、動きを止め、固唾《かたず》を呑《の》んで事の成り行きを見守っていた。

「それ、貸してもらえませんか？」

彼が麻袋に視線を移して言った。

「カモミールを？」

頷《うなず》く彼に、私は反射的に麻袋を手渡した。

「ありがとう」

言い終わらないうちに、彼が駆け出した。私も慌てて立ち上がり、彼の背中を追った。

「先生を呼んできてください」

若いスタッフが、逼迫《ひっぱく》した表情で叫んだ。その様子をみた女性は、いっそうパニックに陥ったようだった。

「ちょっと、待ってください」

ふたりがかりで取り乱す女性を押さえつけようとするスタッフの人達を制し、彼が彼女の背中にそっと掌《てのひら》で触れた。

「立ったままで、構いませんよ。ほら、斉藤さんが好きな物を持ってきました」

彼の口調は、周囲の張り詰めた空気とは対照的に、呆《あき》れるほどのんびりしていた。

彼が口調と同じにゆったりとした仕草で、テーブルに麻袋を置く。女性が、涙に濡《ぬ》れた顔を窺《うかが》うように彼に向けた。

眼を細めて頷く彼をみて、女性が遠慮がちに手に取った麻袋を鼻に当てた。

女性が静かに眼を閉じ、小さく息を吸い込む。

こちらにまで、あのリンゴ園にいるときのようなフルーティーな香りが漂ってきそう。

泣いたカラスがなんとやら……女性は、母猫に背中を舐《な》めてもらっている子猫みたいに心地好《よ》さそうな顔をしている。

それも当然。カモミールの香りは、夜泣きする赤ん坊にも効果的。

夜泣きする赤ん坊以上に手強《てごわ》い敵がいると思って？

「泣いても、全然大丈夫ですよ。たまには大雨が降らないと、地面も干涸《ひから》びちゃいますから」

女性に語りかける彼のセリフは、とても印象的だった。私が彼女なら、すぐにほっぺが緩みそう。

「そんなふうに言われると、泣けなくなっちゃうでしょ？」

女性が、泣き笑いの表情で言った。

スタッフの人達はみな、超能力をみてしまったとでもいうように呆気《あっけ》に取られていた。

私は、彼の言動をごくあたりまえに受け止めていられる自分が少しだけ自慢だった。

もうひとり、それくらい当然、といった顔をしている女性がいた。

「やっぱり、星君には勝てないな」

智子さんが、ふぅーっ、と息を吐きながら、独り言のように呟《つぶや》いた。

私は、自分のことのように誇らしい気持ちになる。そして、ちょっぴり不安になる。

どうやら、本当に彼を好きになってしまったようです。私なんかで、大丈夫かな？

今夜の思い出帳の書き出しのセリフを、心で呟いた。

3

「そしたら純也さん、どうしたと思う？　私のカモミールを手にして、患者さんのところに走って行ったの。彼のセリフが、またいいのよ。『立ったままで、構いませんよ』だって。それまでふたりのスタッフの人がなにを言ってもパニックになるだけだった患者さんが、まるで魔法をかけられたようにピタッ、とおとなしくなったの！　信じられる？　でね、でね、騒ぐことはなくなったけど、まだ彼女は泣いていたわけよ。彼は患者さんの背中に手を置いたままあったかーい瞳《ひとみ》でみつめながら、『泣いても、全然大丈夫ですよ。たまには大雨が降らないと、地面も干涸びちゃいますから』って言ったの。そしたら、その患者さん、『そんなふうに言われると、泣けなくなっちゃうでしょ？』って、にっこり笑ったの。もう、私、この世にこんな天使みたいな男の人がいるなんて信じらんない」

まるで自分の部屋のように、私は彼の声や眼差《まなざ》しをまね、親友に少しでも感動をお裾《すそ》分けしようと、ひとりふた役を演じた。

自分の部屋でもそんなことしてたら、ちょっと……かもしれない。

「まだあるんだから。いい？　さっき、吉川のお爺《じい》ちゃんの話をしたよね？　ほら、娘さんがいるかどうかを訊《き》いたって話。私、ひどいこと言っちゃったんじゃないかって落ち込んでたの。だって、吉川のお爺ちゃんは、家族の顔も名前も忘れてるんだから……。そんな私に純也さんは、『夏陽さんが、吉川のお爺ちゃんの……』」

「『記憶の抽出《ひきだし》をひとつ開けたんですよ』でしょ？」

海苔煎餅《のりせんべい》を齧《かじ》っていたハルちゃんが、彼のまねをする私のまねをしながら、うんざりとした表情で肩を竦《すく》めた。

「もう、感じ悪いな。私が一生懸命話してるっていうのにさ」

私は、舞台代わりにしていたベッドから下り、ハルちゃんに抗議する。

「夏陽。あなたね、土曜日の夜に電話もなしにいきなり人の家に押しかけて、『ねえねえ、聞いて聞いて』って、一時間も喋《しゃべ》りっ放しなのわかってる？　それも、壊れたテープレコーダーみたいに何度も何度も同じことばかり繰り返して、聞かされる側の身にもなってみなさいよ」

パリパリ……パリパリ……パリパリ。

お煎餅の小気味のいい音とハルちゃんの小言……いいえ、諭しの声が交互に聞こえる。

「だって、友達でしょう？　真っ先に、話したかったんだもん」

あのあと、病院を出た私達は桜木町の中華料理店に入り、ちょっと遅い昼食を摂《と》ることにした。

彼がホイコーロー飯と、私が五目チャーハン。本当は杏仁《あんにん》豆腐も頼みたかったけれど、「モーニングガーデン」でケーキをひとつ半食べていたし、食いしん坊だと思われるのが恥ずかしいから我慢した。

じっさい、食いしん坊なんだけどね。

どうして、あの患者さんがカモミールが好きだってわかったの？

お店で、私はワイドショーのリポーターみたいに爛々《らんらん》と輝く瞳で彼にインタビューした。ハルちゃんに言ったとおりに、あのときの彼は本当に魔法を使ったのかもしれない。

偶然だったんです。以前に、同じようなことがあったときに、たまたま彼女がセラピーに使っていたカモミールをみつけて……。匂いを嗅《か》いでいるうちに、段々と落ち着いてくれたんですよ。

ひとつの疑問が解けた私は、新たな疑問を彼にぶつけた。

泣いても、全然大丈夫ですよ……のセリフ。あのパニック状態のときに咄嗟《とっさ》にあんな素敵なことが言えるだなんて凄《すご》過ぎる。

私が彼なら、頭がゲレンデみたいに真っ白になって、おろおろしているだけかも。うん。きっとそう。

僕が哀しんでいるときに、ある人から同じように言われたことがあるんです。そのときに、気持ちがすうっと軽くなって。

お馬鹿でお間抜けな私は、次にとんでもないことを言ってしまったの。

へぇ、純也さんにも落ち込むことがあるだなんて驚き。

もちろん、馬鹿にするような意味で言ったのではなく、包容力の塊のような彼でも、誰かに手を差し伸べてもらうときがあるのだというのが意外だっただけ。

私が彼に抱いているイメージは、幼子にとってのパパみたいなもの。大きな失敗を犯しても小さなこととして受け止めてくれ、小さな危険が迫ったら大慌てしてくれる。

そんな優しくて頼り甲斐《がい》のあるパパが、誰かに慰めてもらったりしているのは違和感があるでしょう？

食事を終えたあと、自由が丘駅まで送ってくれるという彼の申し出を未練たっぷりに断り、私は電車に揺られながらデートらしきものの余韻に浸った。

家に着いたのが四時頃。それから、記憶の湯気が冷めないうちに思い出帳を書き始め、気がついたら夜の八時になっていた。

「夏陽。日本には、素晴らしい諺《ことわざ》があるのよ。親しき仲にも礼儀あり……ってね」

パリリッ、という乾燥した音が、ハルちゃんの手厳しい言葉とよく調和していた。

「はいはい、わかりましたよ」

「はいは一度でいいの。メグだって、いい返事ができるわよ」

メグは、ハルちゃんの友達でも妹でも、当然、子供でもない。

「ワンしか、言えないじゃない」

メグは人間じゃなくて雌のミニチュアダックスフントで、ハルちゃんの店の常連……客？だった。

彼女は、自宅マンションのある荻窪《おぎくぼ》のふたつ隣……高円寺《こうえんじ》のペットショップでトリマーをしていた。

私には厳しいハルちゃんも、動物には別人のように優しいのだ。

でも、誰よりも私のことを心配してくれている。当然、お母さんを除いてね。

「四の五の屁理屈《へりくつ》を並べない。はい、って言えばいいの、はい、って」

「はーい」

私は、どさくさに紛れてハルちゃんのお煎餅の袋に手を伸ばす。

「ちょっと、夏陽は煎餅派じゃないでしょう？」

身を捩《よじ》り、袋を防御したハルちゃんが、ちゃぶ台の上のポテトチップス「コンソメ味」の袋を指差した。

ちゃぶ台の上の……。

テーブルの間違いじゃなくて、ちゃぶ台。そう、あの、「サザエさん」でみんなが和やかに囲んでいるちゃぶ台だ。

ハルちゃんの趣味は、二十二歳の女のコの、という眼でみたら、ちょっぴり変わっている。いつも飲むお酒はカクテルでもワインでもなく芋焼酎《いもじょうちゅう》のお湯割り、好きな俳優はブラピでもディカプリオでもなくジーン・ハックマン、好物はパスタでもティラミスでもなくひじきとオクラ……ちょっぴりじゃないか。

「だって、おいしそうな音を立てて食べてるから」

「まったく、もう」

ハルちゃんは最後のお煎餅を半分に割り、私に差し出した。

ほら、やっぱりハルちゃんは優しい。

「貸しなさい」

私の掌《てのひら》の中のアイスティーのペットボトルが、手品のように消えた。

「お煎餅には、これでしょう」

ハルちゃんが、緑茶のペットボトルを宙に翳《かざ》した。

「ありがと」

本当は、アイスティーが飲みたかった。でも、ハルちゃんの勧めは断れない。そして、ハルちゃんの言うことが外れた例《ためし》はない。

「で、その純也さんって人と、次はいつ約束したの？」

「次？」

私は、お煎餅を口にくわえたまま首を横に倒した。

「そう、デートの約束よ」

今日は、本当にありがとう。

こちらこそ、大変な思いをさせてしまって、すみませんでした。


もう一度病院に戻るという彼と桜木町駅の改札口で手を振りさよならした。

私は、あまりにも刺激的な一日に舞い上がり、彼の笑顔を何度も記憶のスクリーンにリプレイしているうちに、電車のホームを間違えてしまった。

「まさか、なんにも約束しないまま、別れたんじゃないでしょうね？」

厳しい口調で問い詰めてくるハルちゃんは、テレビドラマの刑事さんみたい。これで、あの やたらと眩《まぶ》しいスタンドを向けられれば完璧《かんぺき》だ。

私は言葉が見当たらず……というより、初めてそのことに気づき心細くなる。

とりあえず、お煎餅を齧る。ずっと口にくわえていたので唾液《だえき》で湿気《しけ》り、パリパリ、と鳴らすことはできなかった。

「今日は、本当にありがとう、なんて言って、子供みたいに手を振ってホームの階段を駆け上がったとか？」

この状況が漫画なら、私のこめかみには冷や汗の滴《しずく》が浮き、頭の上には、ギクッ、と書かれたことだろう。

ハルちゃんの勘は、テレビドラマの刑事さんより遥《はる》かに鋭い。

私の頭の中では、お迎えのバスに乗る幼稚園児みたいに天に突き上げた腕を左右に動かし、弾む足取りで階段を上る「私」の姿が映し出されていた。

「ハックマンって、渋くていい味出してるよね」

私は、ベッド脇の壁のポスター……拳銃《けんじゅう》を片手に犯人を追う生え際の後退した老け顔の俳優に視線を投げた。

「この『フレンチ・コネクション』のときもよかったけど、『ミシシッピー・バーニング』のハックマンがまた……こら、話を逸《そ》らさないの」

ハルちゃんが、ハックマンに向けていたうっとり顔を私に戻して窘《たしな》める。

「約束しなかったけど、すぐに会えるから大丈夫。彼、ウチの店の常連さんだって、言ったでしょう？」

ハルちゃんに、というよりも自分に言い聞かせた。

「でも、それは、お客さんとウエイトレスとしてでしょう？」

「でも、でも、私と彼は週に四日も顔を合わせてるんだから」

私はムキになる。ムキになりながら、ムキにさせてくれるハルちゃんに感謝する。

「それに……」

ハルちゃんが言葉を切り、緑茶をグビリと飲む。

「それに……なによ？」

私も訊《たず》ねながら、緑茶をグビリと飲む。

「スタッフの女の人、なんて言ったっけ？」

「……智子さん？」

怖々《おずおず》と、彼女の名前を口にする。あの柔らかな手の感触と魅力的な笑顔が蘇《よみがえ》り、喉《のど》がカラカラに干上がった。

もう一度、緑茶をグビリと飲む。

「そう、その智子さん。彼女だって、職場で彼と会ってるんでしょう？　しかも、三十分くらいで帰る『ブローニュ』のときと違って、何時間かは一緒にいるんだよね？」

「ちょっと、ハルちゃん。なにが言いたいのよ？　それに、彼と会ってるんでしょう？　って言いかたはやめて。なんだか、智子さんの彼氏みたいじゃない」

私は抗議した。多分、顔が真っ赤になっていると思う。

「あれ、違うの？」

「あ、あ、あ、ハルちゃん、かけがえのない親友にそんなこと言うわけ？」

私は、ペットボトルの飲み口をハルちゃんの胸に突きつけながら、抗議のテンションを上げた。

「嘘、嘘、冗談よ。でも、これからはわからないわよ」

「それ、どういうことよ？」

私は唇を尖《とが》らせる。幼い頃、お祖父《じい》ちゃんによく、そんな顔ばかりしておるとスッポンになるぞ、とからかわれたっけ。

「だってさ、彼女と彼……純也さんは、同じ職場で頻繁に顔を合わせるわけじゃない？　とくに、ああいう患者さんを相手にしているような特殊な職場はさ、共鳴意識が強いのよね。少なくとも、夏陽の話を聞いているかぎり、智子さんのほうは彼に気があるんじゃないかな」

ハルちゃんに突きつけていたペットボトルの飲み口が、しゅんと下を向く。さっきまでの勢いはどこへやら。私のテンションは急降下した。

それは、私も感じていたこと。

吉川のお爺《じい》ちゃんや癇癪《かんしゃく》を起こした女の人と接するときの彼をみる智子さんの眼差《まなざ》しは……。

私は、思考の蛇口をきつく締めた。

あたりまえじゃない。あのときの彼をみたら、私や智子さんじゃなくても……ハルちゃんだって、魅了されると思う。

「いいじゃない。それだけ、彼が素敵だって証拠でしょ？　モテない男の人を彼氏に持つよりいいわ」

「夏陽。あなた、高校時代とちっとも変わってないわね。垣内《かきうち》君のときも、そうだったじゃない」

きたきた。ハルちゃんの「〜のときもそうだったじゃない攻撃」が……。

ペットボトルに口をつけ、緑茶を飲まずにキャップを閉め、またキャップを開け、食べかけのお煎餅《せんべい》を袋に戻し立ち上がると、意味もなく「ハックマン」の見事に露出した頭頂を擦《さす》った。

「一年生の夏休みのときのこと、覚えてるでしょう？　私がせっかく垣内君とのデートをお膳《ぜん》立《だ》てしてあげたのに、あなたったら、ひーちゃんを代わりに行かせて……」

ハルちゃんの、長い長いため息。ため息を吐《つ》きたいのはこっちのほう。

ハルちゃんとは、驚くべきことに幼稚園から小、中、高までずっと同じ学校だった。

クラスは一緒になったり別々になったりしていたけれど、家がカップ麺《めん》ができるくらいの時間で歩いて行ける距離で、母親同士が大の仲良しということもあり、私達も必然的に？　大の仲良しだった。

もちろん、私達のロープよりも太くてワイヤーよりも強い絆《きずな》は、家が近くて母親同士が親友だから……というだけが理由じゃない。

ハルちゃんの好きな映画はアクションもの、私が好きなのはハートフルコメディ、ハルちゃんが幼い頃に飼っていた犬は秋田犬で、私はパグ。

ふたりはなにからなにまでが好対照で、私は、自分にないものを持っているハルちゃんに惹《ひ》かれ、彼女もきっと、たぶん、もしかして、そうなのかもしれない。

磁石のN極とS極がくっつくようにね。

郵便ポストに手が届かないような小さな頃から、なにをやるにも一緒だったハルちゃんは、私以上に私のことを知っている。

ということは、当然、数え切れない失敗談も……。

私の数多い弱みの中でも、ひーちゃんの話はとくに耳が痛かった。

ひーちゃんは、高校一年のときに同じクラスだった女のコ。

彼女の名前は、弘美《ひろみ》でも久江《ひさえ》でもなく、典子《のりこ》といった。

彼女がのんちゃんじゃなくてひーちゃんと呼ばれているのは、雛《ひな》からきている。そう、鳥の赤ちゃんの雛。

ひーちゃんはとても躰《からだ》がちっちゃく、それこそ、雛鳥のように華奢《きゃしゃ》で頼りない女のコだった。恥ずかしがり屋で、無口で、みながスズメのようにピーチクパーチクお喋《しゃべ》りしているときも、教室の片隅でひとり静かに本を開いているタイプだった。

みなはひーちゃんのことを暗くてとっつき難《にく》い女のコと敬遠していたけど、私は、彼女のことが好きだった。

ひーちゃんはたしかにノリがよくて親しみやすいとは言えなかったけれど、彼女が心根の優しい女のコだということを私は知っていた。

私とひーちゃんの席は隣同士で、教科書を忘れたときにはさりげなくみえるようにページを開いてくれたり、先生に指されて答えに詰まったときには、ぼそぼそっとした声で天啓を与えてくれたりもした。

助けて貰《もら》ったからそう思うわけじゃないけど、少なくとも私にとってのひーちゃんは、とっつき難いどころか居心地のいい存在だった。

「ちょっと、夏陽。聞いてるの？」

「ちゃーんと聞いてますよ。垣内君とのデートをすっぽかしたことでしょ？」

私は回れ右をして、本当の母よりも厳しく、本当の母と同じくらいに心配性のハル母さんに向き直った。

「そうよ。夏陽が、垣内君いないいないっていうから、橋渡し役になってあげたんじゃない。なのにさ……」

「ごめん、ごめん。七年前の吾妻夏陽さんに代わって、深くお詫《わ》び申し上げます」

おどけ口調で言いながら、三つ指をつき頭を下げる。ハルちゃんが、今日何度目かのため息を吐く。

「あのさ、ずっと不思議に思ってたんだけど、どうしてひーちゃんを待ち合わせの場所に行かせたの？」

当時も、ハルちゃんから何度も理由を訊《き》かれたのだけれど、なんとなく、としか答えていなかった。

親友にも言えなかったこと……私は、ひーちゃんの思い詰めたような視線に気づいていた。

垣内君が先生に指されて英文を読んでいるときも、休み時間にゴールに華麗なシュートを決めているときも、屋上で大人みたいな仕草で煙草を吸っているときも……。

垣内君は成績優秀でスポーツ万能で……といっても、品行方正な優等生じゃなく、不良っぽい男のコだった。

女子にも人気があり、バレンタインの日には鞄《かばん》がはち切れそうになるほどのチョコを貰っていた。

女のコというのは絵に描いたような好青年よりも、どこか危なっかしいところがあるくらいのほうが惹かれるの。

私も、二月十四日に垣内君の鞄をパンパンにしたうちのひとり。

だけど、垣内君の名前を口にした回数ほど、彼のことが好きなわけじゃなかった。

「それはね、ひーちゃんが本当に垣内君のことを思っていたから」

「え？　あのコが!?」

ハルちゃんが、サスペンス映画のラストに明かされた意外な犯人を観たときのように、驚きの声を上げた。

私はお煎餅を齧《かじ》りつつ顎《あご》を引く。

ごめんね、ひーちゃん。でも、もう、時効だからいいよね？

「夏陽も、垣内君のこと好きだったんじゃないの？」

「いま思えば、違ったみたい。誰かに恋する自分に憧《あこが》れてたってところかな」

「だってさ、彼が夏陽と映画に行くことOKしたって聞いたときに、あなた、喜んでいたじゃない」

ハルちゃんから垣内君の返事を伝え聞いた私が喜んだのは事実。でも、急に不安が込み上げてきたのも事実。

そうね、たとえるなら、留学したい留学したいと騒いでいた思春期の子が、ある日、親からパスポートと航空券を渡されたときの気持ちに似ているかな？

望みが叶《かな》いそうになった瞬間に、本当は留学を望んでいたのではなく、留学生という言葉の響きに憧れていた自分に気づく……ちょうど、そんな感じ。

「恋に恋する乙女心ってやつよ。ハルちゃんにも、覚えがあるでしょう？」

私は両手で口を覆い、意味深な笑みを浮かべた。

「な、なによ、気味悪いわね」

「知ってるんだよーん。誰かさんが、長老のこと好きだったこと」

ハルちゃんの顔が、唐辛子を丸齧りしたように真っ赤に染まる。

長老は垣内君の一の親友。とても十五歳とは思えないようなアダルトなムード（老け顔ともいう）と、囲碁クラブの部長という肩書きが、渾名《あだな》の由来だった。

ハルちゃんから直接に聞いたことはないけれど、長老がそばにきたときの彼女は、もう、こっちが恥ずかしくなるくらいにドギマギしてたっけ。

偉そうなことを言ってるけど、ハルちゃんは私以上に奥手……そんな彼女が大好き。

「もう、なに言ってるのよ。私のことはいいから。そうそう、だから、純也さんのことよ。また、垣内君のときみたいに、恋に恋する乙女状態じゃないでしょうね」

「それは、絶対にありません。あのときは、まだ、世間知らずの子供だったんだから、いまとは違うわ」

私は、自信満々に胸を張って言った。

「どうだか」

ハルちゃんがくすりと笑う。

「なんか言った？」

「いえいえ、なにも言ってませんわよ」

掌《てのひら》を唇に当て、貴婦人を気取る親友を軽く睨《にら》みつける。

彼をひと目みたときから、わかっていた。

近い将来、彼のことを好きになるだろうことを。

私の恋愛法則でいくと、女のコは、少し不良っぽいくらいの男のコが好きなはず。

でも、彼は、不良の「ふ」の字も感じられず、どこからみても好青年。

だけど、どこか危なっかしい部分がある。もちろんそれは、喧嘩《けんか》をするとか、道を踏み外すとかそういうことじゃなくて、うまく口で説明できないけれど……とにかく、そんな気がする。

「ま、もしそれが恋愛ごっこだとしても、全力で応援するから。私は、世界中のすべての人が敵に回っても、夏陽の味方だからね。さあー、デザートにしましょ」

照れ隠しにハルちゃんが、手をパンパン、と勢いよく叩《たた》き立ち上がると、冷蔵庫のフリーザー室から取り出したハーゲンダッツのチョコチップミントとプラスティックスプーンを私の掌に載せる。

「ハルちゃん。本当に、ありがとうね」

アイスを頬張りながら、ハルちゃんの美《うるわ》しき友情に礼を述べた。

「アイスひとつでこんなに感謝してもらえるなんて、嬉《うれ》しいわ」

「もう、わかってるくせに」

ハルちゃんの肩を肘《ひじ》で小突き、束《つか》の間、ふたりで顔を見合わせ、同時に噴き出した。

いまの私は、チョコチップミントのように甘く爽快《そうかい》な気分だった。

4

「だめ、だめ、だめ……これもだめ」

花柄のワンピースは子供っぽくみえるし、クリーム色のブラウスは気分じゃないし、フリルのセーターはカマトトっぽいし、グレイのパンツスーツはお高く止まっているような感じだし……。

リビングのボディミラーの前。私の足もとには、次から次にダメ出しされた衣服が散乱していた。

「参ったなぁ、時間がないっていうのに……」

鏡の中から、眉《まゆ》を八の字に下げた女性が私をみつめていた。

ふと、ボディミラーの横のカレンダーに眼をやった。

草原に咲き誇るパンジーの写真。

「あ、忘れてた」

私は下着姿のままカレンダーを捲《めく》った。

視界からパンジーが消え、空の青に枝を広げる桜の桃色が現れた。

彼の勤める病院でデートらしきものをしてから、約三週間が過ぎた。

月は三月から、萌芽《ほうが》の息吹も瑞々《みずみず》しい四月になっていた。


映画とディズニーランド。

カレンダーの写真が変わってから、私達は二度、デートらしきもの……いいえ、立派なデートをした。

ハルちゃんは、彼とのデートらしきものの報告をしたときに、二回目の約束をしなかったことを心配していたけれど（私もその夜はなかなか寝つけなかった）、不安は杞憂《きゆう》に終わった。

翌日、「ブローニュ」にいつもの時間に現れ、いつもの席に座り、いつもと同じキャンディティーを頼んだ彼は、いつものようにファイルを物静かに捲っていた。

私は、どうやって次の約束のことを切り出そうかと、開店前に既に掃除を済ませていた彼の隣のテーブルを拭《ふ》きながらタイミングを計っていた。

恋人でもなんでもないのに、勘違いしていると思われないだろうか？

女性から誘うなんて、はしたなくはないだろうか？

昨日のことは、単にセラピーをみせたかっただけではないだろうか？

十分過ぎるほどピカピカになっているテーブルを磨く私の頭の中で、次から次へと弱気の虫が囁《ささや》いた。


　昨日はどうも。

　わざわざつき合ってくれて、ありがとうございます。


キャンディティーを彼のテーブルに運んだときに交わした言葉が、「囁き」に拍車をかけた。

まるで、近所のお隣さん同士……または、子供の親同士の会話……どちらにしても、間に壁を二、三枚は隔てた者同士の会話だった。

少なくとも恋人関係と呼ぶには程遠く、かなり前向きに考えても、知り合ったばかりのサークル仲間、といったところかな。

お客さんはほかに女の人がひとりだけという絶好のチャンスだったのに、結局私は、空席のテーブルにダスターをかけ終わっても、彼に話しかけることができなかった。
そんなこんなで、もたもた、おろおろ、じりじりしているうちに、彼の「出勤」の時間になった。
私は次なるチャンスを待つことにし、レジへ向かった。

夏陽さん、次のお休みはいつですか？

伝票をトレイに置きながら訊《たず》ねてくるという、最初のときと同じ再現フィルムをみているような展開に、私の心は期待に浮き足だった。

土曜日だけど……どうして？

わかり過ぎるくらいにわかっていたくせに、私は惚《とぼ》けてみせた。
そのことばかりを考えて、仕事も手につかなかったというのに。
ついつい、ニヤけそうになる顔の筋肉をコントロールするのが大変だった。

病院の先生が奥さんと行く予定だった映画の招待券を貰《もら》ったんです。もしよかったら、一緒に行きませんか？

うん。

惚けてみせたのも束の間。散歩に行く？　と言われた犬のように、私は呆《あき》れるほどあっさり首を縦に振る。満面に、とても嬉しそうな笑みまで浮かべて。

智子さんじゃなくて、私を誘ってくれたということが嬉しかった。

私は、都合の悪くなったお医者さん夫婦に感謝した。

土曜日に渋谷の駅で彼と待ち合わせをして観に行ったのは、四人の人気ハリウッドスターの豪華共演で話題になった戦争映画。

一九一四年のオーストリアを舞台にしたサラエヴォ事件がどうたらこうたらという内容だったんだけど、ハートフルコメディ好きな私には、正直、イマイチの映画だった。

でも、映画の内容なんてどうだってよかった。彼と隣同士の席でポップコーンを摘《つま》む。同じ時間《とき》……同じ空間を共有しているというシチュエーションだけで私は満足だった。

映画館を出たあと、表参道《おもてさんどう》のオープンカフェでお茶をし、UFOキャッチャーで「くまのプーさん」のコックさんバージョンを二回目でゲットし（因《ちな》みに彼はカエルのぬいぐるみに三回挑んで全滅）、今度は、次の土曜日にしっかりとディズニーランドに行く約束をして別れた。

ハルちゃんとは数え切れないほど行ったディズニーランドも、男の人とは初めて。

彼の、シンデレラ城で照れくさそうにしている顔が、ホーンテッドマンションで悲鳴を上げる私に向けられた優しい眼差《まなざ》しが、パレードで踊るミッキーマウスを眺める子供のように輝く瞳《ひとみ》が、静かに、そして深く、私の心に刻み込まれた。

あの、来週の土曜日、純也さんの家に遊びに行ってもいい？

愉《たの》しいひとときが終わりを告げようとしている駅のホームで、私は咄嗟《とっさ》に大胆なセリフを口にした。

彼が家族と住んでいるのか、独り暮らしなのか、それとも寮住まいなのか……なにも知らないのに、なんて図々《ずうずう》しいんでしょう。

でも、心に思ったことを口にするのがサル目ヒト科の夏陽という生き物。開き直っているわけじゃないけど、いまさら言葉をリセットできはしない。


むさくるしいところでよかったら、喜んで。


彼の笑顔と言葉に、私は救われた。きっと彼は、「人助け」をする星の下に生まれてきたに違いなかった。

私のような、ミスばかりする人のためにね。

なにはともあれ、彼が、土曜日の午後一時に私の家に迎えにきてくれることになった。

「ヤバい」

私は、ベッドのヘッドボードで呑気《のんき》に微笑みかけるプーさんの目覚まし時計に眼をやった。

約束の時間まで、あと十分しかなかった。

「あー、どうしよう」

私はクロゼットに飛び込み、躰《からだ》をくの字にしたりSの字にしたり衣服の海に揉《も》まれながら、あれじゃないこれじゃないとハンガーを手に取った。

結局、満足のいくものは見当たらず、クロゼットから出てきた私は一度ダメ出しした紺地に白い花模様のワンピースを拾い上げた。

「仕方ないっか……嘘！」

ボディミラーの前に戻った私は、寝起きみたいに爆発してしまった髪の毛をみて悲鳴を上げた。

「もう、時間がないっていうのにっ」

ドレッサーにダッシュし、寝癖直しのムースを慌てて塗りつける。左手にブラシ、右手にドライヤー……横目で時間を追いながら、私はビデオの早送りのように猛スピードで髪の毛をセットした。

一時まで、五分を切っていた。

チッ、チッ、チッ、チッ、チッ。

秒針が時間《とき》を刻む音がやけに大きく鳴り響く。焦りのムズムズ感が、背筋を這《は》い上がり私の気持ちを急《せ》かせた。

彼が、時間にルーズであることを祈った。

視線を、フローリング床に転がっているポーチに落とした。中には、カモミールの麻袋が入っている。

でも、のんびりと魔法の香りで気を静めている時間はなかった。

爆発がおさまりなんとか人様の前に出られる髪型になったときに、ちょうど、インタホンのベルが鳴った。

「ぎりぎりセーフ」

私は両手を水平に伸ばし、安堵《あんど》のため息を吐《つ》いた。

こうしてはいられない。

ドレッサーから立ち上がり、飛び跳ねるようにリビングを出た。

「あ……」

そこで初めて、私は下着姿のままだということに気づいた。

廊下を駆け戻り、抜け殻みたいに落ちているワンピースを手早く身につけ、ついでに忘れていたポーチを腕に引っかけるとふたたびリビングを飛び出した。

「はーい、いま開けます」

二度目のベルに返事をしながら、ドアを開ける。

「待たせてごめんね、純也さ……」

目の前で佇《たたず》む見知らぬ男性に、声を呑《の》んだ。

「あ、ごめんなさい、私、人違いしちゃって」

……って、なんで謝るの？　ここは私の家じゃない。

「あなた、誰なんですか？」

自分が勝手に間違ったことを棚に上げ、私は不機嫌モードで男性に訊ねた。

「君、吾妻夏陽ちゃん？」

男性は、ドアに片手をつき、古くからの知り合いのような口調で言った。

ちゃん？　私の質問にも答えず、馴《な》れ馴れしくちゃんづけで人の名前を呼ぶこの男性は誰？

芥子《からし》色の麻のジャケットに同色のパンツ、胸のボタンをルーズに開けた白いシャツ、薄く茶色に染めた長髪。

多分、私と同じくらいか、年下だと思う。なのに、とても偉そう。それに、この感じの悪さはなに？

そうそう、誰かに似ていると思ったら、生意気で不敵なところが、あのカラスみたいなペンギンのキャラクター……ぱつ丸にそっくり。

ジリリリリーン！

頭の中で警報センサーが鳴り響く。私は、無意識に身構え、半歩後退《あとずさ》る。

この前、携帯電話をハルちゃんと行ったラーメン屋さんに忘れたときに誰かに電話番号を知られたとか？

でも、名前や住所はどうやって……まさか、探偵事務所の人？

それとも、ストーカー……。

「け、警察を……」

「星純也って知ってるだろ？」

呼びますよ、の言葉は、ぱつ丸の口から出た意外な人物の名前に掻《か》き消された。

「なぜ、あなた、純也さんのことを？」

私だけではなく、彼の名前まで……。

もしかして、なにかの目的のために私と彼のデートをつけて、そして、なにかの目的のために悪いことを考えているに違いない。

そうに決まっている。約束の時間に彼が現れないのは……。

警報センサーのボリュームがアップした。

「警察を呼びますよ！」

今度は、声に出すことができた。ばつ丸が一瞬、呆気《あっけ》に取られたような顔をし、それから、大声で笑い始めた。

「ちょっと、なにがおかしいのよ？」

私はばつ丸を睨《にら》みつけ、抗議した。

それでもまだ、ばつ丸が笑いやむ気配はなかった。

「だから、なにがおかしいのって訊《き》いてるの！」

「いや、だってさ、君が警察に突き出そうとしているのは、純也さんの弟なんだぜ」

ばつ丸が、肩を竦《すく》め片目を瞑《つむ》ってみせた。

「え!?　いま、なんて言ったの？」

私は、思わず訊《たず》ね返した。

「俺は、星直也《なおや》。星純也の弟なんだ。よろしく」

「嘘でしょ!?」

ばつ丸が差し出す右手と顔を交互にみながら、私は素頓狂《すっとんきょう》な声を上げた。

この人が、彼の弟だなんて信じられなかった。

だって、彼はこんなに鋭い眼をしていないし、こんなに乱暴な喋《しゃべ》りかたもしない。物静かで、焼きたてのパンみたいにほんわかと温かく、紳士的で……とにかく、顔も性格も服装も、なにひとつ彼と似ているところはない。

「全然似てないって、思っているでしょ？　よく言われるんだ。赤の他人みたいだって。ま、仕方ないけどね。兄貴はドイツ車、俺はイタリア車。世界的にどっちが信用性あるか、わかる？」

ばつ丸が、自嘲《じちょう》的に笑った。

「車のことはよくわからないけど、なんとなく。でも、本当に、その……あなた、純也さんの兄弟なの？」

いまだに、ばつ丸が彼と同じ母親から生まれたということが信じられなかった。

「じゃなきゃ、君を迎えにきたりするわけないだろ？」

「あなたが？　どうして、純也さんは迎えにきてくれないの？」

私の問いかけに、ばつ丸の表情がそれまでと打って変わって暗く沈んだ。

「どうしたの？　彼に、なにかあったの？」

激しい胸騒ぎがした。そして、私の胸騒ぎは天気予報の降水確率よりも的中率が高いときている。

「兄貴、事故っちゃったんだ」

ぱつ丸の声が、羽が生えたように鼓膜から遠ざかった。

ポーチが足もとに、音もなくスローモーションのようにゆっくりと落ちた。

5

穏やかな土曜日の昼下がり。ハリネズミのように逆立った私の気持ちも知らないで、垣根の上で仲良く並んだスズメは愉快そうに囀《さえず》り、花壇の花びらに顔を突っ込んだハチは呑気《のんき》に蜜《みつ》を吸っている。

パンプスの爪先を睨みつけながら、緩やかな下り坂を歩いた。

まるで、ほかの表情は売り切れました、とでもいうような険しい顔で……。

視界に転がるコーヒーの空き缶。悪く思わないで。そんなところにいるあなたが悪いのよ。憐《あわ》れな空き缶を思いきり爪先で蹴《け》る。空き缶は、私の予想（空高く舞い上がり真っ直ぐな放物線を描く）を見事に裏切り、甲高い悲鳴を上げながらすぐ横の電柱にぶつかり、すごすごと坂の下へと転がった。

「ナイスシュート」

横からちゃちゃを入れるぱつ丸を無視して、私は早足で歩いた。

「しかし、あのときの夏陽ちゃんの顔ときたら……」

クスクスと聞こえる笑い声。急ブレーキをかけ、振り向いた。

「あなた、不謹慎だと思わない？　私がどれだけ心配したかわかってるの？」

立ち止まるぱつ丸を置き去りにし、歩を踏み出した。

彼が事故にあったのは本当のこと。でも、自転車にぶつかってちょっと転んだだけ。

ぱつ丸は、青ざめる私の前で大声で笑い、真実を告白した。

「悪い、悪い。謝るから、待って」

「待つもんですか」

後ろから聞こえるハイテンポな靴音に負けないように、私も歩調のピッチを上げた。

「ところでさあ、君、俺のウチ知ってるの？」

息を弾ませたぱつ丸の声に、ピタリと足を止めた。

「知らないわ、そんなの。なによ？」

ニヤニヤとした顔でみつめるぱつ丸に、私は唇を尖《とが》らせた。

「いや、怒った顔がかわいいと思ってさ」

「は？」

怒った顔が、ってどういうこと？　それじゃまるで、普通の顔はかわいくないみたいじゃない……そういう問題じゃないって。

「俺と、つき合ってみる？」

「ちょっと、そんなこと言っていいわけ？　私は純也さんの……」

私は言い淀《よど》む。

「兄貴の、なに？」

ぱつ丸が、悪戯《いたずら》っぽい顔で言葉の続きを促してくる。

私は、彼のなんだろう？　恋人関係に発展可能な友人？　幼馴染みレベルの仲のいい異性？

「ほら、また真に受ける」

手を叩《たた》く音と高らかな笑い声。

「信じらんない……」

私は、シャボン玉みたいな空気をいくつも呑《の》み込み、ばつ丸の癪《しゃく》に障る顔をまじまじとみつめた。

怒りを通り越して呆《あき》れるという感情を、生まれて初めて体験した。

ばつ丸が、彼の弟だなんてありえない。

病院で赤ちゃんを取り違えたとか、それとも、どちらかの連れ子とか……絶対に、そうに決まっている。

彼とばつ丸の共通点がひとつでもあったら、丸坊主になってもいい。本当に丸坊主になるんじゃなく、それくらいの自信があるってこと。

「気を悪くしたらごめんな。俺、冗談言ってないと、息苦しくなっちゃう質《たち》なんだ」

涼しげな顔であっさりと言ってのけ、歩き出すばつ丸。私は小走りにあとを追った。

どこまでが本気でどこまでが冗談なのよ？

ふっと、心地好《よ》いそよ風が髪を掬《すく》う。ま、いいか。小さなこと気にしていてもしようがないし。いまから彼の家に行くんだし。

気紛れに、心が寛大になる。ばつ丸は、そよ風に感謝するべきだ。

「もうすぐ、家に……」

振り返るばつ丸の正面から、サッカーボールが飛んでくる。

「危ないっ」

時既に遅し。顔を正面に戻すのと同時に、お腹にサッカーボールが当たった。

「痛てて……」

「大丈夫？」

私は、お腹を押さえて蹲《うずくま》るばつ丸の横に屈《かが》んだ。

「すみませーん」

小学校五、六年くらいのふたりの少年が、慌てて駆け寄ってくる。

「危ないから、気をつけないとだめよ」

私はサッカーボールを返しながら、ふたりを諭した。

少年達がいなくなっても、ばつ丸は蹲ったまま。うんうんと苦しげに呻《うめ》いている。

「ねえ、どうしたの？　どこか痛いの？」

私はばつ丸の背中を擦《さす》りつつ、不安げな声で問いかける。

「さ、探してくれ……」

「え？　なにを探すの？」

「胃袋だ……サッカーボールの衝撃で、胃袋がどこかに飛んじまった」

「…………」

背中を擦っていた手を離し、思いきり叩いた。

「痛てーっ」

ばつ丸が、上体を起こし悲鳴を上げた。

「今度は、背骨でも折れちゃった？」

私は腕組みをし、してやったりの表情でばつ丸を見下ろした。

「まったく……とんでもないじゃじゃ馬だ」

ばつ丸がぶつぶつと呟《つぶや》きながら立ち上がる。

「その言葉、そっくりお返しするわ」

「残念でした。じゃじゃ馬は、女のことを言うんだ」

「じゃあ、ああ言えばこう言う男にしてあげる」

やれやれ、というふうに肩を竦《すく》め、ばつ丸がため息を吐《つ》く。ため息を吐きたいのは、こっちのほう。

でも、不思議と憎めないところも、本家にそっくり。

「そこの店を曲がったところだから」

ばつ丸が指差すコンビニエンスストアは、私もよく利用していた。

あそこに売っている、産地直送の焼きたての生クリームパンとマンゴープリンはとてもおいしい。

同じ自由が丘だと聞いていたけど、こんなにも近所とは思わなかった。

私の家から、まだ、十分も経っていない。いままで、一度も会ってないのが信じられなかった。

もしかしたら、本屋さんで『おいしいケーキ屋百選』を立ち読みしているときに反対側の棚に彼がいたのかもしれないし、駅の自動券売機の前で百円玉を落として探し回っていたときに彼が通り過ぎたのかもしれない。

そう考えると、映画の世界みたいにロマンティック……じゃなくて、そうだとしたら変な姿ばかりみられているじゃない？

それはともかく、行きつけのコンビニエンスストアを曲がった先の通りは、しょっちゅう歩いていた。

住宅街の中央に延びる欅《けやき》の街路園には、パスタ店、輸入雑貨店、アロマオイル店、ドライフラワーショップがひっそりと点在している。

駅前と違い、常連客を相手にしているお店ばかりなので、街路園が買い物客で混雑することはなかった。

行き交うのは、ほとんどが犬の散歩やジョギングをしている人ばかり。

私は、この街路園を「お犬様通り」と勝手に命名していた。

コンビニエンスストアの角を右折すると、果たして、私が思い描いていたのと同じ光景が現れた。

そして、「お犬様通り」の名に恥じずに、ライオンみたいな金色の長い毛を靡《なび》かせ悠然と歩く大型犬や、ブルドッグをひと回り小さくして脚を長くしたような小型犬を連れた人もいた。

知ってるのはあたりまえ。だって、街路園を百メートルほど奥に進んだ住宅街の外れには、「ブローニュ」があるのだから。

そう、私は、出勤のたびに「お犬様通り」を歩いていた。

「そっちじゃないよ、こっち」

ついつい、習慣で住宅街の奥へ歩を向けていた私を呼び止めたばつ丸は、アロマオイルのお店とドライフラワーショップの間の細い路地を進んでゆく。

「さあ、着いたぜ」

彼が立ち止まったのは、表通りから五十メートルほど奥に入った右手に建つ、パールホワイトが眼に眩《まぶ》しいタイル貼りのマンションの前だった。

階段を使い二階へ行く足が、急に竦み始める。

はじめまして。私は、吾妻夏陽といいます。

なんだか、小学生の自己紹介みたい。

突然にお邪魔して申し訳ございません。私、吾妻夏陽と申します。

だめだめ。今度は、いかがわしいセールスウーマンみたい。

ろくに挨拶《あいさつ》もできないコと交際するのは、母さん、感心しないわ。

父さんも同感だ。彼女は、純也に相応《ふさわ》しいとは思えんな。

頭の中で渦巻く、会ったことのない彼の両親の小言が胸をチクチクと突き刺す。

あーどうしよう。最初が肝心だっていうのに。

それに、この洋服……。花柄のワンピなんて着てくるんじゃなかった。

もっと、カジュアルだけど清楚《せいそ》な、清楚だけどかわいらしい服（そんなの持ってないってば）にすればよかった。

ルージュだって、薄いピンクじゃなく、控え目で大人の品を感じさせるワインレッドかブラウン系の（これも持ってないってば）ものにすればよかった。

　転ばぬ先の杖《つえ》っていうでしょう？

　事あるごとに母に言われた諺《ことわざ》が、私を追い詰める。

　強がっていても、本当は超のつく小心者。心臓は、もう、破裂寸前だった。

「そんなとこで、なにやってんの？　ほら、はやく」

　階段の上で凝り固まっている私に、ばつ丸がおいでおいでをする。

　油切れのロボットのように、ギクシャクとした足取りで二〇二号室……彼の両親が待ち構える部屋に向かった。

　ドアの上のネームプレイトに眼をやった。星純也　直也
　あれ？　兄弟でふたり暮らしなの？

　心で思ったことを、一字一句間違えずに口にした。

「兄貴から、聞いてなかったの？　ウチの両親、両方とも死んだんだ」

　あっけらかんとした口調。

「あ、そうなの」

　だから私も、ついつい軽いノリで返事をする。

「……ごめん、なんか私、そういう意味じゃなくて」

「気を遣わなくてもいいよ。お袋が死んだのは俺が五歳のとき、親父は十二歳のときで、もう、

哀しいってのは乗り越えたから」

あくまでも、あっけらかんと両親の死を語るばつ丸。さあ、入って。ドアを開け、私を促す。

沓《くつ》脱ぎ場に脱ぎ散らかされたバスケットシューズと、きちんと並べられたスエードの靴。

スエードの靴は、ディズニーランドで彼が履いていたのと同じもの。

もっとも、それを覚えてなくても、どっちが兄でどっちが弟の靴かはすぐにわかる。

お邪魔します。誰もいないのは知っていたけど、念のために廊下の奥に向かって声をかけた。

「じゃあ、純也さんは十四歳だよね？　学校とか、どうしていたの？」

明るい茶系のフローリング床の廊下に上がり、ばつ丸の背中に問いかける。


俺と同級にしては、子供っぽいな。


家を出てすぐにばつ丸が口にした軽口で、ふたりがふたつ違いの兄弟だと知った。

「こっちが俺の部屋。で、こっちが兄貴の部屋」

ばつ丸が廊下の中央に佇《たたず》み、左側に並ぶふたつのドアを手前から順番に指差した。

「因《ちな》みに、こっちが風呂場《ふろば》。よかったら、入ってく？」

それから向かい側のドアに指先を移し、やんちゃな笑みを浮かべる。

「いいえ、遠慮しときます」

小さく息を吐き、思いきり冷めた声を返した。

できることなら、ＤＮＡ鑑定をしてみたい。

「だいぶん、俺のペースについてこられるようになったじゃん」

「どこが？　私はね……」

「では、純也さんのお部屋へどうぞ」

ぱつ丸が私の声を遮り、奥のドアのノブに手をかけた。

「ちょ、ちょっと……勝手に入っちゃまずいでしょう？」

私は慌てて、ぱつ丸の腕を押さえた。

「だったら、俺の部屋で待つ？　このマンション、2DKだからさ」

開きかけた口を閉じた。言われてみれば、彼の部屋で待つことを拒絶すれば、残る選択肢はそれしかない。

ダイニングキッチンで待っているわけにはいかないし、廊下にぼーっと立っているなんてもっと変。

かといって、ぱつ丸の部屋でふたりっきりというのも……困った。恐ろしく困った。

「この世の終わりみたいな顔しちゃって、そんなに俺を警戒する？」

「そんなんじゃないけど……」

「夏陽さんを案内したら、部屋で待っててもらって」

「え？」

唐突なぱつ丸の言葉に、私は首を傾げる。

「また、引っかかったな。兄貴からの伝言だ」

間違ってメンソレータムで顔を洗ったように、肌がヒリヒリ、カッカする。

「あのね。いい加減に……」

「ストップ。そこまで。俺だって、今日は予定をキャンセルして夏陽ちゃんをエスコートしてるんだぜ？　少しくらいのジョークは大目にみてくれなきゃ」

なんだかわからないけど、妙に納得してしまう。うまく言いくるめられたような気がしないでもないけど、考えてみれば、ばつ丸の言い分にも一理はある。

「今回だけは、大目にみてあげる」

やれやれ。今日、何度目かのため息が唇から零《こぼ》れ出す。

サンキュー。ごゆっくり、おくつろぎくださいませ。ばつ丸が恭しく頭を下げながらドアを開ける。

部屋に足を一歩踏み入れた。

最初に感じたのは、とてもいい匂いのする部屋だということだった。

乳白色の柔らかな光が射し込む部屋は、清潔感に溢《あふ》れていた。

フローリング張りの八畳ほどのスペースには、窓際にコンパクトなデスク、壁際にパイプベッドとオーディオ機器が並び、部屋の中央にオフホワイトのクッションソファとガラステーブル、そして出窓のコーナーに置かれたベゴニアが、心地好《よ》い木漏れ日を室内に採り入れていた。

「ソファにでも座って待っててよ。なんか飲み物持ってくるから」

「あ、気を遣わないで……」

振り返ったときには、既にばつ丸の姿はなかった。

「もう、せっかちなんだから」

私は呟《つぶや》きながら、ベッドと反対側の壁を埋め尽くす書棚の前に立つ。

書棚の上段には、『大脳新皮質の謎』『MCIとアルツハイマー症の関連性』『海馬の仕組み』『物忘れは脳の黄信号』などなど、脳と記憶についての難しい医学書関係の本が、そして下段には、背表紙に年月日のシールが貼られたファイル……思い出帳らしきものが並んでいた。

書棚を眺めているうちに、患者さんにたいする彼の優しさ、真摯《しんし》さが伝わり、胸の裏側が熱くなる。

視線を、デスクに移した。小皿に入ったポプリ。後ろ手を組み、そっと鼻を近づける。

「カモミールだ」

部屋に入ったときに、いい匂いがした原因がわかった。

「思い出一一〇番」で、アロマセラピーに使っている余り物に違いなかった。

「兄貴の帰りを待ち切れなくて、机にチュー？」

いきなり冷水を浴びせかけられたように背筋を伸ばし、百八十度躰《からだ》の向きを変える。

オレンジジュースのグラスを載せたトレイを手にしたぱっ丸が、唇をタコみたいに尖《とが》らせている。

「ば、馬鹿言わないでよ。ポプリの匂いを嗅《か》いでいたんです」

「夏陽ちゃんって、すぐに乗ってくれるから愉《たの》しいよ。はい」

グラスを差し出すぱっ丸。ありがと。ぶっきら棒に言いながら受け取り、窓と向かい合う格好でソファに腰かける私。

「で、さっきの話、なんだっけ？」

ぱつ丸が、向かい側に座りながら訊《たず》ねてくる。

「え？　なんの話？」

私は首を傾げて訊ね返す。

「ほら、学校がどうしたこうしたって話さ」

「思い出した！」

大声を出し、手を叩《たた》く。

親を亡くした中学生ふたりが、どうやって生活していたのかを質問したことをすっかり忘れていた。

「物忘れはＭＣＩの入り口。そのうち、私は誰？　って状態になるぞ。兄貴から、聞かなかったか？」

「なによ、自分だって忘れてたくせに。それに、純也さんは、あなたみたいに意地悪なことは言いません」

「はいはい。わかりましたよ。で？」

本当に、調子が狂っちゃうんだから。

「ふたりとも中学生で、学校とかどうしてたの？　ってことを訊《き》いたの」

オレンジジュースをストローで吸い上げ、仕切り直しをする。

「ああ、俺が祖父《じい》ちゃん、兄貴が叔父《おじ》さんのところへ引き取られたのさ」

「どうして、一緒じゃなかったの？」

なんだか、複雑な話の予感がする。でも、一線を踏み越えてしまうのが私の悪い癖。

「それは、祖父ちゃんも叔父さんもふたりの子供を養うお金がなかったのさ。その頃は俺も疑問だったけど、大人になってからわかったんだ」

ばつ丸が煙草をくわえ火をつけると、ふーっ、と白い煙を天井に向けて吐き出した。

やっぱり、訊くべきではなかった。毎度毎度、自分の浅はかさには呆《あき》れてしまう。

「いやなこと訊いちゃったよね？」

「全然。もう大昔の話だって言ったろ？　それに、離れてたのは半年くらいだし。祖父ちゃん、認知症になっちゃってさ。認知症って、知ってるだろ？」

私は頷《うなず》く。それがきっかけで、彼が将来、同じような人達の「思い出探し」の旅に出ると心に誓ったことも。

オレンジジュースが、まるでグレープフルーツのようにほろ苦く感じる。

「兄貴が一生懸命叔父さんに頭を下げて、俺を引き取ってくれるように頼んでくれたんだ。さっきも言ったけど、叔父さんのとこもお金がないから、兄貴が新聞配達しながら生活費を入れるって条件で、ようやく納得してくれたのさ。兄貴だって、まだ、中学生だったんだぜ？」

彼らしい、と思った。中学生といえば、遊びたい盛り。いくら弟のためとはいえ、なかなかできることじゃない。

彼への気持ちが深まるほどに、私は不安になる。不安は顔見知りの野良猫のように頻繁に現れ訊ねてくる。

私で大丈夫なの？　って。

「そのとき、俺は思ったよ。将来、どんなことがあっても兄貴を守ることを……って、なんでこんな話してんだ、俺。あー、部屋の湿度が上昇しちゃったよ。俺、そろそろ出かけるからさ。もうじき、兄貴も帰ってくる……」

ばつ丸がソファから腰を上げノブに手をかけようとしたときに、ドアが開いた。

「……きちゃったよ」

「帰ってきたら、悪かったか？　待たせて、ごめんね」

彼はばつ丸に冗談めいた口調で言うと、私に微笑みかける。

全身が、お風呂《ふろ》上がりみたいにふやふやになる。私は、里帰りした子供のように安堵《あんど》感に包まれた。

安堵感は、すぐに彼の頭に巻かれた包帯をみて吹き飛んだ。

「純也さん、大丈夫!?」

「ああ、これ？　お医者さんが、ずいぶんと慎重派だったんだ。直也と違ってね」

「あ、それって、兄貴の大切な女性《ひと》をエスコートした弟に言うセリフ？」

大切な女性《ひと》……。

ばつ丸の言葉に、頬が赤らむ。

「ありがとうな。仕事、大丈夫か？」

「クビになったら、兄貴の病院で雇ってもらうさ」

「自分で自分をクビにするのか？」

「星社長は、自分にも厳しいお方だからな」

顔を見合わせ、ふたりがぷっと噴き出した。

自分で自分をクビにする？　まさか、ぱつ丸が会社の社長？

この若さで？　このガキ……いいえ、子供っぽさで？

それはともかく、ふたりがとても仲のいい兄弟だということはわかる。独りっ子の私は、ちょっぴり羨《うらや》ましくなった。

「じゃあ、夏陽ちゃん。さっきの打ち合わせ通り、兄貴をしっかりと落とせよ」

「ちょっと、なに言ってるの……待って、こら、待ちなさい」

頭上に伸ばした右手を振りながら、ぱつ丸が逃げるように部屋を飛び出した。

「あの……違うの。弟さんとは、そんな話、そんな話っていうのは、落とすとかなんとか、えっと……とにかく、なんにもしてないんだから。本当よ、嘘じゃないの」

彼の前で手話のようにめまぐるしく両手を動かし、必死に弁明した。

冷や汗は噴き出すし、舌は縺《もつ》れるし、日本語になってないし……もう、これじゃ、思いっきり疚《やま》しそうじゃない。

いまは若葉が眼に染みる季節だというのに、私の頭の中はハワイかサイパンかっていうくらいにかんかん照り。

「わかってるよ。いつもは、僕が被害者だから」

信じてくれて、よかった……。

でも、許せない。ぱつ丸があんなこと言うから、彼の前でみっともない姿をみせてしまったじゃない。

「あいつったら、本当に……。あ、弟さんのことそんなふうに言ってごめん。でも、純也さんには悪いけど、なにからなにまで信じられない性格してるんだから」

「直也は、昔からあんなふうなんだ。庇《かば》うわけじゃないけど、あれで、結構兄貴思いのいい奴さ」

そうでしょう、それはそうでしょうよ。こんなに素晴らしいお兄さんを持って、「兄貴思い」じゃなかったら人間失格よ……って、そこまで言ったらかわいそうかな。

生意気でデリカシーのかけらもなくて癪《しゃく》に障ることばかり言うけれど、根は悪くなさそうだし。

「純也さんの弟さんだから、特別に許してあげる。それより、どこで事故にあったの？」

ソファに腰を戻し、彼に訊ねる。

「家に帰る途中で落とし物をして、慌てて引き返そうとしたときに路地から自転車が飛び出してきちゃって。僕のほうが完全に悪いんだ。あれが車だったらと思うと、ぞっとするよ」

言葉とは裏腹に、彼の口調は、いつもの「プーさん」スマイルを湛《たた》えながらのんびりとしていた。

「純也さんが、そんなに慌てるなんて珍しいね。お財布でも落としたの？」

「お金より、大切な物さ」

お金より大切な物ってなんだろう？

気になる。気になる。物凄《ものすご》く、とてつもなく気になる。けど、訊くのが怖い。

もし、その大切な物が、昔の恋人（この響き大嫌い）の写真だったり、昔の恋人の手紙（この響きも大嫌い）だったり、昔の恋人と初めて行った映画のチケットの半券（もし、でも、普……（だったり、とにかく、女の人の影がちらりとでもしようものなら……通、そこまで推測する？）

……ああ、考えただけで憂鬱《ゆううつ》。

私は、自分がやきもち焼きだということに、最近気づいたの。

だって、本当の意味で誰かを好きになったのは、彼が初めてだから……。

彼がソファに座ろうとして、微《かす》かに顔をしかめた。

「どこか痛むの？」

「倒れたときに、腰をちょっとね」

よくみると、シャツの肩や肘《ひじ》の部分に泥がついている。

彼は優しい性格だから、心配させないようになんでもないふうを装っているけど、ひどい怪我だったりしたらどうしよう。

「頭も、そのときに打ったの？」

「ちょっと……あ、同じようなことばかり言ってるけど、本当にちょっとだけだから、心配しないで」

彼を信用しよう。じゃないと、私のほうこそ頭がどうにかなっちゃう。

彼はどうなんだろう？　私が不治の病にかかったりしたら……頭がどうにかなっちゃうくらいに心配してくれるかな？

「夏陽さん。ひとつ、お願いしてもいいかな？」

「お願い？　なになに？　なんでも言って」

思わず、身を乗り出していた。

私が彼にならともかく、彼が私にお願い事をするのは珍しいこと。

こんなチャンス？　は滅多にないと思う。

「紅茶を、淹《い》れてほしいんだ」

「紅茶を？」

「うん。デパートでキャンディティーの茶葉を買って淹れてみたんだけど、『ブローニュ』で飲むのと味が違うんだよね」

「そんなの、おやすいご用よ」

ここは腕のみせどころ。でも、得意なことでよかった。

「ありがとう。じゃあ、こっちにきて」

連れて行かれたのは、彼の部屋の正面……四畳半ほどのダイニングキッチンだった。

シンクは水につけられた洗い物の山、という男の独り暮らし（ふたり暮らしか）のイメージとは違い、きれいに整頓《せいとん》されていた。

「じゃあ、夏陽ブランドの紅茶を淹れるわよ。まずは、ティーポットと、お鍋《なべ》をふたつ出してくれる？」

水を汲《く》んだ鍋をふたつ、ガスコンロにかける。

「ミネラルウォーターがあるよ」

「ミネラルウォーターを使ってたの？」

彼が、当然、といった顔で頷く。

「紅茶やコーヒーには、ミネラルウォーターは水質が硬過ぎて合わないのよ」

「あ、そうなんだ」

先に沸騰した小さな鍋の湯をティーポットに注いだ。

「茶葉は入れないの？」

「うん。ポットを温めるのが目的だから。そうすると、茶葉を入れたときに香りが出やすくなるの」

「こっちの鍋も沸いたけど、火を止める？」

「まだまだ。茶葉の成分を十分に出すには、煮え立ったお湯を使わないとだめなの。沸騰した泡が五円玉くらいの大きさになるのが目安よ」

ティーポットのお湯を捨てながら言った。

「これに、茶葉を入れて」

彼に温まったティーポットを渡す。

「だめだめ。それじゃ少ないわ」

ティースプーンにすりきり一杯の茶葉。これでは、風味が弱くなってしまう。

「この茶葉はオレンジペコーだから、計量スプーンで二杯半よ」

「オレンジペコーって？」

「簡単に言えば、大きな葉ってこと。茶葉にはね、大きさや形でグレードがつけられているの。オレンジペコーは針金状に撚《よ》られた茶葉の長さが一センチ以上、ペコーは茶葉の長さが七ミリ前後、ブロークンオレンジペコーはオレンジペコーを砕いた茶葉のことを言うのよ。あとは、機械で引き裂いて丸めた粒状の茶葉をCTC……ほら、ティーバッグなんかに使われているものよ。ほかに、茶葉の色や製法によってもグレードが細かくわかれてるんだけど、それは、また今度ね」

「紅茶って、産地の違いだけかと思ってたけど、いろいろあるんだね。こんなに無知で、おいしい紅茶を淹れられるわけがないか」

ティースプーンに茶葉を山盛りに掬《すく》い上げながら、彼が苦笑いを浮かべた。

「それが普通よ。私なんて、毎日仕事でやってるんだから、知ってて当然だし……あ、沸いたわ。いい？　ここが、おいしい紅茶作りの最重要ポイントよ」

勢いよく……勢いよくよ。言いながら、沸騰したお湯をティーポットに「勢いよく」注いだ。

「茶葉が上下に動いてる。こんなの初めてだ」

彼が声を弾ませ、ティーポットの中を覗《のぞ》き込む。

「ジャンピングと言って、こうすると、お茶の成分が溶け出すのよ。あとは、茶葉の浮き沈みがおさまった頃に、ティースプーンで大きくゆっくりと掻《か》き混ぜればできあがり」

彼はテーブルの上にあった折込広告の裏に、私の説明した紅茶の淹れかたを書き写していた。

「因《ちな》みに、ペコーは三分、ブロークンオレンジペコーは一、二分っていうふうに、茶葉の大きさによって蒸らす時間が違うから気をつけて」

「学生時代に戻ったみたいだよ」

彼がボールペンを置き、白い歯を覗かせた。

事故にあったと聞いて心臓が飛び出るくらいに驚いたこと、通勤途中にいつもマンションの近くの通りを歩いていること、その通りを「お犬様通り」と名づけたこと、昨日、「ブローニュ」に人気女優の佐久間怜菜《さくまれな》が現れたこと、ハリーさんの自慢の金色のクワガタが死んでひどく落ち込んでいたこと、それから……。

紅茶を蒸らしている間、ダイニングテーブルに向き合って座り、私達は……というより、私ひとりで思いつくかぎりの出来事を話した。

彼は、ときおり頷《うなず》き、ときおり眼を閉じ、ときおり微笑み、ときおり息を止めた。

お風呂《ふろ》に入ったときのような心地好《よ》さを全身に感じながら、私は話を続けた。

聞き上手、とは違う。それなら、こんなに深い安心感は得られないはず。

きっと、彼は、話を聞いているというより、その情景を思い浮かべ、自分も相手と同じ世界に入っているに違いなかった。

そのときどきの感情の揺れを、彼も一緒に体感してくれる。私しか知らない……みてないことなのに、彼が隣にいたような錯覚に陥ってしまうのが不思議であり、また、嬉《うれ》しかった。

「そうそう、弟さんが言ってたんだけど……」

「もう、そろそろ時間じゃない?」

彼の指先が、ティーポットに向く。

「あ、忘れてた」

慌てて腕時計をみる。あと十五秒で五分が経つところ。ギリギリセーフ。もちろん、両腕を水平に伸ばしたりはしない。

ティーポットに手を伸ばし、ティーカップにキャンディティーを二杯ぶん注ぐ。

「最後の一滴は、ゴールデンドロップといって一番美味なの。純也さんにあげるね」

濃厚な滴《しずく》を彼のティーカップに垂らす。

彼が、湯気を立てるルビー色の液体をひと口啜《すす》り、眼を閉じた。

「どう？」

不安げに、彼の顔を覗き込む。

私には、僅《わず》か数秒だっただろうその時間が、数分にも数十分にも感じられた。

「同じ茶葉から淹れた紅茶だということが信じられないよ」

眼を開け、興奮気味に言う彼をみて心が弾んだ。私もティーカップを口もとに運ぶ。うん、これなら大丈夫。「ブローニュ」で出しているものと遜色《そんしょく》ない美味。これなら、ハリーさんに合格点を貰《もら》える。

「こんな紅茶でよかったら、毎日でも淹れにきてあげるわ」

自分の言葉に頬が熱を持つ。毎日ですって？　なんて大胆で、なんて図々《ずうずう》しいんでしょう。

「あのさ、純也さん……」

話題を変えるために、とりあえず彼の名を呼んだ。

弟さんを引き取るために、中学生のときに新聞配達をやってたんだって？

訝《いぶか》しがられないうちに、よく考えもしないで記憶に新しいことを口にする。

瞬間、彼が少しだけ驚いた表情になった。

馬鹿、馬鹿、馬鹿。何度言っても言い足りないくらいに私って馬鹿。

ふたりにとっては、その当時の出来事はつらい思い出に違いなかった。

「直也から聞いたんだね？」

ごめんなさい。余計なこと言っちゃって。うなだれ、紅茶を啜る。

発見した。どんなにうまく淹れることのできた紅茶でも、気分が沈んでいるときには味まで変わるということを。

「夏陽さんが、謝る必要はないよ。ただ、直也がそんなことを言ったんだって、驚いただけさ」

あ、いいものがあるんだ。そう言って、シンクの上の棚を覗き込んでいた彼がデパートの紙袋を宙に翳《かざ》した。

「ほら、これ。今日のお茶菓子にと思って」

「わぁ、おいしそう」

彼がいそいそと取り出したケーキ皿に載せたのは、ハチミツ入りのオレンジマフィンだった。

「キャンディティーに合うかどうか、自信はないけど」

「合う合う。相性、バッチリよ」

私達みたいにね、という軽口を呑《の》み込む。

もちろん、相性が悪いと思っているわけじゃない。話も合うし、趣味も合うし……でも、どこかで不安がつき纏《まと》う。

彼と恋人みたいな時間を送り始めてからの私の気持ちは、誕生日プレゼントに高価なダイヤのリングを贈られたような感じ。

ダイヤを貰えば嬉しいけど、分不相応じゃないかな、って思ってしまう。

指輪だけ浮いているような……もっと似合う女性《ひと》がいるような……。

なにより、私を不安にさせるのは、指輪が似合うよ、というセリフを彼の口から一度も聞いてないこと……患者さんやぱつ丸を大事に思っている気持ちと、私への思いに違いはあるの？　ということだった。

そして、智子さんも……。

「おいしくできて、よかった」

人の気も知らないで、彼が吸い込まれるような笑顔を向ける。

「さっきの続きだけど、弟さんって、普段は無口とか？　だから、意外だと思ったの？」

心のチャンネルを替えた。そうしないと、せっかくのマフィンをおいしく食べられなくなるから。

「いや、そういう意味じゃなくて……」

彼からフォークを受け取り、早速マフィンをひと口頬張る。甘過ぎないハニーテイストがオレンジピールのほろ苦さと絶妙にマッチしていた。

ティーカップに口をつける。キャンディティーがマフィンのスポンジに染み込み、舌の上で溶けてゆく。

「その話は、弟にはとてもつらいことだから。僕なんかよりも、何倍もね」

彼の表情が曇り、全身が空気のオブラートに包まれたような気がした。

口を噤《つぐ》んだ。さすがにお気楽な私も、これ以上、立ち入ってはいけないなにかを感じた。

「以前に、祖父の話をしたよね？」

「それで、純也さんが、いまのお仕事を始めるきっかけになったんでしょう？」

小さく頷く彼の眼差《まなざ》しは、私に向けられていたけど、どこか遠くをみていた。

「でも、祖父のことばかりが理由じゃなかった。僕が臨床心理士を目指そうと思ったのは、直也のためもある。いや、直也のような立場の人の力になりたくて、そう決めたんだ」

ひと言ひと言を、自分に確認するように言う彼のこんなに哀しげな瞳《ひとみ》は、ちょっと記憶になかった。

「弟さんのためって?」

「君には言ってないことだけど、患者さんの中には、極稀《まれ》に、ひどく暴力的になる人もいるんだ。ウチの祖父は、その稀有《けう》なケースだった。なにかを思い出せなかったり、気に障ることがあれば所構わず当たり散らした。いら立ちの矛先が物に向いているうちはまだよかったんだけど、そのうち、弟に手を上げるようになったんだ。会うたびに、直也の顔や躰《からだ》に痣《あざ》が増えていった。それでも、直也は泣き言ひとつ言わずに明るく振る舞っていた。君に言ったような冗談ばかり飛ばしてね。本当の祖父は凄《すご》く優しい人だったし、直也もそれをわかっていたからだと思う。それと、僕に心配をかけないためもあったとも思う。小さい頃から、そういう奴だったんだ、弟は」

しみじみと語る彼の言葉を聞いて、嘘!　と心で叫んだ。

憎まれ口ばかり叩《たた》いているぱつ丸に、そんなつらい過去があったなんて……全然、想像がつかなかった。

そのとき、俺は思ったよ。将来、どんなことがあっても兄貴を守ることを。

弟の、兄にたいしての気持ちがいまではよく理解できる。

できるものなら、ばつ丸にたいして投げかけた無神経な質問の数々を削除したかった。

「直也が引き取られたあと、祖父は医療保護入院……つまり、強制入院をさせられた。薬物療法で暴力はおさまったけど、面会でひさしぶりに会った祖父は、まるで抜け殻のようだった。現代の医学では、暴力だけを静めるという都合のいい薬は開発されていないんだ。暴力とともに、物事にたいする意欲までも失われる。祖父が悪いわけでも、お医者さんが悪いわけでもない。それしか、方法がなかったのさ」

彼のやりきれない表情に、胸が締めつけられた。

彼は、いいえ、あの能天気にみえるばつ丸でさえ、私なんかが及びもつかないような大変な思いを経験している。

マフィンをつっ突いていたフォークを、静かに皿に置いた。とても、アフタヌーンティーを愉《たの》しむ気分にはなれなかった。

「僕は、たとえ稀なケースであっても、患者さんが祖父のようになる前に何とかしたいと思った。患者さんが健常時に好きだった本や映画の話をしたり、スクラップやアルバムなんかの思い出の品をみたり、得意だったスポーツや楽器の演奏をやってもらったり……ほかにも、効果的な療法はいろいろとある。チェスや将棋が、病気の進行を低下させる働きがあることを、アメリカのアルバート・アインシュタイン医科大学の研究グループが発表したんだ。七十五歳以上の認知症患者四百七十人に実験した結果、七十四パーセントの患者さんに進行の低下がみられたんだ。ダンスも七十六パーセントの患者さんに効果があったと報告されている。たしかに、アルツハイマー病は不治の病と言われているけど、脳についてはまだまだ解明されていないことが多いし、僕は、近い将来にいままでの常識を覆すような治療法が発見されると信じている。記憶の旅の途中で道に迷った彼らを、ひとりでも多く『家』に戻してあげたいんだ」

真摯《しんし》に、力強く語る彼が眩《まぶ》し過ぎて正視できなかった。

私なんかの、どこがいいの？

彼と出会ってから、何度も何度も自分に繰り返し問いかけてきた言葉が、頭の中を駆け巡る。

私が彼にしてあげられることと言えば、紅茶を淹《い》れることとくらい……。それだって、今日書き写したレシピをみれば、すぐにひとりでできるようになる。

「ごめん。自分の話ばかりして。夏陽さんは、紅茶の専門学校に通ってたの？」

「ううん。ハリーさんにいろいろと教えてもらって、あとは独学かな」

「紅茶専門店をオープンすることが、夏陽さんの夢だったんだよね？」

ブローニュの森に紅茶専門店をオープンしたい。

夢を叶《かな》える前にこの世を去った父の代わりに、いつしか、それを実現したいということを、ディズニーランドでのデートの際に、彼には話していた。

父から勝手に受け継いだ夢は、紅茶専門店に勤めたことで十分の一は叶ったと思う。

でも、夢の入り口に立てたのはハリーさんのおかげ。私は、母の口利きで叔父《おじ》の店を紹介してもらっただけ……なにひとつ、自分で切り開いたものはない。

「うん」

沈んだ声しか返せない自分がもどかしい。感情を隠せない自分にうんざりする。ティーカップの中に視線を落とした。ルビー色の液体に映る女性の顔は、はっとするほどに暗かった。

僕は、友達じゃないんですか？


セラピーの見学を誘われ遠慮していた私に、彼がかけてくれた言葉。

あのときは、素直に嬉《うれ》しかった。だけど、いまはその言葉が私を心細くさせる。

彼の気持ちは、あのときと変わってるの？

問いかけられたもうひとりの自分が、自信なさそうな顔で首を傾げた。

「どうしたの？」

彼が、心配そうに顔を覗《のぞ》き込んでくる。

「ねえ、純也さん。どうして、私を誘ってくれたの？」

「え？」

「ほら、『モーニングガーデン』に誘ってくれたときのことよ」

「ああ。前にも、同じことを訊《き》いたよね？」


それは、秘密です。

悪戯《いたずら》っぽく笑う彼の顔が蘇《よみがえ》り、心が破れそうなほどに不安がどんどん大きくなってゆく。

「そのときと、同じ返事はいやよ」

「まいったな。心を見透かされちゃったよ」

「え、じゃあ……」

「嘘、嘘。冗談だよ」

「もう、それじゃ、ばつ丸と同じじゃない」

「ばつ……」

それ、なんだい？ 彼がきょとんとする。

「あ……ううん、なんでもない。そんなことより、まだ、返事を聞いてないわ」

からからぴたぴたになった喉《のど》をキャンディティーで潤そうと思ったけど、指先が震えてうまく飲めなかった。

「そうだったね。僕が夏陽さんを……」

インタホンのベルが彼の言葉を遮る。

もう、誰なのよ？ ドラマで言えばクライマックスもクライマックス、大クライマックスのいいところなのに。

「ちょっと、ごめんね」

ひとり取り残された私は、冷めたキャンディティーを意味もなくスプーンでクルクルと掻《か》き回しながら、半開きの中ドアから覗く玄関を敵意に満ちた眼で窺《うかが》う。

「よかった、いてくれて。今日はお休みだから、いないかと……あれ、星君、どうしたのよ、その頭？」

玄関に現れたブラウスにスカート姿の女性をみて、スプーンを回す手を止めた。

智子さん……。

病院で会ったときのラフなジーンズ姿と打って変わったシックな装いに印象は違ったけど、彼女に間違いなかった。

どうして、彼女が彼のマンションに？

「ああ、自転車にぶつかっただけだよ。それより、今日はどうしたの？」

今日は？　え？　今日が初めてじゃないの？

「中尾《なかお》さんの奥さんのところに行ってたの」

「中尾さんの？　なにか、問題でも？」

「昨日の夜、布団を抜け出して、明け方になってお菓子が一杯入った袋を持って帰ってきたんですって」

「徘徊《はいかい》症状か……。それで、智ちゃんがお店に事情説明に回ったってわけだ」

どうやら、「思い出一一〇番」の患者さんにトラブルが起こったようだ。

それなら、休みの日に彼の家を訪れる理由もわかる。でも、いままでは？　ここへくるたびに、トラブルが起きていたというの？

患者さんが大変なときだというのに、こんなことしか考えられない自分がいやになる……本当に、いやな女。

「手塚《てづか》先生は大阪に出張中でつかまらなくて……。私、これからもう一度中尾さんの家に行くんだけど、星君も一緒にきてくれないかな」

「いまから？」

「奥さんから、中尾さんを入院させたいって相談を受けてて。ひとりじゃ、心細いのよ」

だからって、彼じゃなくても……。

「そろそろ帰るね」

私は立ち上がり、彼の背中に声をかける。智子さんが、初めて先客の存在に気づき、大きく眼を見開いた。

これ以上、ここにいれば、自分が取り返しのつかない醜い人間になってしまうような気がした。

「夏陽さん……だったよね？」

「おひさしぶりです」

玄関に歩み出て、頭を下げる。

顔が強張《こわば》って、声がうわずる。だから、なかなか頭を上げることができず、言葉を続けることができなかった。

「なにか、急ぎの用事があるの？」

彼が訊《たず》ねてくる。

「ハルちゃんと、買い物に行く約束をしてるから」

ハルちゃんと約束をしてるのは本当。でも、それは、今日じゃなくて明日。

「ごめんなさい。お客さんがきてるって知らなかったの。私のことだったら、気にしないで。

中尾さんの家なら、ひとりで行けるから」

「いえ、違うんです。待ち合わせの時間を、勘違いしてたんです。じゃあ、私、これで……」

夏陽さん。彼の声が追ってくる。振り向かず、腕時計に眼をやりながらパンプスを履く。時間に遅れちゃう。急いでいるふうを全身で表現しながら、小走りに外に出る。

振り向けば、嘘を吐《つ》き通す自信がなかった。

背後でドアの閉まる音を聞いたとたんに、躰《からだ》中から力が抜けた。

不意に、涙が溢《あふ》れ出す。そんな自分が、よけいに情けなく、惨めで、腹立たしかった。

慌てて、階段を駆け下りる。泣いているところを、彼や智子さんにみられたら……大袈裟《おおげさ》じゃなく、一年は立ち直ることができない。

はやく、離れなきゃ。

俯《うつむ》き、駆け足でエントランスを出た。誰かにぶつかり、よろめいた。

「ごめんなさ……」

涙に霞《かす》む視界に映る人影をみて、息を呑《の》んだ。

「もう、帰るのかよ？」

初めてみるばつ丸の真剣な顔が、私の瞳《ひとみ》に飛び込んできた。

6

「なんで、泣いてたんだよ？」

「お犬様通り」沿いにある小さな公園のベンチに座ってから、三度目の質問。なんて運が悪いの。よりによって、あんな姿をみられるだなんて。

「また、だんまりかよ」

ばつ丸がため息を吐く。

どう答えていいのか、わからなかった。

彼と智子さんが話しているのをみて、不安になり、心細くなり、自分がいやになって、やきもちを焼いて、また、そんな自分がいやになって……。

自分でも、どうして涙が溢れ出したのか、きちんと説明できる自信がなかった。

うまく説明できたとしても、わかってもらえないだろうし、わかってもらいたいとも思わない。

だって、どうせ、笑いの種にされるのがオチだから。

私は、力のない視線をパンジーの植え込みを隔てた向こう側……ベンチに移した。

鼻の周りが黒い雑種犬を連れた老人がひとり、気持ちよさそうに日向《ひなた》ぼっこをしている。

老人の足もとでは、雑種犬がやはり気持ちよさそうに寝そべっている。

今日はこんなにいい天気なのに、夏陽地方だけは薄曇りだった。

「からかいにきたわけ？」

これが精一杯の「攻撃」。いまは、あのくたびれ果てた老犬みたいに、なにもする気にはなれなかった。

「なにがあったのか知らないけど、兄貴は、人を哀しませるような男じゃないぜ」

てっきり「反撃」してくると思っていたばつ丸が、真顔で言った。

そんなこと、言われなくてもわかってる。彼は、私を哀しませるようなことはなにもしていない。

ただ、智子さんが訪ねてきて、トラブルを起こした患者さんの話をしていただけ。

「兄弟だからって、庇《かば》っているわけじゃないぜ。兄貴は、いつだって自分のことより相手の気持ちになれる人間さ」

それも、わかってる。でも、彼には、私のことをちょっとだけ特別にみてほしい。

ばつ丸よりも、患者さんよりも……そして、智子さんよりも。

これが私の本音。救いようのないわがままな女。

彼を好きになるたびに、一昨日《おととい》よりも昨日よりも自分がきらいになる。明日には、もっときらいになっているかもしれない。

「俺でよかったら、なんでも話してみな。これでも、聞き上手なんだぜ」

智子さんが彼の家にきたことで、私がやきもちを焼いただなんて言えるわけがない。

こんな私を、純也さんはなぜ好きになったのだろう。

「ねえ、純也さんは、私のどこを好きになってくれたと思う？」

初対面と変わらないばつ丸に、そんなことを訊《き》いてしまった自分に驚き、すぐに後悔が押し寄せた。

「俺は会ったばかりだから夏陽ちゃんのことよくわかんないけど、人が人を好きになるっていうのは、死にたい、って思うときと似てるんじゃないのかな」

「死にたいときと同じ？」

「そう。なにかで読んだことがあるんだけど、人が死にたいと思ったときって、たとえば、会社が倒産したり、婚約者に捨てられたり、きっかけは、その人その人の理由があるんだけど、でも、本気で死のうとする直前の感情は、もう、なにもかもがいやになってるらしい。俺、恋愛はその逆だと思うんだよな。最初は、彼女の顔がかわいいだとか、彼の笑顔が素敵だとか、人それぞれだろうけど、その気持ちがぐんぐん深まれば、相手のすべてが好きになっているんじゃないかな。それこそ、なにもかも……マイナス部分も含めてね」

私は、ばつ丸の言葉を頭の中で反芻《はんすう》した。

すべてを好きになるって……私なんかを、本当に好きになってもらえるのだろうか？

それでなくても、今日のことで愛想を尽かされるかもしれないのに。

「死にたいなんて気持ちに普通はならないから、わかんないよな。ごめん。全然質問の答えになってなくて。まあ、とにかく、暗い顔すんなよ。せっかく、魅力的な笑顔してるんだから……いや、兄貴は、多分、そう思ってるってことさ」

ばつ丸が慌てて言い直す。

「ありがとう」

私は、礼を言った。

なにはともあれ、励ましてくれているのだから。

「ごめんなさい」

そして、謝った。

私は、お祖父《じい》さんの家で過ごしたばつ丸のつらい気持ちも知らずに、数々の無神経な言葉を投げてしまったことを反省した。

「なにが？」

ばつ丸が首を傾げる。

「なんでもない」

「なんだよ。気味が悪いな」

「今日は、いろいろと本当にありがとう。私、そろそろ行くね」

ベンチから腰を上げ、公園の出口に向かう。

「元気出せよ」

背中を追ってくる声に、振り返らずに頷《うなず》いた。

◇　　◇

公園から離れた私は、ドライフラワーショップのウインドウの前で足を止めた。

色褪《いろあ》せ水分を失った花束は、いまの私みたい。元気なんて、花びら一枚分も残っていない。

兄貴は、いつだって自分のことより相手の気持ちになれる人間さ。

だから、智子さんの気持ちにも……。

またた。せっかくばつ丸がらしくなく励ましてくれたのに、いつまで、そうやっているつもり？

携帯電話を取り出した。雨雲を追い払うには、ハルちゃんの声を聞くのが一番。

ペットショップの番号を呼び出し、通話ボタンを押す。忙しくなかったらいいけど。コール音が三回、四回、五回……。かけ直したほうがいいみたい。

『「ウエスティ」です』

通話ボタンを切ろうとした指先が、ハルちゃんの声で止まった。

「夏陽だけど、いま、大丈夫？」

『あら、こんな時間にどうしたのよ？　いま、トリミング中だからあんまり話せないけど』

「あのさ、明日、どこに買い物に行く？」

そんなことを訊くために、電話をしたんじゃないのに。

『あなたねぇ、小学生の電話じゃないんだから。いま、トリミング中だって言わなかった？』

ハルちゃんの呆《あき》れたようなため息が受話口から聞こえる。

「ごめん……」

消え入りそうな声で黙り込む。いつもの「ハルちゃん節」を耳にしたとたんに、鼻の奥が熱くなり、喉《のど》がきゅっとなった。

『もしもし、夏陽？　もしもし？』

きゅっとなった喉を、嗚咽《おえつ》がちょっとずつこじ開ける。

「純也さんに……」

『夏陽……なにかあったの？』

携帯電話をきつく握り締め、ふたたび溢れそうになる涙に抗《あらが》った。

『純也さんが、どうしたのよ？　話してごらん』

彼の家に行ったこと。彼が自転車とぶつかって怪我をしたこと。心配で心配でたまらなかったこと。代わりに弟が迎えにきたこと。智子さんが訪ねてきたこと。患者さんにトラブルが発生したこと。

嘘を吐《つ》いて出てきてしまったこと。泣いているところを弟にみられてしまったこと……ハルちゃんに導かれた私は、堰《せき》を切ったように今日の出来事と気持ちを、そして、自己嫌悪に陥っていることを話した。

『なんだ。そんなことか』

ふんふんと話を聞いていたハルちゃんが、拍子抜けしたように呟《つぶや》いた。

「そんなこと、はないでしょう？　私にとっては、大事件なんだから」

私は、ムキになって大声を出した。

通りすがりのカップルがべったりと寄り添いながら、珍獣をみるような視線を向けてくる。

私はカップルから逃げるように小走りに、電話ボックスの中に駆け込んだ。

昔から、そうだった。なにかあるたびに、二十四時間以内にハルちゃんにSOSの信号を出していた。

でも、今回は、いままでとは違う。本当にピンチ。あんな形で飛び出して、お店でどんな顔して会えというの？

『やれやれ。ようするに、夏陽は智子さんにやきもちを焼いてるわけだ。いい？　やきもちを焼くっていうのは、自分に自信がないからなのよ。彼と、何度もデートしたんでしょう？ 今日だって、彼の家に行ってたんでしょう？ その関係のどこが不満なのよ。あなたは、誰にも優しい純也さんの人柄を好きになったんでしょうに。違う？』

「そうよ。でも、純也さんはわからない」

ばつ丸の言っていた、すべてを好きになる前のきっかけ……私に、彼の心を動かすどんなきっかけがあったというのだろう。

『夏陽。大変の変と心って字をくっつけて押し潰《つぶ》すと、どんな字になると思う？』

「なによ、藪《やぶ》から棒に」

『いいから、やってみて』

ハルちゃんの言うように、頭の中で変と心をくっつけて押し潰してみる。

「あっ」

『わかった？』

「恋」

『そう。つまり、変な心と書いて恋。自分でも、説明できない妙な心の状態が恋するってことだと私は思うわ』

「でも……」

『また、でも？ まったく、相手してられないわ。そうやって、ひとりで勝手に悩んでなさい。ワンちゃんが痺《しび》れを切らしてるから、もう、切るわよ』

「あ、ハルちゃ……」

冷たい発信音に、心まで冷え冷えとする。ノックの音。電話ボックスの外から、スーツ姿の男の人が腕時計を指差しながら咎《とが》めるような眼を向けてくる。

「すみません」

私は、逃げるように電話ボックスから飛び出した。

ハルちゃんに怒られるのも当然だ。ぱつ丸にも迷惑かけちゃったし。なにより、きっと彼も、私のことを心配してるはず。

どうしよう。いまさら戻れないし……本当に、自己嫌悪。

気がつけば、近所の番ジイの家に差しかかっていた。

ブルドッグの番ジイは十歳の老犬。本当の名前は知らない。いつも門の向こう側でぺたりと腹這《はらば》いになり、鉄柵《てっさく》の下から鼻面を出して通りを行き交う人々に「睨《にら》み」を利かせている姿が番台に座るお爺《じい》さんみたいで、私が勝手に命名した。

果たして、番ジイはお馴染《なじ》みの定位置に腹這いになり、気怠《けだる》げな眼を私に向けてきた。

「元気？」

声をかけると、番ジイがお愛想で覇気なく尻尾《しっぽ》を振った。

「じゃあね」

気分がいいときには鉄柵越しに親交を深めるのだけれど、今日は、番ジイに負けないくらいに精気がなかった。

番ジイに別れを告げて三十メートルくらいで、我が家の建物が現れた。

本当は彼の家で作ったばかりのほやほやの思い出に胸を温め、もっと遅くに戻ってくるはずだったのに……。

足を引き摺《ず》るようにエントランスへ入り、エレベータに乗った。五階のボタンを押し、2、3、4とオレンジに染まってゆく階数表示のランプをぼんやりと眼で追った。

エレベータを降りた私は、部屋のドアの前で佇《たたず》む人影をみて息を呑《の》んだ。

「慌てて追いかけてきたんだけど、そのままどこかに行ったのかと思ったよ」

彼が、微《かす》かに息を弾ませながら言った。額に巻いた包帯に、うっすらと汗が滲《にじ》んでいた。

「純也さん、追いかけてきてくれたの？」

笑顔で頷く彼をみて、胸が一杯になった。

私って、なんて馬鹿なことをしたんだろう。大事な患者さんのところに行かないで追いかけてきてくれた彼の気持ちを信じられずに、くよくよ思い悩んでいたなんて……。

「智子さんのほうは……」

「痛たた……」

「大丈夫!?」

後頭部を掌《てのひら》で押さえて顔をしかめる彼に、私は駆け寄った。

「平気、平気。全力で走ったのは、高校の体育祭のとき以来だから、頭に響いただけさ」

「頭は怖いんだから。とにかく、中へ入って」

カギを開け、彼を玄関へと招き入れた私は、はた、と気づいた。

部屋の中が、出かける前の戦争状態のままだったということに。

「ちょっと、ここで待ってて」

彼に言い残し、リビングにダッシュした。

床に散乱するワンピースやらブラウスやらスカートやらをクロゼットに放り込み、ドレッサーの上に放り出されているブラシやムースの缶を抽出《ひきだし》にしまい、寝乱れたベッドシーツを直し、「くまのプーさん」のぬいぐるみを枕と並べ、ガラステーブルの上のチョコレートの空き箱をゴミ箱に捨て、それから、それから、それから……。

あたふたと動き回り、なんとか人様を招き入れられる状態の部屋になった。

「待たせてごめんね。どうぞ」

玄関に舞い戻り、彼を促した。

今度は、私の息が上がっていた。

「カモミールの匂いだ」

彼が靴を脱ぎながら、少しだけ顔を上向き加減にする。

「純也さんのウチと同じよ。ほら」

私は、シューズボックスの上……貝殻に入ったポプリに眼を向けた。

「本当だ。でも、ウチのはこんなにかわいい入れ物じゃないよ」

「こんなにかわいかったら変よ」

「そうだね」

ふたりは、顔を見合わせて笑った。

「はやく部屋に入って休んで」

とたんに、彼の傷の具合が心配になり、気持ちが急《せ》き始める。

「部屋も、いい匂いだね。ここで、セラピーをしたいくらいだよ」

ドアを開けると、彼が眼を閉じ小さく深呼吸をした。

ベッドのヘッドボードとガラステーブルの上にも、ポプリを置いていた。

「患者さんより、いまは純也さんがリラックスしないと」

私は彼の手を引き、ソファに座らせる。彼の家と同じクッションタイプのソファ。でも、色はオフホワイトじゃなくてレモンイエロー。

「なにか、飲み物持ってくるね」

「さっき、おいしいキャンディティーを淹《い》れてもらったからいいよ。それより、話の続きをしよう。さ、ここに座って」

彼がポンポン、とクッションを叩《たた》く。私は犬のようにお座り……じゃなくて腰を下ろした。

話の続き。彼が「モーニングガーデン」に誘ってくれた理由。

彼が説明しようとしたときに、智子さんが現れたの。

「じゃ、せめて……はい」

私はガラステーブルに載った小皿からイチゴのグミを手に取り彼に差し出した。

ずっとずっと気になっていたくせに、いざ、その理由が明らかになろうとすると、そわそわドキドキする私。

あんまり深い意味はなかったんだ、とか、あのとき誰かとお茶を飲みたかったんだ、とか、そんな理由だったらどうしよう？

純也さんの口から、はっきり答えを聞きたかったんじゃないの？　ハルちゃんがいまの私の気持ちを知ったら、間違いなくそう言うはず。大きくて深いため息を漏らしながら。

ありがとう。彼がグミを食べるほんの短い時間に、私は深呼吸を繰り返し、覚悟を決める。

「僕のこと、どんな男だと思う？」

「え、どんなって……」

予想外の質問に、一瞬、私は戸惑った。

「夏陽さんの思いつくままに言ってみて」

「うーん、そうだなぁ。優しくて、温かくて、意志が強くて、自分をしっかり持ってて、それから……」

彼の魅力はあまりにもたくさんあり過ぎて、ひと言なんかで言い表せるわけがない。

「もう、そこまででいいよ。せっかく褒めてくれて嬉《うれ》しいんだけど、夏陽さんは僕のことを買い被《かぶ》り過ぎだな」

「とんでもない。私なんかに、純也さんはもったいないわ」

彼が、真剣な顔で力強く首を横に振った。

「僕が、仕事前になぜ『ブローニュ』に通っていたかわかるかい？　家の近所だから？　紅茶がおいしいから？　たしかに、『ブローニュ』は家からも近いし紅茶もおいしい。でも、それだけの理由だったら、『モーニングガーデン』でもいいと思わない？　病院まで歩いてすぐだし紅茶もおいしいし。だけど、だめなんだ。あの店には、君がいないから」

「嘘……」

私は思わず、口走っていた。

るわけない。

だって、彼が私を目当てに「ブローニュ」に通っていただなんて、そんな夢のような話がある

また、彼が首を横に振る。今度はゆっくりと。

「初めて『ブローニュ』を訪れたときの僕は、いまの仕事を辞めようかどうか悩んでいた。それまで子供のことを嬉しそうに語っていた患者さんが、一ヵ月後には写真をみせても思い出せなくなっている……そんなことが日常的に起こっている現場で、自分はこの人達のために、いったい、どんな役に立っているんだろうって。ただの話し相手なら、いくらでもほかにいるんじゃないかって。僕は、君の思うような強い人間でもなんでもない。壁に当たるたびに、挫《くじ》けそうになる弱い人間なんだ。でも、夏陽さんをみてると、不思議と力が湧いてくるんだ。もう一回、頑張ってみようってね。君は、気づいてたかい？　僕が、何度も吾妻夏陽という女性に救われていたということを」

彼の深く澄んだ瞳《ひとみ》にみつめられた私は、全身が熱くなり、ホットケーキに載ったバターのように溶けてしまいそうだった。

「そんな、私が純也さんを救うだなんて……ないない、絶対にない」

私は、顔の前で両手を振りながら否定した。

私が彼に救われることはあっても、救うなんてことは、ピンク色したカラスよりもありえない。

「君は、君自身が無意識のうちにいろんな人を元気づけていることを知らないんだ。吉川のお爺ちゃんのときみたいにね。もちろん、僕もそのひとりだ。名前通りに、夏の太陽が燦々《さんさん》とし

た光を草花に降り注ぐ……そんな夏陽さんが、僕は好きなんだ」

　これが夢なら、このまま永遠に眠っていたい。でも、これは夢じゃない。信じられないくらいに嬉しいけど、とても怖い。

　本当の私を知ってしまったなら、きっと、彼の気持ちはシャボン玉みたいに弾《はじ》けてしまうはず。

　さっきまでの自分が、とても恥ずかしくなった。

「夏陽……」

　夏陽という響きに、躰《からだ》中の血液がシャンパンの気泡のように勢いよく騒ぎ始めた。

　彼の私をみつめる瞳が、ずっと待っていたあることを予感させた。

　私の肩に、彼の手がかかる。そっと眼を閉じると、額を、柔らかな彼の前髪が撫《な》でた。

　唇にほんのりと温かな感触……甘酸っぱいイチゴの味が広がった。さっきのグミの味だ。

　躰はカチカチになっているのに、頭の中はココアに浸したスポンジケーキみたいにふやふやになっている。

　やっぱり、夢だ。夢に決まっている。夢でもいい。こんな幸せな夢なら、いつまでもみていたい。

　鐘が鳴っている。ヨーロッパの鐘みたい。夢なら、ありえるよね。どこにだって、好きなところへ一瞬で行くことができる。また、鐘が鳴る。

「お客さんみたいだよ」

　鐘の音に、彼の声が重なった。

「え……」

眼を開けた。霞《かす》む視界に、上気した彼の顔がぼんやりと浮かぶ。

インタホンのベル。鐘じゃなかった。夢じゃなかった。現実に、彼とキスを……。

ぼうっと立ち上がり、ふわふわした足取りで玄関に向かう。

「なんだ、いたの？　留守かと思っちゃった」

「ハルちゃん？　どうしたの？」

羽が生えたみたいな声で私は訊《たず》ねた。マシュマロの絨毯《じゅうたん》に立っているように頼りない足もと。

「どうしたのじゃないわよ。いまにも死にそうな声を出していたから、仕事を抜け出して駆けつけたっていうのに」

呆《あき》れたような顔を向けるハルちゃんをみて、記憶がゆっくりと巻き戻る。

「あ、ごめん。そうだったね」

「まったく、もう、あなたって……あれ、彼が、純也さん？」

私の肩越しに視線を移したハルちゃんのお説教口調が、一転して囁《ささや》きに変わる。

振り返る。うん。開きっ放しのリビングの中扉の向こう側……ソファに座る彼をみて私は頷《うなず》く。

「挨拶《あいさつ》してくるわ」

「ちょっと……」

ひとり娘の保護者のように厳しい顔つきで言うと、ハルちゃんはそそくさと靴を脱ぎ勝手に部屋に上がり込んだ。

「はじめまして。私、夏陽の幼馴染《おさななじ》み兼姉兼母親の中本春美《なかもとはるみ》です」

気合い十分に自己紹介するハルちゃんに、彼がぼんやりとした顔を向けた。

「あ、どうも。星純也です」

慌てて立ち上がり、彼がどぎまぎとした仕草で頭を下げる。

いつもの、落ち着いた彼とは別人のよう。でも、そんな彼をみてちょっぴり嬉しかった。

「いつも夏陽がご迷惑ばかりかけて。本当にこのコったらいくつになっても子供っぽくて……」

「もう、いいって」

ハルちゃんの言葉を遮り、正面に回り込む。これ以上、放っておいたらなにを言い出すことやら……。

「ちょっと、夏陽……邪魔しないでよ」

「僕は、これで失礼します」

彼がハルちゃんに会釈をし、玄関に向かった。

「あれ、もう、帰っちゃうの？」

私は、遊び足りない子供のように彼を追いかけつつ問いかける。

「大事を取って、家で休むよ。今日は、忘れられない一日になったよ」

「うん。私も……」

彼と視線が絡み合う。その柔らかな眼差《まなざ》しに、吸い込まれてしまいそう。

「じゃあ、また」

「また……」

彼の姿がドアの向こう側に消えても、私は手を上げたまま立ち尽くしていた。指先で、慈しむようにそっと唇を撫でた。

「なんだか、私、すっごい招かれざる客のような気がするんですけど」

「え？」

弾かれたように、振り返った。

いつの間にか腕組みをしたハルちゃんが、真後ろに立っていた。

私は、心配して駆けつけてくれた親友の存在をすっかり忘れていた。

「あ、ごめん」

「ごめんじゃないわよ。『でも、純也さんはわからない』なんて言うから、仕事をそっちのけできてあげたっていうのにさ。なに？　あのラブラブモードは」

私の声まねをし、ハルちゃんが首を竦《すく》める。

臍《へそ》を曲げさせちゃったみたい。

「感謝してる。ハルちゃん大好き」

「甘えたってだめ」

「じゃあ、明日のお買い物のとき、昼食代は私持ちっていうのはどう？」

「私を買収する気？」

「そう。だから、機嫌を直して」

まったく、あなたって、調子がいいんだから。

顔の前で掌《てのひら》を合わせる私をみて、ハルちゃんが苦笑いを浮かべる。

「甘味屋さんの葛餅《くずもち》付きなら、考えてあげてもいいわ」

「商談成立！　紅茶でも淹《い》れるから、仕事に戻る前に飲んでって」

ハルちゃんの返事も聞かずに、私はキッチンに跳ねるように駆けた。

私はもう一度、指先で唇に触れた。そして祈った。

この幸せが、永遠に続きますように。

第二章

1

街路樹の葉が緑を増し、道行く人の連れたプードルが気怠《けだる》げに舌を出している。小学生らしき三人の男の子達がプールバッグを振り回しながら歩道を駆け抜け、Tシャツに短パン姿の初老の男性がのんびりと車を磨いている。

窓の外の強い陽射しが嘘のように、冷房の利き過ぎた「ブローニュ」の店内は肌寒いほどだった。

なんでも、今日の午前中に店に届いた虹《にじ》色のクワガタムシが暑さに弱いらしく、温度を上げてほしいという私の意見はハリーさんににべもなく却下された。

つまり、ハリーさんにとっては店の宝でありかわいい姪《めい》であるはずの私よりも、虫けらのほうが大切だということだ。

ようやく手に入れたレア物らしく、冷え性の私が凍えそうなのもお構いなしに朝からご機嫌で、いまもカウンターの中で繁殖法とやらが書かれている本を鼻歌交じりに読んでいた。

まあ、三ヵ月半ほど前に金色のクワガタムシが死んだときの落ち込みぶりを考えると、今日だけは大目にみてやってもいいかなと思った。

「それにしても、恐ろしく暇ね。この地球上から、紅茶好きの人種が滅亡したんじゃないかと思っちゃうわ。ねえ、ハリーさん。まずいんじゃない?」

大袈裟《おおげさ》じゃなく、本当に錯覚しそうになる。だって、アイドルタイムの十二時を過ぎているというのに、ドアベルはむっつりと黙秘を決め込み、お客さんは私ひとりだけ。

そう、窓際のテーブル……純也さんの指定席でキャンディティーを飲む私は、ウエイトレスではなくお客様だった。

夏休みだからなあ。

答えになっているような、なっていないような……呑気《のんき》で間延びした声が返ってきた。

結論。ハリーさんの心は「ブローニュ」にあらず。

「クワガタ君に注ぐ情熱の半分くらい、経営のほうにも……」

「お、あった、あった」

へぇー、そうなんだ。なるほど。

どうやら、繁殖の秘訣《ひけつ》でもみつけたらしい。ハリーさんの鼻歌のボリュームが上がる。

ま、いいか。

広い心で、永遠の虫捕り少年を許してやった。私も、ハリーさんに負けないくらいにご機嫌だった。

純也さんとの待ち合わせは十二時半。今日は、来週の日曜日に友人の結婚式に出席する彼のスーツを一緒にみに行く予定だった。

作業療法士という仕事柄、彼の持っているスーツは、四年前の成人式のときに着たスーツが一着だけ。

愛する人のスーツを選ぶ。私は、新妻気分でこの日を心待ちにしていた。

彼が私を「夏陽」と呼ぶようになってから、三ヵ月半が過ぎた。

あの「忘れられない一日」からのふたりの交際は、順調そのものだった。

毎週、お互いが休みの日にはデートを重ねた。今月は、直也さんとハルちゃんを誘って日帰りで千葉の海に行った。

相変わらず直也さんは軽口ばかり叩《たた》き、ハルちゃんは小言ばかりだったけど、賑《にぎ》やかでとても愉《たの》しいひとときを過ごせた。

最初の頃に比べて、いろいろと彼について知ることができた。

五歳の頃、飼っていたミドリガメが行方不明になったときに、ひと晩中家の中を探し回り、冷蔵庫の下から出てきたところを発見したこと。

八歳の頃、家の前でバットを振り回していた直也さんが父親の大事にしていた車の窓を割ってしまい、彼が弟を庇《かば》い代わりに怒られたこと。

同じく八歳の頃、学芸会でシンデレラをやったときに、王子様役に選ばれた純也さんは緊張のあまりセリフを度忘れして大恥をかいたこと。

こんにゃくが大の苦手で、いまでもおでんや肉じゃがを食べるときにはよけていること。

こんにゃくが苦手になった理由は、幼い頃に喉《のど》にひっかけて死にそうになったのが原因だということ。

私の知らない時代には、彼らしい純也さんと彼らしくない純也さんが存在した。

でも、私は、どちらの彼も大好きだった。だって、どちらの彼も純也さんなのだから……。


「遅いんじゃない？」

ハリーさんの声で、私は回想の旅を中断した。

「え？」

「彼だよ。十二時半に、待ち合わせをしてたんじゃないの？」

私は、慌てて腕時計に視線を落とした。

約束の時間を十五分過ぎていた。

こんなことは、初めてだった。彼は遅れるどころか、約束の時間より十分ははやくくるタイプだった。

「出かける前に、なにかあったんじゃない」

私は、全然気にしてません、という顔でティーカップを傾けた。

そうだね。

相変わらず、心ここにあらずの生返事。でも、いまはハリーさんの無関心が助かった。

純也さんだって機械じゃないんだから、たまには遅くなることだってあるわよ。

たとえば、家を出ようとしたときに電話が入ったとか、腕時計が狂っていたとか、道でばったり友人に出くわしたとか……まだまだ、理由ならいくらでも考えられる。

ティーカップが空になり、新しくポットから移したキャンディティーがすっかり冷めても、彼は現れなかった。

恐る恐る、腕時計をみる。午後一時ちょうど。約束の時間を三十分オーバー。

いったい、どうしたというのだろう。都合が悪くなったのなら、連絡があってもいいはずだし……。

もしかして、また、事故にあったのでは？

頭からさっと血の気が引き、喉がからからになった。

「電話、してみたら？」

「私も、そう思ってたところ」

携帯電話を手にし、彼の番号を呼び出した。通話ボタンを押し、祈るような気持ちでコール音を聞いた。

どうか、純也さんが……。

『はい、星です』

呆気《あっけ》なくコール音が途切れ、彼が電話に出た。

「あれ……純也さんなの？」

私は思わず、拍子抜けした声を出していた。

『夏陽？　どうしたの？』

一瞬、間違って直也さんの携帯電話にかけてしまったのかと考えた。それほど、純也さんはあっけらかんとしていた。

「どうしたの？　って……純也さんのほうこそ、どうしたのよ？」

私は、半信半疑のまま問いかけた。

本当に電話の相手は彼なの？　まさか、直也さんが声色をまねして私を担いでいたりして？

『え……あっ、ごめん。今日、約束してたんだよね？』

「約束してたんだよね？　じゃないわよ。また事故にでもあっちゃったんじゃないかって、心配したんだからね、もう。忘れてたの？」

拗《す》ねた口調で、私は言った。

『そうなんだ。つい、うっかり。本当に、ごめん』

彼の申し訳なさそうに詫《わ》びる声を聞き、行列を作っていた言いたいことをぐっと我慢した。

「わかったから、もういいわ。それで、あとどれくらいでこられる？」

『それが、今日、直也の店の引っ越しを手伝ってて、抜け出せそうにもないんだ』

「弟さんの？」

直也さんは、あの若さで、渋谷と池袋《いけぶくろ》にインターネットカフェを経営する実業家だ。

『そうなんだ。いまの池袋の店から、もっと大きなスペースに引っ越すことになったからって頼まれて……』

「そんなの……」

気にしないで。

私は、ひどい、という言葉の代わりに優しく言った。

私との約束を忘れてほかの予定を入れるなんてショックだけど、純也さんだって、わざとそうしたわけじゃない。猿も木から落ちるって言うでしょう……って、彼は猿じゃないってば。

『明日、改めてつき合ってもらってもいいかな?』

「うーん。明日は予定が入ってるし……どうしようかなぁ」

わざと、焦《じ》らしてみせる。本当は、予定なんてなにもないし、あったとしても純也さんが最優先。

『その予定が終わったあとでもいいから。埋め合わせをさせてほしいんだ』

「しようがないわね。じゃあ、今日と同じ場所で同じ時間だよ。一分でも遅れたら、帰っちゃうからね」

『ありがとう。今夜のうちから、「ブローニュ」の前で徹夜で並ぶよ』

「アイドルのコンサート並みね」

携帯電話越しに、互いに笑い合う。

今日は、本当にごめん。もういいって。じゃあ、明日。うん、明日。

「王子様にすっぽかされたかわいそうな姫に、これはサービス」

通話ボタンを切った私の目の前に、オレンジマフィンが置かれた。

「かわいそうじゃなく、幸せな姫です。明日、埋め合わせしてくれるって言ってたし。それに、こんなこと初めてだし」

私は、ハリーさんを軽く睨《にら》みつけながらフォークでマフィンを掬《すく》う。

「でも、気をつけたほうがいいよ。男の人が彼女との約束を忘れるのは倦怠《けんたい》期の第一歩って言うからね」

「け……けんたい？　ちょっと、私達のことをくたびれた中年夫婦みたいに言わないでよ。ハリーさんのほうこそ、虫ばっかり相手にしてると、奥さんに愛想尽かされちゃうぞ」

「心配御無用。ウチのワイフは、あなたの好きなものは私の好きなものって言ってくれてるから」

ハリーさんが嬉《うれ》しそうに、それは本当に嬉しそうに言った。

「なによ、ノロけちゃって。だいたいね、お店に虫を持ち込まないでって言ってるのに……」

「そうだ。生クリームが切れてたんだ」

店番頼んだよ。慌てて、ハリーさんがドアに駆け出した。

「あ、こら、逃げる気？　私は今日、お客様なんだからね」

チリリン　ギィー　パタン
「もう、みんな、しようがないな。でも、どうせ、お客さんなんてこないんだし、マフィンをサービスして……」

チリリン　ギィー　パタン
マフィンを口に運ぼうとした腕を止め、顔を上げた。

学生ふうのカップルが、目の前に現れた。

今日は、本当についてないんだから……。

「いらっしゃいませ」

私は、心とは裏腹の笑顔で立ち上がった。

2

「いいのが、みつかってよかったね」

私は蜜豆《みつまめ》を口に運び、彼の隣の席に置かれた紙袋に視線を投げた。

「普段はこんな感じだから、上等なものじゃなくてもよかったんだけどね」

純也さんがみたらし団子の串《くし》を皿に置き、ポロシャツの胸のあたりを引っ張りながら言う。

「なに言ってるのよ。男の人は、一着くらい、ちゃんとしたスーツを持ってなきゃ」

日曜日。昨日の仕切り直しで、昼から新宿や渋谷のデパートを梯子《はしご》した私達は、三軒目でようやく気に入った（ほとんど私の意見なんだけどね）スーツに出会え、表参道の甘味喫茶に入った。

「でも、二十四歳で結婚なんて羨《うらや》ましいな。新婦さんはいくつ？」

来週の日曜日は、彼の友人の結婚式だ。

「二十二だったかな」

すみません。サイダーをください。

私は、ぷっと噴き出した。

「ん？」

首を傾げる純也さん。

ううん。なんでもない。

顔の前でひらひらと手を振る私。

大人っぽい純也さんとサイダーの組み合わせがなんだか意外で、でも、とてもかわいらしかった。

「二十二かぁ。それじゃ、私達と同じだ。あ……深い意味はないからね」

自分のなにげないひと言に、微《かす》かに頬が熱を持つ。わざわざ訂正するなんて、よけいにどつぼに嵌《は》まるじゃない。

「深い意味があっても、僕は構わないよ」

純也さんが、にっこり微笑み私をみつめた。

「え……」

突然の言葉に、二の句が継げなかった。これって、もしかしてプロポーズ？

ソーダのストローを口に含もうとした手を蜜豆のスプーンに伸ばし、また、ストローに戻しかけ、意味もなく携帯電話を握り締めた。

私はどぎまぎとし、頭と躰《からだ》の動きがバラバラになる。

夏陽、僕と結婚しよう……なんて、彼に言われたらどうしよう。

もちろん、夢のようなことだけど心の準備が、いいえ、準備ができていないのは心だけじゃない。

お料理だってもっと勉強しなきゃいけないし、子供ができたら仕事だって続けられなくなるかも……子供？　私と純也さんの子供？

逆上がりをしたときみたいに、頭に血が昇る。私はソーダをガブガブ飲みたい気持ちを抑え、ストローでチューチュー吸い上げる。

私達のその日は、いつ訪れるのかしら。

「夏陽。あれは、いつにしようか？」

「え、なに？」

私は、反射的に身を乗り出す。

あれって、お母さんへの挨拶《あいさつ》？

ストローを持つ手が震え、心臓が高鳴った。

「ほら、あれだよ、あれ」

「だから、あれって？」

私は辛抱強く問い返す。意地悪をしているんじゃなく、彼の口から聞きたかった。

「えっと……そうそう、直也の新しい店に、いついくかってことだよ」

「あ、それね」

一気にテンションダウン。

今日、純也さんと会ったときに、近いうちに直也さんのインターネットカフェに顔を出そうと言われていたのだった。

「いつがいい？」

「いつでもいい。純也さんが決めて」

私は横を向き、小さなため息を吐《つ》く。

「夏陽。怒ってる？」

彼が心配そうに声をかけてくる。

自分の勘違い。わかっていた。でも、四、五時間前のことを忘れる純也さんも悪い。だって、馬鹿みたいに期待しちゃったんだから。

「はい」

彼が、リボンのかけられた細長い包みを差し出した。

「なに？」

「昨日、直也の引っ越しが終わった帰りに渋谷でみつけたんだ。開けてみて」

私は、期待に胸を膨らませながら包みを開いた。薄いベビーピンクの長方形の箱が現れる。

そっと、蓋《ふた》を開けた。

太陽をモチーフにしたペンダントトップのパヴェダイヤが、照明を受けてきらきらと光の粒子を振り撒《ま》いた。

「綺麗《きれい》っ。これ、私に？」

私の瞳《ひとみ》は、ペンダントトップに負けないくらいに輝いていたに違いない。

彼が頷《うなず》いた。

「でも、どうして？」

「君に、ぴったりのイメージだと思って」

「高かったでしょう？　お金、大丈夫？」

「平気、平気。それより、つけてみて」

「なんだか、もったいないわ」

「減るものじゃないんだから。さあ、はやく」

彼に促されるように、ホワイトゴールドのチェーンを首に巻いた。

「どう？」

思わず、力んだ声で訊《たず》ねる。まるで、大観衆の前で挨拶しているみたいに顔を強張《こわば》らせ、彼の返事を待った。

「とても、よく似合うよ」

眼を細める純也さんから視線を外し、私は俯《うつむ》いた。

なんだかくすぐったいような……恥ずかしいような気分になり、彼の顔を正視することができなかった。

「ありがと」

私は俯いたまま、消え入るような声で言った。

あまりにも幸せ過ぎて、ちょっぴり怖くなる。


人生という器には、幸せと不幸の分量が平等に詰まっているのです。ようするに、どちらを先に多く取り出すかの違いだけだから、いま、悩み苦しんでいる人達も、常に希望を失わないようにしてくださいね。

不意に、なにかの雑誌のインタビューを受けていたポジティヴシンキングの本の著者のセリフが頭の中に蘇《よみがえ》る。

それじゃまるで、幸せになればなるほど、幸せから遠ざかっていくみたいじゃない？

どうせ、インチキに決まっている。でも、もし本当だったら、砂時計みたいに幸せの分量がさらさら減り続けているっていうこと？　そんなこと、あってたまるものですか。だけど、やっぱり……。

「あ、サイダーをください」

「おふたつですね？」

「いいえ、僕のぶんだけです」

私は不安の囁《ささや》きを鼓膜から追い払い、顔を上げた。

ウエイトレスが、訝《いぶか》しげに首を傾げている。

「サイダーは、先程注文されましたよ」

「え……そうだったかな？」

私に訊ねる彼に頷いてみせる。

「ごめんなさい。僕の勘違いでした」

いえ、どういたしまして。

ウエイトレスが笑顔でテーブルを離れる。

「ねえ、純也さん。弟さんのお店、いつ行く？」

さっきは、いつでもいいなどと拗《す》ねていた私だったけど、すっかり気分は直っていた。

もちろん、高価な物を貰《もら》ったからではなく、彼の気持ちが伝わったから。

「来週の日曜は結婚式だから、その次の日曜はどう？」

「いいよ。新婦さんに、見惚《みと》れたりしないでね」

「夏陽以外の女性に見惚れたりしないよ」

「どうだか」

「君のほうこそ、凄《すご》く素敵な男性が『ブローニュ』に現れたら？」

「私も、純也さん以外の男性のことは眼に入らないわ」

「どうだか」

ふたりは、束《つか》の間、顔を見合わせ、打ち合わせたように噴き出した。

「そうそう、この前の夜、電話で言ってた患者さんはどうだった？」

私達は、会えないときには、時間の許すかぎり電話で話すようにしていた。

「思い出一一〇番」の患者さんのこと、「ブローニュ」での出来事、直也さんの失敗談、ハリーさんのクワガタ自慢、彼がみた夕焼けの色、私が嗅《か》いだ花の匂い……取るに足らないことから結構深刻な問題まで、ふたりの話は尽きなかった。

「山下《やました》さん？」

「そう。息子さん、もう日本に帰ってきたの？」

山下さんは、「思い出一一〇番」の患者さんの多くがそうであるように、病状が進行して家族の顔を忘れてしまっていた。

一週間ほど前に純也さんと電話で話しているときに、二、三日中に海外に留学していた息子さんが戻ってくると聞かされていた。

「うん。戻ってきたんだけどね」

彼の顔が、空に雨雲が広がったように翳《かげ》った。

「だめだったんだ」

私の声も暗くなる。

「症状がそこまで進行していないときには、独りっ子の息子さんをいつも気にかけていたから、もしかしたら、って期待をかけてたんだけど……」

純也さんが、運ばれてきたサイダーのストローをグラスの中で回しながら力なく呟《つぶや》いた。

「忘れたほうも、忘れられたほうも、かわいそう」

「見慣れた光景だけど、やっぱり、家族に初対面みたいな顔で挨拶している姿をみるのは、つらいものだよ」

「私、患者さんの話を聞いていると、ときどき不安になるの。純也さんが、私を忘れたらどうしようって……」

「僕は、夏陽のことを忘れたりしないよ」

「言い切れる？　だって、家族のことも忘れちゃうんだよ？」

「万が一家族のことを忘れても、夏陽のことだけは絶対に忘れない」

彼の真剣な眼差《まなざ》しに、鼻の奥が熱くなり、涙腺《るいせん》が緩んだ。

泣いているところをみられないように、俯き、ソーダ水を吸い上げた。

グラスの中が氷だけになっても、顔を上げることができなかった。

私は、初めて知った。

涙が出るのは、哀しいときばかりじゃないことを。

3

腕時計の針は、ちょうど約束の二時を指すところだった。

「あー、遅刻だよ」

改札口を出た私は、宮益坂《みやますざか》下の交差点に向かってダッシュした。

いつものように、あれじゃないこれじゃないと洋服選びをしているうちに家を出るのが遅くなってしまった。

右手に持ったバラの花束が、男の人の肩に当たった。花びらがひらりと足もとに舞い落ちる。

「あ、ごめんなさい」

花束を、傘のように空に向けながら人込みを縫った。

「黄色、黄色、黄色……あれだ」

ハルちゃんから聞いた黄色の看板……「バナナボート」は、交差点の角のビルの二階にあった。

「長いなぁ」

私は、意地悪のように変わらない歩行者用の赤信号を睨《にら》みつけながら、足踏みを繰り返した。

今日は、直也さんが池袋から渋谷に移転したインターネットカフェに、私と純也さん、そしてハルちゃんの三人でお祝いに駆けつける約束をしていた。

ふたりとも、もう、きているだろう。

「急がなきゃ」

お節介な彼女のことだから、ふたりきりにしていると、なにを言い出すかわからない。人波が動き出した。

「あ……」

私は、慌てて横断歩道を駆け渡った。階段を上りきったときには、四二・一九五キロを完走したマラソンランナーのように呼吸が乱れていた。

ハンドミラーを取り出し、手櫛《てぐし》で髪を梳《と》かす。

「だめだめ。出かける前よりブスだよ」

約束の時間を五分過ぎており、どこかで化粧を直している暇はない。

こんな顔を、純也さんに……そうだ。この店のトイレを借りればいい。

すぐに落ち込むけど切り替えがはやいのも私の特徴。

遅いぞ。こっちこっち。

フロアの一番奥のテーブルで手を上げる女性。ウエイターよりもはやく、私を発見するハルちゃん。

まったく、あんたはサーチライトか？

「ごめんごめん」

私はハルちゃんに歩み寄りながら、テーブルに素早く視線を巡らせる。

彼の姿はなかった。ほっと胸を撫《な》で下ろす。

「あれ、彼は一緒じゃないの？」

「うん。病院から直接くるって」

本当は、今日は純也さんは休みのはずだった。けれど、彼が担当している患者さんの具合が悪くなって、急遽《きゅうきょ》出勤することになったのだ。

「そっか。夏陽。なに頼む？」

「同じのでいい。ちょっと、おトイレに行ってくるから」

私は彼女のアイスミルクティーのグラスを指差し、そそくさとトイレに向かった。

彼がくる前に、完璧《かんぺき》な私に変身しておく必要があった。

ファンデーションを塗り直し、ルージュを引き、今度はきちんとブラシで髪を梳かした。

髪型が思うように決まらず、何度もやり直しているうちに、思いのほか時間が経ってしまった。

「ま、こんなもんか」

鏡の中の自分に語りかけ、トイレを出た。

「お待たせ」

ハルちゃんの前に座るなり、アイスミルクティーをストローで吸い上げる。走り通しだったので、喉《のど》がからからに渇いていた。

「ねえ、夏陽。直也君のお店って、ここから近いの？」

「どうだろう。今度のところは、私も初めてだから」

「え？　彼、ほかにもお店を持ってるの？」

「うん。スペイン坂《ざか》の近くだったかな」

「渋谷に二軒も？　凄いじゃない。直也君って、私達と同い年でしょう？」

ハルちゃんが身を乗り出し、瞳《ひとみ》を輝かせた。

「直也さんのことばかり訊《き》いちゃって。もしかして……」

私は、意味ありげな笑みをハルちゃんに向けた。

「ちょっと……やだ、やめてよ。あなた、なに勘違いしてるのよ。あんな口が減らない男、好きなわけないじゃない」

ハルちゃんがトマトのように赤らめた顔の前で手を振り、ムキになって否定した。

ハルちゃんと直也さんは、私と純也さんと四人で海に行ったときが初対面だった。

お互いにはっきりと物を言う同士……ふたりの会話は漫才をやっているようで、みているだけでこっちの気分も愉《たの》しくなった。

「でも、今日は、ペットショップのほうは休みじゃなかったんでしょう？」

私が彼と、直也さんのお店にお祝いに行くと聞いたハルちゃんは、有給休暇を取ったのだった。

「前から、夏陽を買い物に誘おうと思って、日曜日は休むつもりだったの。そしたら、純也さんと直也君のところに行くっていうからさ。人のことより、あなた達はどうなのよ？」

「どうなの、って、なにが？」

「純也さんとの関係よ」

「うまくいってるわよ。この前だって、これ、貰《もら》っちゃった」

私は、二週間前に純也さんからプレゼントされた太陽をモチーフにしたペンダントを摘《つま》んでみせた。

「あら、素敵。でも、私が訊いているのは、そういう意味じゃないの。彼と、どこまで進んだの？」

ハルちゃんが、声を潜めて訊《たず》ねてきた。

「え……なによ、藪《やぶ》から棒に？　ハルちゃんに、関係ないでしょ、そんなこと」

今度は、私が「トマト顔」になる番だった。

「つき合って、四ヵ月だっけ？　五ヵ月だっけ？　当然、最後までいったよね？　まだ、キスだけの関係なんて言わないよね？」

窺《うかが》うようなハルちゃんの眼。まるで、百発百中の占い師のよう。その瞬間、私は、悪戯《いたずら》をみつかった子供のように固まった。

「あれ、まさか……そうなの？」

そう、純也さんとは、まさか、そうなの？　だった。

「そうだと、なにか悪い？」

「悪くないけど……でも、あなたいくつよ？　何ヵ月もつき合っていれば、いまどき、中学生だってとっくに済ませてるわよ」

とっくに済ませてる……。

ハルちゃんの言葉が、ずしりと胸に響く。

「たしかに、私達は後れているかもしれない。だけど、いまの関係で満足してるの。それに、愉しみはあとに取っておきたいじゃない？　あ、そっちの意味じゃないよ。すべてがあんまり完璧だと、なんだかあとが心配でしょう？　だから、私は、少しずつがいいの。ティーポットの紅茶を、ちょっぴりずつ味わうようにね」

もしも、人生に幸せの砂時計があるのなら……一分、いいえ、一秒でも長く保《も》たせたい。

「はいはい、ごちそうさま。結局、純也さんとののろけ話……あれ、純也さん、遅くない？」

ハルちゃんが指差す腕時計の針は、二時を二十分回っていた。

「だよね」

彼の携帯電話の番号をプッシュする。三回目で、コール音が途切れる。

「もしもし、純也さ……」

『はい。星です。ご用件の方は、メッセージをどうぞ』

「もしもし。夏陽です。いま、ハルちゃんと渋谷の喫茶店で待ってます。連絡ください」

「留守電だったの？」

うん。私は沈んだ表情で頷《うなず》く。

「それって、ヤバくない？」

「なにが？」

「恋人との約束をすっぽかす。これ、危険信号だよ」

「まだ、すっぽかされたわけじゃないって」

男の人が彼女との約束を忘れるのは倦怠《けんたい》期の第一歩って言うからね。

ハリーさんにも、同じようなことを言われたっけ。

あのとき、彼は一緒にスーツを買いに行く約束をすっかり忘れ、直也さんのお店の引っ越しを手伝っていたのだ。

急に、アイスミルクティーの味がしなくなる。

「冗談だって、夏陽。なにお通夜の参列者みたいな顔してるの。きっと、病院のほうで手が離せないなにかが起こったんだよ。もともと、休みなのに出勤しなきゃいけなくなったんでしょう？」

「そうだね」

たしかに、ハルちゃんの言うとおり。患者さんのほうが大変で、連絡できないに違いない。

「あと十分待って連絡がこなかったら先に行ってよう。純也さんに聞いてるから、お店の場所もだいたいわかるし」

私は、努めて明るい口調で言った。

「それじゃあ、純也さんに悪いわよ」

「留守電に入れておけば平気、平気。それに、あんまり待たせると直也さんに悪いじゃない」

ハルちゃんが頷く。

本当に平気。患者さんのほうが一段落ついたら、すぐにくるから。

私は、自分に言い聞かせるように呟《つぶや》いた。

◇　◇

直也さんのお店は、「タワーレコード」の並びのファッションビルの地下にあった。

「へぇ、結構、大々的にやってるんだね」

ハルちゃんが、自動ドアの両脇に飾られている花輪を眺めながら言った。

ワールドプロバイダーエージェンシー、スカイドットコム、ユニバーサリー通信……。

どの会社も、立派そうな名前をしていた。

そうだね。行こう。

自動ドアを潜《くぐ》る。薄暗い店内に淡い琥珀《こはく》色の照明。フロアには、いくつものパーティションで区切られた小部屋があり、壁際には自動販売機や書棚が並んでいる。

自動販売機には、煙草、コーヒー、ソフトドリンク……それから、焼きそばやハンバーガー、ソフトクリームまであった。

書棚のほうには、いろんな漫画のコミックスや週刊誌が、ぱっとみただけで千冊以上揃っていた。

「いらっしゃいませ」

受付カウンターから蝶《ちょう》ネクタイを締めた男性従業員が笑顔で声をかけてきた。

まるで、ホテルのバーみたい。

「あの、直也……いえ、星さんいますか？」

「吾妻さんですね？　社長は、奥にいますので。こちらへ」

社長という言葉が、直也さんに向けられたものであることに気づくまで少しだけ時間がかかった。

男性従業員が、フロアの一番奥にあるドアの前で歩を止めた。

「社長、吾妻さんが……」

「やあ、いらっしゃい」

いきなりドアが開き、直也さんが現れた。

芥子《からし》色の麻のジャケットにグレイのジーンズという、社長とは思えないラフなスタイル。

でも、仕事場にいるとそれなりに貫禄《かんろく》みたいなものが漂っているから不思議。

「今日は、わざわざありがとう。あれ、兄貴は？　一緒にくるんじゃなかったの？」

直也さんが、私とハルちゃんの顔を交互にみながら訊ねた。

「仕事が大変で抜け出せないみたい。お店に先に行ってるって、留守電にメッセージを入れてきたから」

「そうか。相変わらずの仕事人間だな。さあ、どうぞ、お入りください」

ドアマンのように道を開け、右手を室内に投げながら恭しく頭を下げる直也さん。

社長室なのだろう空間には、ソファとデスク、そして店内の様子を映し出している三台のモニターテレビが設置してあった。

「新規オープン、おめでとう。ちょっと散っちゃったけど、どうぞ」

バラの花束を受け取った直也さんが、ありがとう、と口もとを綻《ほころ》ばす。

「適当に座って。飲み物、なにがいい？　一応紅茶もあるよ。夏陽ちゃんの店みたいにおいしくないけどね」

「じゃあ、私は日本茶」

「春美ちゃんだったよね？　この前も思ったけど、おばさんっぽい好みしてるね」

まずは、直也さんの軽いジャブ。

「おばさんですって？　あなたのほうこそね、インターネットカフェだかなんだか知らないけど、気取った店じゃなくて、漫画喫茶とかにしなさいよ」

ハルちゃんが応戦する。この前の、リプレイをみているようだった。

逆のみかたをすれば、二回目でこの噛《か》み合った呼吸は凄《すご》いとも言える。

「いまはね、漫画喫茶だけじゃ流行《はや》らないの。漫画も読めて、インターネットもできて、飲んだり食べたりできる。この三拍子が揃ってなきゃ」

「なんでも欲張ればいいってもんじゃないの。読書のときは読書、パソコンのときはパソコン、食べるときは食べる。なにかをやるときは、ひとつのことをやる。学校の先生に、そう習わなかった？」

「寺子屋の先生に？」

直也さんが、からかうように言った。

純也さんと違い、彼はやんちゃ坊主がそのまま大きくなったような感じだった。

「あのね、あなたみたいな考えの人ばかりだから……」

「じゃあ、私はオレンジジュースね」

私は、ハルちゃんの言葉を遮るように言った。

「彼女達に、日本茶とオレンジジュースを頼むよ。俺はアイスコーヒー」

「でもさ、ここ、本当に広いね。ボックスの中は、どうなってるの？」

私は、男性従業員が出て行ってから、不満げに口を噤《つぐ》むハルちゃんがふたたびなにかを言い出す前に話題を変えた。

「パソコンにテーブルにリクライニングチェアに……ちょうど、この部屋が狭くなったような感じだよ」

「一時間で、いくらなの？」

「ボックスのスペースによっていろいろだけど、一番高くても四百円。それから三十分ずつ延長するごとに二百円の料金がかかるんだ」

「えー、そんなに安いんだ。それじゃあ、泊まる人が多いんじゃないの？」

「まあね。五時間利用しても二千円だし、リクライニングチェアを倒せばベッドになるし、お腹が空《す》けば食べ物はあるし、漫画やインターネットで時間は潰《つぶ》せるし……はっきり言って、へたなホテルより快適だと思うぜ。それが、悩みの種なんだけどな」

　直也さんが、小さなため息を吐《つ》く。

「この店は、不良の巣窟《そうくつ》だわね」

　ハルちゃんの攻撃が再開した。

「まあまあ、抑えて抑えて。今日は、直也さんのお祝いにきたんだから」

「だからこそ、苦言を呈してあげてるのよ。この若さでなにもかも手に入れて高くなった鼻を、誰かが折ってあげなきゃ」

　減らず口で鳴らす直也さんも、ハルちゃんの前では苦笑いを浮かべるしかなかった。

「はいはい。春美さんの言葉を真摯《しんし》に受け止め、これからは、もっと健全なビジネスというもろう。

ノックの音に、ハルちゃんが口を閉じる。さっきの男性従業員が、飲み物を運んできたのだ
「ほらほら、その言いかた、全然反省してない……」

のを考えてゆきます」

「どうだ？　調子は？」

ドアが開き入ってきたのは、純也さんだった。

「オープンから両手に美しい花で、最高の気分だよ」

直也さんが軽口を叩《たた》きながら、私とハルちゃんが座るソファの背後に回り肩に手を乗せた。

「もう、馴《な》れ馴れしいわねぇ」

ハルちゃんが唇を尖《とが》らせる。でも、ちょっぴり嬉《うれ》しそう。

じつは、しっかり者にみえるハルちゃんは、私以上に単純な部分がある。

「ふたりとも、きてたんだ」

彼の言葉に、私はハルちゃんと顔を見合わせた。

「思いのほか仕事がはやく終わったから、様子を覗《のぞ》きにきたんだ。なかなか、いい感じじゃないか」

室内を見渡しながら、満足げに頷《うなず》く純也さん。

私には、彼が言っている意味がわからなかった。

ハルちゃんも直也さんも怪訝《けげん》そうに首を傾げている。

「兄貴、なに言ってるんだよ。夏陽ちゃん達と、『バナナボート』で待ち合わせしてたんだ

ろ？」

「え？」

今度は、純也さんが微《かす》かに首を捻《ひね》った。

「彼女達、ここの場所を知らないから、兄貴が案内役を買って出たんじゃないのか？」

「ああ……そうだった。仕事でバタバタしてて、うっかりしてたよ。夏陽、春美さん、ごめんね」

純也さんが、バツが悪そうな顔で頭を下げた。

「おいおい、しっかりしてくれよ。仕事人間もいいけど、大事なお姫様との約束を忘れるなんて問題だぜ。なあ？」

うん。直也さんに話を振られた私は、力なく頷いた。

恋人との約束をすっぽかす。これ、危険信号だよ。

ハルちゃんの言うとおりかもしれない。これで二度目。能天気な私も、さすがに不安になる。

「本当に、ごめん」

「純也さん。もういいわよ。私もたまに、予約の入ってたワンちゃんを忘れて、食事に出たりすることあるんだ」

「私を、犬と一緒にしないで」

棘《とげ》を含んだ声。わかっていた。ハルちゃんが私に気を遣い、軽い物忘れにしてくれようとしていることを。

いつもなら、私も冗談で返すところだった。でも、今日は、そんな気になれなかった。

「さあさあ、警備員みたいに突っ立ってないで、座った座った」

重苦しい空気を読んだ直也さんが、明るい口調で純也さんを席に促す。

ふたりが気を遣えば遣うほど、私はどうしていいのかわからなくなる。

ノックの音。男性従業員が、オレンジジュースと日本茶とアイスコーヒーの紙コップが載ったトレイを片手に現れる。

「俺、いらないから、飲めよ」

「ありがとう」

心ここにあらず、といった感じで彼は弟の差し出す紙コップを受け取った。

「でも、男同士の兄弟って、なんかいいわね。性格は、まるっきり正反対だけど」

ハルちゃんが日本茶を啜《すす》りつつ言った。

「最後だけ余計なんだよ。春美ちゃんは、長女だろ?」

直也さんが彼の隣に腰を下ろしながら訊《たず》ねた。四人が、向き合う格好になった。

「なんでわかったの?」

「そりゃ、わかるさ。長女って、お節介屋が多いもんな」

してやったりの表情の直也さんを、ハルちゃんが睨《にら》みつける。

純也さんはといえば、アイスコーヒーの紙コップを両手に包むように持ち、物憂い顔で考え事をしている。

こんなに暗い感じの彼をみるのは、初めてだった。

気がかりな患者さんでもいるのかな？　それとも、私といてもつまらないとか？

「夏陽ちゃんは、独りっ子でしょう？」

「うん。わがままだからって、言いたいんでしょう？」

無理やり唇に弧を描き、突っ込んでみせる。

「さあ、どうだか。それは、兄貴に訊《き》いてみないとな。なあ、兄貴。どうだよ？」

純也さんは、俯《うつむ》きがちに紙コップの中に視線を落としていた。

「もしもーし。星純也さん、聞こえてますか？」

直也さんが身を乗り出し、彼の目の前で手を振る。

「え？　なに？」

夢から覚めたばかりとでもいうように、虚《うつ》ろな瞳《ひとみ》を漂わせる純也さん。

「なんだ。聞いてなかったのか？　兄貴のお姫様が、わがままかどうかってことさ」

「ああ……そんなことないよ」

慌てて、純也さんが否定した。

でも、相変わらず、心だけどこかに置き忘れてきたような、そんな感じだった。

ふと、ケーキを挟んで黙って向かい合う男女の姿が脳裏に浮かんだ。

それは昔観たテレビドラマのワンシーンで、恋愛感情の冷めた恋人同士が共通の友達の誕生日を祝いにきた、というシチュエーションだった。

いまの状況と雰囲気は、そのシーンによく似ている。

因《ちな》みに、カップルは最終話で哀しい別れを告げ、数年後に、それぞれ新しい恋人と結婚するという、最悪の結末で終わった。

人気俳優の共演で話題になり高視聴率を取ったドラマだったけれど、ハッピーエンド好きの私には夏陽史上ワースト1の作品だった。

「ねえ、純也さん。どうしたの？　今日はなんだか、別の人みたい」

津波のように襲いかかってくる不安の波に、私は、堪《たま》らず訊ねていた。

「そう？　ごめん。気がかりな患者さんがいるから、それでかな」

苦しそうな笑顔。私の知っている彼の微笑みは、もっと温かく、ふんわりとしていた。

「なら、いいけど。あんまり、無理しないでね」

信じることにした。純也さんがらしくないのは、気がかりな患者さんのせい。あのドラマみたいに、なるわけないんだから。

「あのさ、今度の日曜日、お母さんの誕生日なの。よかったら、みんな、ウチの実家でパーティーでもしない？」

私は、湿っぽい空気を追い払うように話題を変えた。

「夏陽ちゃんのお袋さんって、パーティーとかやってるわけ？」

直也さんが眼をまんまるにする。

「うん。ウチのお母さんは賑《にぎ》やかなのが大好きな人なの」

「夏陽をみてればわかるでしょう？」

ハルちゃんが茶々を入れる。

私の親友は、母とも大の仲良しだった。ハルちゃんの精神年齢が高いのか、それとも母の精神年齢が低いのか、まあ、それはさておいて、ふたりは娘を抜きにしてよく買い物などに出かけるほどの間柄だ。

「だけど、日曜日に大勢で押しかけたら、親父さんに迷惑じゃないのか？」

「あれ、知らなかった？　ウチ、お父さんいないの。小さい頃に、交通事故で……直也さん達と一緒だよ」

純也さんにはずっと前に話していたので、直也さんも知っていると思っていた。

「無神経なこと言って、悪かった」

「ああ、全然。だって、もう、小さいときの話だよ。くよくよ考えたところで、お父さんが生き返るわけじゃないし」

直也さんを、気遣ったわけじゃない。父の死を受け入れ、消化できるだけの時間は十分にあった。

それに、ずいぶん昔の話なので、事故当時のことはほとんど忘れていた。

でも、ひとつだけ、鮮明に覚えていることがあった。

洞窟《どうくつ》みたいに薄暗い部屋。真っ白なシーツの上で泣き崩れる母。ひんやりとした廊下。隣の部屋の前で青褪《あおざ》めた顔で立ち尽くす男性。病院を飛び出し、川原に駆ける私。薄桃色の空に向かって、大声で泣く私。

そのときの光景だけは、細部に至るまではっきりと記憶している。

なぜだろう？　そのときの哀しみを引き摺《ず》っている、というのとは違う。

引き摺るどころか、私の中では、父に関することは心地好《よ》い思い出しか浮かばない。

あの川原で、夕焼け空に向かって泣いたことで、不思議と私の心は癒《いや》された。

「なに書いてるの？」

私は、メモ用紙にボールペンを走らせる純也さんに声をかけた。

「あ、これ？　夏陽のお母さんの誕生パーティーのこと。忘れないようにと思ってね。じゃあ、僕、ちょっと用事があるから、これで」

強張《こわば》った笑みを浮かべて、席を立つ純也さん。

「ちょっと……」

呼び止める間もなく、彼はドアの向こう側へと消えた。

「患者さんのことが、頭から離れないんじゃない」

放心状態で立ち尽くす私に、ハルちゃんが興味なさそうに言った。

私は、友達思いの彼女が、相手を気遣っているときほど素っ気ない口調になることを知っている。

「兄貴は、事故が起こったのは自分のせいだと思ってるんだ」

直也さんが、誰にともなく言った。

「事故って、お母様が亡くなった事故のこと？」

ハルちゃんが、私が訊きたいと思ったことを代弁してくれた。

「そう。あとで親父から聞いたんだけど、事故の前日の夜中に、兄貴がひどい熱を出して、お袋は徹夜で看病した。明け方に熱はおさまり、お袋は兄貴を病院に連れて行ってくれるよう親父に頼み、一睡もしないまま仕事に出かけた。お袋は、ブライダルサロンを経営していたんだ。その日は、結婚式を翌日に控えたお客さんとの最終的な打ち合わせが入っていて、どうしても仕事を休めなかったらしい。もちろん、事故の原因が睡眠不足にあったと決まったわけじゃないし、たとえそうであっても、兄貴の責任じゃない。でも、兄貴は、自分が熱さえ出さなければと思っている。直接に本人の口から聞いたわけじゃないけど、俺にはわかるんだ」

純也さんの母親の死の陰に、そんな出来事があったとは……彼が、心に深い傷を負っているとは知らなかった。

なのに……。

くよくよ考えたところで、お父さんが生き返るわけじゃないし。

なんて、無神経なことを言ってしまったのだろう。

「そうよ。直也君の言うとおり、純也さんのせいじゃないわ。だって、好きで熱を出した……あ、夏陽、どこ行くのよ?」

ハルちゃんの声が背中を追ってくる。私は、なにかに急《せ》き立てられるようにドアを抜け、外へと飛び出した。

前後左右に首を巡らせ、彼の姿を探した。

見知らぬ顔ばかりの雑踏に、心細さが募る。直也さんの話ばかりが、不安の理由じゃない。わけのわからぬ胸騒ぎが、私の気持ちを逸《はや》らせた。

渋谷駅に向かう人波に、見覚えのある白いポロシャツの背中を発見した。

私は、駆け出していた。ぶつかり、押され……もみくちゃになりながら、人込みを突き進んだ。

「純也さん」

ポロシャツの肩に伸ばしかけた腕が、宙で止まった。

振り返った男性は、彼とは別人だった。

「ごめんなさい」

男性が怪訝《けげん》そうな顔で首を傾げながら立ち去った。

私は、人波の中に立ち尽くし、空を見上げた。

強い陽射しが降り注ぐ真昼だというのに、私の瞳には、少女の頃にみた薄桃色の夕焼け空が映っていた。

4

『オカケニナッタデンワハデンパノトドカナイバショニアルカ……』

小さなため息を吐《つ》き、通話ボタンを切った。携帯電話の発信履歴には、「純也さん」の文字が並んでいた。

生クリームのついたケーキ皿、ローストチキンの骨、炭酸の抜けた飲み残しのシャンパンのグラス……パーティー後の雑然としたダイニングテーブルに、ひとりぶんだけセッティングされたままになっているシャンパングラスと皿に、私は虚《うつ》ろな視線を向けた。

「まだ繋《つな》がらないの？」

つい三十分ほど前までの主役だった母が、洗い物の手を止め振り返る。

「あ、ごめん。手伝うよ」

「いいのいいの、座ってて。残りは、明日に回すつもりだから。それより、留守番電話にメッセージでも残したら？　すぐに、かかってくるわよ」

昨日までは、そうしていた。でも、「ブローニュ」で会ってから四日間、純也さんからのコールバックはなかった。

自宅にかけても、留守番電話か直也さんが出ることとの繰り返し。

何度か病院にかけようとしたのだけれど、たった四日間連絡が取れないだけで職場まで追いかけるのは気が引けた。

たった四日間……でも、私にとっては深刻な四日間だった。

兄貴は、急な仕事が入ってこられなくなっちゃったんだ。本当に申し訳ないと、夏陽ちゃんに伝えてほしいって。

直也さんからの伝言を聞いたときに、私は彼との距離を感じた。

今日のパーティーに純也さんがきてくれたなら……せめて、電話で直接事情を話してくれたなら、こんなに不安な気持ちになることはなかった。

最近の彼は、彼らしくなかった。どこがどう違うかはうまく説明できないけれど、以前の純也さんに比べて、落ち着きがなくなり、よそよそしい気がしてならなかった。

「ねえ、お母さん。お父さんとは、出会ってどのくらいで結婚したの？」

私は、携帯電話の液晶ディスプレイに浮かぶ純也さんとのツーショット写真をみつめながら訊《たず》ねた。

キャンディティーとオレンジマフィンを前に肩を寄せ合うふたり。

初めてのデートをした直後、彼が「ブローニュ」にきたときに、待受画面用にとハリーさんに携帯電話のカメラで撮ってもらったものだった。

窓から射し込む朝の光に負けないくらいに柔らかな微笑みを浮かべる彼の笑顔に胸が詰まる。

「なによ、急に」

「どっちがプロポーズしたのかな、って、気になってさ」

「それは、お父さんに決まってるじゃない。私にぞっこんだったんだから。プロポーズされたのは、つき合ってから一年くらい経った頃かな」

母が、誇らしげに胸を張る。この茶目っ気と若々しさが私は好きだった。

「その一年の間、お父さんは、ずっと同じだった？」

「同じって、どういう意味？」

「たとえば、デートの約束を忘れたり、最初の頃に比べて雰囲気が変わったりとか」

私は、待受画面の彼の笑顔と、先週、直也さんのお店でみた彼の笑顔を交互に思い浮かべながら説明した。

「そんなこと、一度もなかったわね。お父さんは、結婚してからもずっと、私の誕生日、結婚記念日、クリスマスにはプレゼントを買ってきてくれたんだから」

当時に思いを馳《は》せているのだろう、母が幸せそうに眼を細めた。

「ごちそうさま」

明るく返したつもりだったけれど、声は薄く掠《かす》れていた。

「私は、あの人を信じていたから」

不意に、呟《つぶや》くように言った母が、私の瞳《ひとみ》を窺《うかが》うように覗《のぞ》き込んだ。

「純也さんのことを気にしてるんでしょう?」

母が、エプロンの裾《すそ》で手を拭《ふ》きながら私の隣に腰を下ろす。

「私は、そんな……」

「隠したって無駄よ。私と同じで、感情と表情が直結しているんだから」

返す言葉がなく、俯《うつむ》いた私は、気が抜け温《ぬる》くなったシャンパンに口をつけた。

「お母さん、彼には会ったことないけど、話を聞いているかぎり、あなたを哀しませるような人には思えないの。今日も、仕事でこられないって、直也君が言ってたじゃない」

純也さんが臨床心理士になるには、現場での実績が必要なのはわかっている。資格云々《うんぬん》の問題だけじゃなく、彼の性格上、勤務が終わってからも患者さんに時間を割いているだろうことも わかっている。

「だけど、電話をかける時間くらいはあるはずなのに……。ここのところ、彼、様子がおかしいの」

携帯電話のボディを折り畳む。いまは、「純也さん」の微笑みをみるのがつらかった。

「夏陽は、お父さんのこと好きだった?」

唐突に、母が訊ねてきた。

「好きに決まっているじゃない」

「じゃあ、どういうところが好きだったの?」

「どういうところって……優しくて、いつも私のことを見守ってくれていて……」

「そう、お父さんは、いつもあなたのことを気にかけていた。車に撥《は》ねられないか、友達にいじめられていないか、将来、幸せなお嫁さんになれるか、ってね。でも、それはあなたのことを不安に思っていたという意味じゃなくて、心配していたの。心配と不安は似た者同士に思われがちだけど、そうじゃないのよ。心配は心を配ること……つまり、心遣い。不安は、安らぎを否定することよ。お父さんは、あなたのことを心配していたけれど、不安にはならなかった。なぜだかわかる? それは、夏陽のことを信頼していたからよ」

母の言葉に、眼から鱗《うろこ》が落ちる思いだった。

たしかに、私は、純也さんの気持ちを疑っていた。口ではそうじゃないと言いながら、彼を信頼していなかったのだ。

「夏陽」

私の肩に手を置いた母が、優しい眼差《まなざ》しを向けてくる。

「明日、彼の家に行ってみなさい。ずっと思い悩んでいても、答えは出ないわよ。やっぱり夏の空は曇りじゃなくて、眩《まぶ》しいくらいの太陽が照りつける晴天じゃなきゃね」

そう言って母は、片目を瞑《つむ》った。

「うん」

私は頷《うなず》き、携帯電話のボディを開くと待受画面をみつめた。

ごめんね。

心で、「純也さん」に詫《わ》びた。

5

街灯の明かりを陽光だと勘違いしたセミの声が、薄闇に包まれた住宅街に鳴り響く。

ミーン、ミーン、ミーン、ミィー。

見慣れたパールホワイトの外壁。彼のマンションの前に佇《たたず》んだ私は、セミの合唱に合わせるように深呼吸を繰り返す。

四ヵ月前。麗《うら》らかな春の陽射しが降り注ぐ土曜日の昼下がり……直也さんに連れられてこのマンションを訪れたときも、いまと同じように鼓動がハイピッチで胸を刻んでいた。

路肩に駐《と》めてあるバイクのミラーを覗き込む。初めてつけたリップグロスを唇を重ね合わせて馴染《なじ》ませ、額に触れる前髪を指先で整える。

彼を最初に「ブローニュ」でみたときには耳を覆うのがやっとの髪の毛が、もう少しで肩先に触れるまでになっていた。

　やっぱり夏の空は曇りじゃなくて、眩しいくらいの太陽が照りつける晴天じゃなきゃね。

　耳奥に蘇《よみがえ》る母の声に導かれるように、ミラーの中の女性が口もとを綻《ほころ》ばせた。

　エントランスに入り、二階へ上がった。

　星純也と書かれた表札が私を圧倒する。怯《ひる》みそうになる気持ちを奮い立たせ、インタホンのベルを鳴らした。

　純也さんにいてほしい……でも、いきなり押しかけたりして、迷惑そうな顔をされたらどうしよう。

　インタホンは、うんともすんとも言わない。もう一度、ベルに指先を伸ばした。沈黙を続けるインタホン。

　どうやら、ふたりとも留守のようだ。

　腕時計の針は、九時を回っていた。

　インターネットカフェを経営している直也さんがこの時間にいないのはわかるけれど、「思い出一一〇番」はこんなに遅くまでやっているのだろうか？

　ストップ。またまた、不安モードになりそうな雲行き。また、明日出直してこよう。

　気分を切り替え、踵《きびす》を返そうとしたそのとき……肩を叩《たた》かれた。

　振り返った視線の先で微笑む男性。心臓が止まりそうになった。

「いま、夏陽の家に行ってきたんだよ。留守だったから、出直そうと思って」

私は、幽霊かなにかに出くわしたとでもいうように、純也さんの前に立ち尽くした。

「どうしたの？」

純也さんが、心配そうに顔を覗き込んでくる。その優しくあったかな瞳に、目頭が熱くなる。

「純也さんこそ、どうしたのよ？　ずっと、連絡もくれないで……私、何度も電話したんだよ、何度も……」

我慢しようとしたけれど、鼻声になり、頬を涙が濡《ぬ》らした。

「ごめん」

彼の手が私の肩にかかり、逞《たくま》しい胸に引き寄せられる。

「今週の土日、旅行にいかないか？」

純也さんの声が、頭の上から降ってくる。

「え？」

「北軽井沢《きたかるいざわ》に、知り合いの別荘があるんだ。どうかな？」

彼の誘いは嬉《うれ》しかったけれど、あまりに唐突過ぎて、すぐに返事をすることができなかった。

「どうしたの、急に？」

「君とふたりで、旅をしてみたいと思って」

純也さんが、ふんわりした笑顔で言った。

でも、どこかが違う。うまく説明できないけれど、目の前にいる彼の中には、私の知らない純也さんがいるような気がした。

「今度の土曜日は、ハリーさんにお店に出てくれないかって言われてるの。ねえ、来月なら……」

「来月じゃだめだ」

珍しく、彼が私の言葉を遮った。

私は、息を呑《の》み、眼を見開いた。

こんなに強引な彼をみるのは、初めてのことだった。

「あ……ごめん。今週じゃなければ、その別荘が空いてないんだ」

慌てて取り繕う彼から、私は眼を逸《そ》らして俯いた。

純也さんに旅行に誘われて本当は有頂天になるはずなのに……彼の腕の中に抱かれているのに、心細くなるのはなぜ？

　お父さんは、あなたのことを心配していたけれど、不安にはならなかった。なぜだかわかる？　それは、夏陽のことを信頼していたからよ。

眼を閉じ、昨日の母の言葉に耳を傾ける。

「夏陽？」

彼の声に導かれるように瞼《まぶた》を開き、顔を上げると、私は小さく顎《あご》を引いた。

「ありがとう」

純也さんの腕に力が込められる。私も、そっと彼の背中に両手を回した。

純也さんを純也さんらしくなく感じるのは、私の思い過ごしなのかもしれない。

たとえ思い過ごしでなくても、この腕を離しはしない。もし彼が暗闇に囚《とら》われているのならば、私が光となり導くつもり。

それでもだめなら……光でいることよりも闇になることを私は選ぶ。

後悔はしない。

私にとっては、純也さんのいない世界以上に、深い闇は存在しないのだから。

第三章

1

ドアを開け、「ブローニュ」の店内に足を踏み入れた。いつもの窓際の席に座る男性……純也さん以外に、お客さんはいなかった。

視線をカウンターの奥にやった。ハリーさんの姿が見当たらない。

まったく、お客さんを放りっぱなしにして、どこへ行ってるのかしら。

「おはよう。ねえ、ハリーさんを知らない？」

純也さんは思い出帳に眼を向けたまま、首を横に振った。

「そう、あ……」

彼の前に置かれているのは、キャンディティーではなくコーヒーだった。

「コーヒーを飲むなんて、珍しいね。どういう風の吹き回し？」

彼は答えず、思い出帳をみつめている。

「どうしたの？　様子が変……」

純也さんが開いているページに書かれている文字をみて、私は声を失った。

　僕は今日、夏陽に別れを告げるつもりだ。

「純也さん……これは、どういうことなの？」

か細く震える声。彼が、ゆっくりと顔を上げた。

私に向けられた瞳《ひとみ》は冷え冷えとし、純也さんとは別人のようだった。

「ここに、書いてあるとおりだよ」

「なぜ……？　私を、嫌いになったの？」

への字に曲がった唇から、嗚咽《おえつ》が漏れ出す。彼の顔が、みるみるうちに涙で滲《にじ》んだ。

「このままの関係を続けると、ふたりとも不幸になってしまう。だから、君と別れるんだ」

一切の感情をどこかへ置き忘れてきたとでもいうような抑揚のない声が、私の心を切り裂いた。

「どうして、不幸になるの!?　私達、うまくやってきたじゃない。ねえ、答えてっ」

無言で席を立った彼が、ドアへと向かう。

待って……。

純也さんを追おうとしたけれど、金縛りにあったように足が動かず、声も出せなかった。

純也さん、純也さん、純也さん！

「夏陽」

躰《からだ》が揺れた。ぼんやりとした視界に、心配そうな彼の顔が現れた。

首を巡らせた。窓の外には、あたり一面にキャベツ畑が広がっていた。

そうだ。ここは軽井沢。駅の近くでレンタカーを借りて、北軽井沢にある彼の知人の別荘に向かう途中だったのだ。

いつの間にか、うたた寝をしてしまったらしい。

昨夜は、純也さんとの初めての旅行に緊張と興奮で高ぶり、一睡もできなかった。

「大丈夫？　ひどくうなされていたけど」

「純也さん」

運転席の彼の胸に飛び込んだ。

「どうしたの？」

「純也さんが悪いのよ。いきなり、あんなこと言うから」

彼にしがみつきながら抗議する。迷子になった子供が迎えにきた母親にそうするように。

あれは、偽者の純也さん。わかっていたけれど、夢の中でも哀しい結末はいや。

「どうやら、夢に僕が登場したらしいね。それで、僕のクローンは君になにを言ったんだい？」

顔を上げる。純也さんが窓の外の陽射しと同じ柔らかな笑みを浮かべて訊《たず》ねてくる。

「私に……」

思い直し、口を噤《つぐ》む。口にすれば、夢が現実になりそうで怖かった。

「なんでもない。とにかく、純也さんが悪いの」

「参ったな。僕のクローンは、相当な悪人のようだ」

彼はおどけた口調で言うと首を竦《すく》め、私の肩に手を置いた。

「夢の中の『僕』がなにを言ったか知らないけど、君の目の前にいる僕は、夏陽を哀しませるようなことはしないと約束するよ」

そして、目尻《めじり》と口もとに優しさを湛《たた》え、小指を立てる。

「嘘吐《つ》いたら、針千本くらいじゃ済まないからね」

太く長い小指に、細く小さな小指を絡ませながら彼を睨《にら》みつける。

「大変だ。胃が穴だらけになっちゃうよ」

純也さんに釣られるように、私は口もとを綻《ほころ》ばせた。

「さあ、もう少しだ。行こうか」

彼がギアを入れ、アクセルを踏んだ。

◇　◇

私達の乗る車は、空の青に見下ろされる高原の緑に挟まれたワインディングロードを、透明な空気に包まれながら走っていた。

ビデオの早送りのように流れる景色……高山植物に囲まれた深緑のパノラマは、壮観のひと言だった。

反対側の窓に顔を向ける。ニッコウキスゲの大群落が橙黄色《とうこう》に染める大地には、白いペンキ塗りの壁に赤や青の三角屋根がかわいらしいヨーロピアンスタイルのペンションやロッジが点在していた。

Tシャツの背を旗のようにひらめかせるツーリング中のライダー達が、片手を上げて擦れ違う。

ハンドルから離した右手で応《こた》える純也さん。都会ではありえないコミュニケーションに、私の気持ちは弾んだ。

その反面、痛いほどに鼓動が高鳴っていた。

ふたりきりの旅。土、日の二日間、私と彼は同じ部屋で寝泊まりをすることになる。


いまどき、中学生だってとっくに済ませてるわよ。


純也さんと私がキスまでの関係と知ったときに呆《あき》れた顔で窘《たしな》めたハルちゃんのセリフが蘇《よみがえ》り、頬がカイロをくっつけたように熱くなる。

そっと、彼を盗みみた。

つき合って、五ヵ月。純也さんは二十四で私は二十二。

もし、ふたりがそうなっても、不思議でもなんでもない。

用意してきた下着を思い浮かべてみる。あれは子供っぽいし、あれはちょっと派手過ぎるし……。

「夏陽」

「はいっ」

唐突な彼の呼びかけに、私は授業中の居眠りを指摘された生徒のようにシートから身を起こして返事をした。

「窓を開けてごらん」

「え？」

よかった……。胸を撫《な》で下ろし、パワーウインドウのスイッチを押す。

すぐに、彼がなぜそう言ったのかがわかった。

清澄な空気が頬を撫で、花と土の香りが車内に流れ込む。私は大自然の息吹を胸一杯に吸い込み、眼を閉じた。

「新幹線で一時間ちょっとの距離なのに、別人になった気分になるのはなぜだろう」

閉じたばかりの眼を開く。彼は、さっきのライダーとのやり取りを言っているに違いなかった。

「東京では、みんな時間に追われているものね」

紙パックのオレンジジュースをストローで吸い上げ、私は言った。

コンビニエンスストアで買ったただのジュースも、搾り立ての生ジュースみたいに感じるから不思議。

「光の速さに近づくほどに、時間は遅く流れるらしい」

唐突に呟《つぶや》く彼に、私は首を傾げた。

「前に、アメリカの宇宙飛行士が書いた本を読んだことがあるんだけど、光の速度の九十九パーセントの速さで飛ぶロケットに数時間乗っていたとしたなら、地球に帰ってきたときには何百年も経過しているそうなんだ」

「え！　どうして⁉」

私は、大声で叫んだ。

「難し過ぎて僕にもよくわからないけど、時間軸のずれに関係しているんじゃないかな。光の速さは、一秒間に約三十万キロメートル。車がどんなにスピードを出しても時速二百キロから三百キロ……つまり、一時間で二、三百キロメートルくらいしか進めないのにたいして、光は十億八千万キロメートル先に到達していることになる。たとえば、僕が光ロケットに乗り、君が車に乗っているとしよう。そしたら、僕が一時間後に進んだ地点に君が到達するには、休まずに走り続けても……多分、そういうことじゃないかと思うんだ」

「それじゃあ、浦島太郎じゃない」

「そう、浦島太郎なんだよ。太郎は、玉手箱を開けた瞬間に老人になったよね？　多分、彼が乗った亀が光ロケットで竜宮城が宇宙空間。そして、玉手箱の中から出てきた白い煙が地球時間。そう考えれば、太郎が急に年を取った理由も納得できると思わないかい？」

「そんなのやだ。絶対やだ。だって、純也さんのところに辿《たど》り着いたときには、私、車の中でお婆さんになってるじゃない」

頭の中に浮かぶ、白髪頭で皺々《しわしわ》の夏陽婆さんを慌てて追い払った。

「ごめんごめん。心配しなくても、これはあくまで、光の速さで飛べるロケットが発明されたら、の話だよ。現実には、そんなの不可能だから。それに、万が一、光ロケットに僕が乗ったとしても、太郎みたいにすぐに君と同じお爺ちゃんになるから、大丈夫だよ」

「もう、知らない」

私は顔を真っ赤にして横を向く。

なかよく縁側で背中を丸めて寄り添う純也爺と夏陽婆。案外、それもいいかもね……って、そんなわけないでしょ！

「夏陽は、僕と一緒に年を取るのはいや？」

「ううん。いきなり日向《ひなた》ぼっこもいいけど、もっと、思い出を作りたいじゃない？」

「思い出か……」

純也さんが呟き、小さくため息を吐く。

「どうしたの？」

「認知症の患者さんの脳は、光ロケットの中と同じ状態だと思うんだ」

「光ロケットの中と同じ？」

唐突な彼の言葉に、私は鸚鵡《おうむ》返しに訊ねた。

「そう、僕達の世界とは時間の進みかたが違うんだ。さっきの宇宙飛行士の話で、光の速さに近づくほどに時間の流れが遅くなるらしいと書いてあったと言ったよね？」

私は頷《うなず》いた。

「だから、もし、光の速さに追いついたら、僕の考えでは時間が止まるんじゃないかな、って思うんだ」

「どういうこと？」

今度は首を傾げる。

「進むことも戻ることもなく、ただ、佇《たたず》んでいるだけの彼らには、未来も過去もなくて、現在だけしかない。だから、情報を取り込むこともできないし、昔のことも忘れてゆく。記憶がなくなったんじゃなくて、その場所に戻れないだけなんだ」

「患者さんの頭の中の時間が止まってる……か。じゃあ、その時計を動かしてあげればいいのね？」

口に出してから、お気楽な発言をすぐに後悔した。

まったく、腕時計を直すのとはわけが違うんだから。

そう簡単にいかないから、純也さんも大変な思いをしているんじゃない。

「ごめんね。そんなの、不可能だよね」

「不可能じゃないさ。絶対に、動かせるはずだ。絶対に……」

フロントウインドウの向こう側に厳しい眼を向け、彼が唇を嚙《か》んだ。

「どうしたの？」

「ん？　ああ……ごめん、ごめん。つい、患者さんのことになると力が入っちゃって。直也の言うとおりだな。軽井沢にまできて仕事のことを考えるだなんて」

「直也さんが、純也さんのことを仕事人間だって言ってるのを知ってたの？」

「知ってるもなにも、毎日のように言われてるよ。じつは、あいつのほうこそ仕事中毒なんだけどね」

純也さんの朗らかな笑い声に釣られて、私の頰も緩む。

けれど、頭の片隅に、彼の思い詰めたような横顔がこびりついて離れなかった。

「ほら、みてごらん」

フロントウインドゥに向けられた彼の指先を視線で追った。
四、五十メートル先のカラマツ林の中に、ロッジが建っていた。二、三十メートル置きくらいに、同じような造りの建物が点在している。
「あれが、純也さんの知り合いの別荘？」

「そう。ウチの病院の手塚先生という人が、空いているときは好きに使っていいと言ってくれたんだ」

あの別荘で、ふたりきりの夜を……。

ふたたび、胸の中で鼓動が騒ぎ出す。

「へぇー。優しい先生なんだね」

私は、私を支配しようとする緊張を追い払うように、努めて明るく振る舞った。

「うん。立派な医師だよ。人間的にもね。普通、あれくらいの先生になるとセラピーは研修医任せになるんだけど、彼は違う。いまでも、時間の許すかぎり現場に出てきて、ひとりひとりの患者さんの状態を親身になって見回っている。僕も将来は、立派な臨床心理士になりたいな」

彼の心をここまで摑《つか》む手塚先生なる人物は、さぞ、素晴らしい人格者なんだろうと思う。

ちょっとだけ妬《や》けた。

揺れに気をつけて。純也さんは言うと、ハンドルを右に切った。

車窓の景色の流れが緩やかになる。車は舗装されていない脇道に入り、小石や枯れ枝をジャリジャリボキボキと踏み鳴らしながら奥へと進む。シートの上で、お尻《しり》が出来の悪いトランポリンに乗ったときのように跳ねた。

私は、オレンジジュースが零《こぼ》れないように紙パックをしっかりと両手で握った。

「お疲れさま。着いたよ」

純也さんが車を降り、助手席のドアを開けると右手を差し出した。

ありがと。彼の手に摑まり足を一歩外に踏み出すと、カラマツ林独特の濡《ぬ》れた土の香りに包まれた。

どこからか、カッコウの鳴き声が聞こえてくる。

「あー、気持ちいい」

私は、木漏れ日を受け止めるように両手を広げ天を仰ぐ。

「ハルちゃんと直也さんが知ったら、羨《うらや》ましがるよね、きっと」

私は振り返り、佇む彼の背中に声をかけた。

木々の合間から覗《のぞ》く高原をみつめる彼の隣に並んだ。

「ねえ……」

開きかけた口を噤《つぐ》む。とても、寂しそうな眼。彼の瞳《ひとみ》は高原に向けられていたけれど、どこか別のものをみているようだった。

「思い出を作ろう」

不意に、彼が独り言のように呟いた。

「え？」

「いや……ほら、夏陽が、さっき言ってたよね？　一緒に日向ぼっこをするのもいいけど、もっと思い出を作りたいって」

笑顔を取り戻した純也さんが言った。

「頭の中がパンクしちゃうくらいに、一杯、作ろうね」

私も微笑みを返す。

そう、不安が入り込む隙間がないくらいに、ふたりの時間を愉《たの》しいひとときで埋め尽くしたかった。

「とりあえず、中へ入ろうか？　夏陽に、みせたいものがあるんだ」

「なになに、教えて？」

「子犬のように、我慢ができないコだね。仕方がない。夏陽にみせたいものは……まだ、教えない」

純也さんが悪戯《いたずら》っぽく笑い、踵《きびす》を返すとロッジへ続く緩やかな勾配《こうばい》を駆け上った。

ずるい！

「子犬」が、彼の背中を追った。

◇　　　◇

蛇口を開き、水を流す。一、二分流しっ放しにしてカルキを抜いた水道水をヤカンに注ぎ、ガスコンロにかける。

ティーポットに軽量スプーンで二杯半のキャンディティーの茶葉を入れる。

この量は、紅茶を飲むことが生活の一部になっているイギリス人だとひとりぶんだけど、日本人にはふたりで飲むのにちょうどよかった。

お湯が沸くまでの間、私は白木造りのテーブルに座り待つことにした。

頬杖《ほおづえ》をつき、窓の外……カラマツの小枝に止まるカラフルな色をした小鳥に眼をやった。

赤い頭に青と黄色の羽。

小鳥は、あたりを見渡すようにトリッキーに首を動かし、ときおり、思い出したようにかわいらしい声で囀《さえず》っている。

インコとも文鳥とも違う。突然変異？　それとも、熱帯の鳥を飼っていた人が逃がしてしまったとか？

とにかく、みたことのない珍しい小鳥だった。

ピィーク　ピィーク　ピィーク

小鳥は、鳴き声も変わっていた。

ピピッ　ピィーク　ピィーク　ピピピピッ

囀ってはトリッキーに首を動かし、また、囀っては首を動かし、の繰り返し。

ほどなくして、別の小鳥が不思議鳥の隣に止まった。その小鳥はひと回り躰《からだ》が小さく、不思議鳥とは対照的に茶色っぽく地味だった。

雄なのかもしれない。不思議鳥は、孔雀《くじやく》のように、雌の気を惹《ひ》くために鮮やかな色をしているに違いなかった。

仲睦《むつ》まじく躰を寄せ合い、互いの羽繕いをしている二羽の小鳥に、思わず口もとが綻《ほころ》んだ。

小鳥の囀りに、ブクブクと泡の音が交錯した。

私は立ち上がり、ヤカンの蓋《ふた》を開けた。

五円玉や一円玉サイズの大小様々な気泡が底から沸き上がる。

沸騰する寸前で、ガスコンロの火を止めた。

ジャンピングの適温は九十五度。百度になってしまうと茶葉が浮いてしまい、反対に九十度を切ると沈んでしまうのだ。

ヤカンのお湯をティーポットに注ぐと、茶葉が勢いよく浮き沈みを始めた。

ジャンピングの目的は、お湯に空気を含ませ、丸まっている茶葉を広げて味を染み出させること。

茶葉の浮き沈みがおさまった頃に、ポットの中の紅茶をティースプーンで大きく、ゆっくりと掻《か》き混ぜる。

こうすることで、より多くの空気がお湯の中に行き渡るのだ。

おいしい紅茶作りの基本は、一にも二にも新鮮な空気に満ちた水道水を使うのがポイントだ。

湯沸かし器のお湯や汲《く》み置きした水を沸かして淹《い》れた紅茶は、空気が足りないので味もいまいちになるのだった。

　ポットに蓋をして、ふたたび椅子に腰を下ろす。

　茶葉が蒸れるまで、四、五分といったところ。

　純也さんの心の師である手塚先生は大の紅茶党らしく、キャビネットにはティーセットが一式揃っていた。いま使っているポットも、拝借したものだった。

　ダージリンやキーマンといった一流の銘柄も用意してあったけれど、茶葉だけは家から持ってきたものを使った。

　だって、キャンディティーは、ふたりの思い出の紅茶なのだから。

「もう、そろそろかな」

　ポットの蓋を開けて、中を覗く。銘柄一の美しさとの誉れ高いルビー色が視界に広がった。

　よし。完璧《かんぺき》。

　ポットを手にキッチンを出ようとした足を、思い直して止めた。


　僕が呼ぶまで、キッチンを出ちゃだめだよ。


　純也さんは、ロッジに入るなりそそくさと荷物を置いて、テラスに行ったきりだった。

　私にみせたいものってなんだろう？　ちょっとだけ、覗いてみようかな？

　だめだめ。鶴の恩返しみたいに、純也さんが消えちゃったら……そんなこと、あるわけないか。

でも、約束は約束。だけど、はやくみたい。あの不思議鳥みたいに、ピィークって鳴けば飛んできてくれるかな?

私は、檻《おり》の中の動物のように、キッチンの端から端まで行ったりきたりを繰り返した。

「お待たせ」
五、六回往復したときに、キッチンのドアから純也さんが顔を出す。
「遅いぞ。茶葉がふやふやになっちゃうよ」

「ごめん、ごめん。さ、おいで」

駄々をこねる子供をあやすように、彼が手招きをする。すぐに臍《へそ》を曲げてもすぐにもとに戻るのが、「私」という人だった。

キッチンからリビングへ、胸を高鳴らせながら純也さんのあとに続く。

「いいって言うまで、眼を閉じてて」

テラスへ続くドアの前で立ち止まった彼は、私の手からティーポットを受け取りながら言った。

言われるとおりに眼を閉じる。

自分の心臓の音が、耳の中で谺《こだま》しているようだった。

「さあ、いいよ」

彼が言い終わるか終わらないかのうちに、眼を開けた。

「凄《すご》い!」

気づいたときには、テラスに駆け出していた。

木製の丸テーブルに二脚の椅子。淡いベージュ色した木綿のクロスがかけられたテーブルには、ティーカップ、ミルクポット、シュガーポットが置かれ、そして中央の小皿にはオレンジマフィンが二個、寄り添うように載っていた。

足もとでは、白雪姫の七人の小人達の置物が、テーブルの周りを囲むように配置されている。

「これ、全部、純也さんがセッティングしたの⁉」

「セッティングなんて、たいしたものじゃないよ。『小人』達やカップ類はもともとあったものを並べただけだし。これだけは、僕の自前だけどね」

純也さんが、小皿のオレンジマフィンを手に取り、朗らかに笑った。

「森の中の紅茶屋さんの雰囲気が、少しは出せたかな？」

そして、ちょっぴり恥ずかしそうに言った。

ブローニュの森に紅茶専門店を開きたい。

私の夢を覚えてくれていて、それで彼は、喜ばせてくれようとしたのだ。

胸の奥が、きゅっと締めつけられたようになる。

「ありがとう……」

潤む瞳《ひとみ》を純也さんに向けた。喉《のど》が痙攣《けいれん》したようになり、声が詰まり、それだけ言うのが精一杯だった。

「いいんだよ。さ、そんな顔してないで、座って紅茶を飲もう」

◇　◇

ふたつのカップに、交互にティーポットの紅茶を注ぎわける。

目の覚めるような緑を背景に、椅子の背に深く身を預けた純也さんが私の顔をじっとみつめている。

「イギリスではね、最初の一杯は香りを愉《たの》しみ、二杯目は味を愉しみ、三杯目のゴールデンドロップ……前にも言ったけど、旨味《うまみ》が一番出ている紅茶をゆっくりと味わうの。イギリス人はこのポットの量をひとりで飲んじゃうけど、私達はふたりで飲むから、こうやってそれぞれの愉しみを半分こにしてるってわけ」

彼の視線に気づかないふりをして蘊蓄《うんちく》を並べ、瞳を横に滑らせる。

純也さんは蘊蓄に反応することなく、相変わらず私の顔をみつめ続けていた。

やだ。私の顔に、なにかついてるのかしら？　そんなにみつめられると、嬉《うれ》しいけど、なんだかくすぐったくなってしまう。

「はい、できたよ」

「ありがとう」

ようやく、夢から覚めたように彼が私からティーカップに視線を移し、ソーサーごと手に取った。

おいしい。

純也さんが眼を閉じ、呟《つぶや》くように言った。

どこからか現れた一羽のスズメが、テラスの手摺《てすり》の縁に止まった。

オレンジマフィンをちぎり、床板に放り投げてみる。首を傾げるようにしていたスズメが、手摺から飛び下りマフィンを啄《ついば》み始めた。
東京の猛暑が嘘のような涼風に木の葉がさやさやとそよぎ、梢《こずえ》から射し込む木漏れ日がカップの中のルビー色に光のかけらをちりばめる。
そよ風に首を揺らす鮮やかなオレンジ色をした花びらではアゲハ蝶《ちょう》が翅《はね》を休め、木の枝では前足を口もとに当てたリスが膨らんだ頰をもごもごと動かしている。
私も、眼を閉じた。
こうして、草木や動物もまどろむゆったりとした時間《とき》の流れに身を任せていると、本当に森の中の紅茶屋さんにいるような気分になった。

どうしてお父さんは、森の中に紅茶屋さんを連れて行きたいの？

紅茶はね、ツバキっていう木の葉っぱからできているんだよ。だから、家の中よりも、緑に囲まれた自然で飲むほうが紅茶は生き生きとするんだ。

生き生き？

そう。夏陽だって、お友達と一緒にいると、愉しい気分になるだろう？

じゃあ、紅茶屋さんも、お友達が一杯いるところで遊びたいのね。チョウさんとか、チューリップさんとか、リスさんとか……。

瞼《まぶた》の裏に、眼の端に穏やかな皺《しわ》を作り頷《うなず》く父の顔が蘇《よみがえ》る。

父は、幼い私に、わかりやすい言葉を選んで夢を語ってくれた。

大人になって、父の言っていたことが、単なる子供騙《だま》しじゃなかったということに気づいた。

紅茶の命は水と空気。人間が森林浴をすれば心が安らぎリフレッシュするように、樹木の香気に触れた紅茶がおいしく感じられるのは当然のこと。

もちろん、いまは、「紅茶屋さん」が人間じゃないことはわかっている。


私ね、大きくなったら紅茶屋さんを森に連れて行くの。友達が一杯だから、紅茶屋さんが喜ぶもん。


記憶の中の父の微笑みに釣られて、私の口もとも綻《ほころ》んだ。

視線を感じ、眼を開けた。

ティーカップに両手を添える純也さんが、ふたたび、私に瞳を向けていた。

「どうしたの？ さっきから、私の顔ばかりみて」

眼を閉じていたときの自分の顔をあれやこれやと想像しながらオレンジマフィンを齧《かじ》り、ティーカップを口もとに運ぶ。

ひたひたになったスポンジが口の中でじんわりと溶けてゆく。

「子供の頃の夏陽が、そこにいるような気がしたよ」

純也さんが、さっきの「父」と同じように微笑み、眼を細めた。

頬を赤らめ、俯《うつむ》く私。

なんてわかりやすい性格しているんだろう、私って。

感情と表情を繋《つな》ぐ道には、高原を走る一本道のように障害物もなにもないんだと思う。

「子供の頃、母さんが淹《い》れてくれた紅茶を毎日飲んでたよ」

私から視線を足もとでオレンジマフィンを啄むスズメに移し、純也さんが懐かしむように言った。

いつの間にか、一羽だったスズメが三羽に増えていた。

「お母さん、紅茶が好きだったの？」

「うん。茶葉に凝ったりとか、そういうのはなかったけど、暇さえあればティーカップを手にしていた記憶がある。朝食を作りながら、テレビを観ながら、仕事をしながら、本を読みながら、考え事をしながら、って具合にね」

彼がオレンジマフィンをちぎり身を屈《かが》めると、チョン、チョン、チョン、と二羽のスズメが二人三脚のように足並み揃えて寄ってくる。

都会のスズメのように警戒することもなく、純也さんの指先に躊躇《ためら》いなくくちばしを伸ばす。

「いま、自分が仕事をやるようになって、母さんの大変さがよくわかるんだ。手のかかるきかん坊をふたりも抱えて、仕事をして……。それに比べれば、僕の忙しさなんてまだまだ恵まれている。彼女は、紅茶を飲んでいるときが一番幸せそうだった。ティーカップを傾けているときの、穏やかな横顔をみるのが好きでね」

兄貴は、事故が起こったのは自分のせいだと思ってるんだ。

私は、直也さんの言葉を思い返した。

「純也さん、お母さん……」

「ん?」

「お母さんのこと、好きだったのね」

……が事故にあったことで、自分を責めないで。

言うはずだった言葉の続きを変えた。

彼の童心に返ったような無邪気な顔をみていると、とても、口に出せなかった。

「ひとりの人間として、尊敬していた。夏陽。僕が、最初に君を誘ったときの言葉を覚えているかい?」

思いを馳《は》せるように遠くに投げていた眼を私に向けて、不意に彼が話題を変えた。

「もちろん」

おいしい紅茶を、飲みに行きませんか?

忘れるはずがない。

紅茶専門店に勤めている女性を誘うには、不適切で、滑稽《こっけい》で……でも、嬉しかった。

あのときのセリフには、髪が真っ白になって顔が皺々《しわしわ》のお婆ちゃんになっても、いまと同じように、胸が熱くなると思う。

「僕にとって、紅茶は特別なもの。だから、一生をともにしたいと思う女性が現れたときに、そのセリフを口にするって、ずっと前から決めていたんだ」

彼の真剣な眼差《まなざ》しが、私の瞳《ひとみ》に優しく注がれる。

「純也さん……」

あの誘い文句に、こんなに深い思いが秘められていたなんて……。

じんわりと溢《あふ》れ出した涙の滴《しずく》が、手の甲に落ちて弾《はじ》ける。泣き顔をみられるのが恥ずかしくて、俯いたままキャンディティーを啜《すす》った。

「おいしい紅茶……じゃなくて、おいしい牛乳で作ったソフトクリームでも食べに行こうか？」

冗談めかした純也さんの声に、私は顔を上げ、泣き笑いの表情で頷いた。

◇　　◇

「馬って、こんなに大きいんだ」

ソフトクリームを片手に、私は、柵《さく》の向こう側で悠然と草を食《は》む栗毛色の馬を眼にして驚嘆の声を上げた。

別荘から車で十五分ほどの浅間《あさま》牧場には、馬以外にも、ヤギ、牛、シカなど、様々な動物がいた。

「五百キロくらいあるからね。お相撲さん三、四人分ってところかな」

純也さんが、小さなコーンだけになったソフトクリームを口に放り込みながら言った。

因《ちな》みに、彼のソフトクリームはブルーベリーとバニラのミックスで、私のはチョコバニラだった。

私達はお馬さんに別れを告げ、別荘に向かう途中に車の窓からみえた橙黄《とうこう》色の花……ニッコウキスゲが咲き誇る野原を歩いた。

牧場といっても、ただ動物をみるだけではなく、ハイキングも十分に愉《たの》しめた。

見渡すかぎりに広がる、青と緑のパステルカラーの景色に自然と心が弾んだ。

ハンカチを白い顎鬚《あごひげ》に見立ててヤギの群れと写真を撮り、とろんとした眼をした牛と睨《にら》めっこをし、蜜《みつ》を求めて花びらから花びらへと舞うモンシロチョウを追いかけ……疲れ知らずの子供のようにはしゃぎ回る私を、純也さんは、まるで父親みたいにおおらかに見守っていた。

時間《とき》が流れるのを忘れ、私は彼の心の中を泳ぐ。そう、この広大な牧場は純也さんのように寛容だった。

五メートルほど先に、小さな影が現れた。影は、黒っぽい色をした野ウサギだ。二本脚で立ち、じっとこちらの様子を窺《うかが》っている。ときおり、鼻を蠢《うごめ》かせたときに覗《のぞ》く前歯が愛らしい。

「ねえ、みて。ウサギ……」

そっと身を屈めて振り返った私は、開きかけた口を噤《つぐ》んだ。

芝生のクッションに腰を下ろした彼は、ぼーっとした瞳を宙に向けていた。

「なんだ。私をみててくれてると思ったのに」

ちょっとだけ拗《す》ねた声を出し、純也さんの隣に腰を下ろす。陽射しを吸い込んだ芝生に、お尻《しり》がぽかぽかと温まる。

「あ、ごめん。あんまり気持ちいいもんだから。それより、ソフトクリームでも食べに行こうか？」

彼が夢から覚めたような顔で言った。

「また？」

「え……」

「いま、食べたばかりじゃない」

「ああ……夏陽が、好きだと思ってさ」

「そりゃ好きだけど、太っちゃうよ。純也さん、私が百キロのおでぶちゃんになってもいいの？」

冗談半分、本気半分で訊《たず》ねる。

もし本当にそうなっても、彼は紅茶を飲みに誘ってくれるかな？

「キャンディティーとオレンジマフィンは、いつ、どんなときだって一緒だよ」

純也さんが片目を瞑《つむ》り微笑むと、仰向けになった。私も彼に倣い、背中を芝生に預ける。

視界が、青一色に塗り潰《つぶ》された。

私達はいま、同じ空を眼にし、同じ大地に抱かれている。彼の鼓動と私の鼓動が重なり合い、一体になったような気がした。

どちらからともなく、指先を絡め合う。

いつまでも、こうしていたい。

キャンディティーとオレンジマフィンのように……。

◇　◇

薄闇の中で、ロッジの窓からオレンジ色の明かりが漏れている。

夜露を含んだ草木の寝息が、昼間のカラマツ林とは違った厳粛な雰囲気を漂わせている。

私は、純也さんが車から降りてくるのを待つ間、しっとりと仄《ほの》かに甘い懐かしい夜の匂いを嗅《か》ぎ、心を落ち着けた。

私達は浅間牧場を出たあと、湯川《ゆかわ》源流の白糸《しらいと》の滝《たき》に足を向けた。

浅間山の地下水が織り成す滝の水は信じられないくらいに澄み渡り、さながら、透明のカーテンをみているようだった。

それから鬼押出《おにおしだ》し園《えん》に移り、浅間山の大噴火の折に噴出した溶岩でできたというごつごつした岩肌に圧倒され、近くの喫茶店で焼き立てのクロワッサンと搾り立てのプラムジュースで遅い昼食を摂《と》り、北軽井沢駅周辺でみなにお土産を買い、赤いとんがり帽子がかわいらしいフレンチレストランで食事をした。

あちこちを観て、食事をして……その間もずっと、リビングに並んだセミダブルのベッドのことが頭から離れなかった。

「東京の熱帯夜が嘘みたいだね」

いつの間にか隣に立っていた純也さんが、心地好《よ》さそうに眼を細めて言った。

頬を掠《かす》めるひんやりとした夜風と微《かす》かに聞こえる虫の声。

たしかに、スモッグとエアコンの室外機から排出される温風で蒸し風呂《ぶろ》みたいにだるだるの都会の夜とは大違いだ。

「ほら、みてごらん」

彼が天に伸ばした指先を私は視線で追った。

「うわ……」

深い濃紺の夜空に浮かぶ宇宙のアクセサリー達に、私は声を失った。

それは、本当に、うわ、としか表現できないほどに美しき大自然の創造美だった。

純也さんの腕が肩に回される。私は強張《こわば》った躰《からだ》を、彼の胸に預けた。

誰もいない幻想的な空間で、樹々と星々に囲まれ寄り添うふたり……私は、絵本の中の主人公になった気分だった。

「そろそろ、部屋へ入ろうか？」

純也さんが、星空を見上げたまま言った。

月明かりに染まった彼の横顔をみつめ、私は小さく顎を引いた。

◇　　◇

「明日は、清里《きよさと》まで足を延ばしてみようか？　北軽井沢とはまた違った感じの洗練された自然だし、夏陽好みのかわいいケーキ屋さんも一杯あるよ。将来、店を出すときの参考になるんじゃないかな。もしくは、旧軽井沢の……」

いまは「休眠」している暖炉の前のソファに深く身を預ける純也さん。右手にはキャンディティーのカップを、左手にはガイドブックを持っている。

「そうね」

お風呂上《ふろあ》がり。「くまのプーさん」のパジャマに身を包んだ私は生返事をし、ティーカップを傾ける。

暖炉の前で、大好きな人と大好きな紅茶を飲みながら明日の予定を立てるひととき。

いつもの私なら、あれもしたいこれもしたい、あそこに行きたいここに行きたい、あれも食べたいこれも食べたい……って、彼が喋《しゃべ》る間もなくはしゃぎまくっているはず。

でも、壁際に仲良く並ぶベッドと初めてみる純也さんのパジャマ姿が私を無口にさせる。

「で、どっちにする?」

「え……なんだっけ?」

「聞いてなかったのかい? 夏陽らしくないね。いつもは瞳を輝かせて話に乗ってくるのに」

「ごめんなさい。もう一度言って」

純也さんの話を耳に素通りさせるなんて、まったく、今夜の私はどうかしている。

「だから……ええっと、なんだっけ?」

彼が、さっきの私と同じことを言ったのがおかしくて、思わず噴き出した。

あれ……おかしいな……うーん……。

最初は照れ笑いを浮かべていた純也さんの顔が真剣になり、次第に苦しげになる。

「無理しなくても、そのうち……」

「待って」

彼が私を遮り、もうちょっとで思い出すから、もうちょっとで、と呟《つぶや》いた。

私のせい。変なことばかり考えて上の空になっていたから。

こんなに必死に思い出そうとするなんて……きっと、凄《すご》く愉しい予定だったに違いない。

果報は寝て待て。

私は、ソファに深く身を預け眼を閉じる。

今日はいろんなところを回ったせいか、躰中が筋肉痛に襲われていた。

とくに、浅間牧場ではしゃぎ過ぎたのがまずかったらしい。

薄く開けた窓から入ってくる夜風が、心地好かった。

夜風に、温かい吐息が交じった。気配を感じ、眼を開けた。純也さんの顔が、すぐ目の前にあった。

「明日の予定、思い出した？」

私はどぎまぎとしながら訊ねた。彼は答えずに、ただ、真剣な眼差《まなざ》しで私をみつめている。

「どうしたの？」

これからなにが起ころうとしているのかわかっていながら、平静を装った。

純也さんの唇が、どんどん近づいてくる。私は、少しだけ顎を上げる。心臓が、口から飛び出してしまうのではないかと思うほどにバクバクと音を立てていた。

あと少し、というところで純也さんの顔が消えた。代わりに、青白い蛍光灯の明かりが眼に飛び込んでくる。

躰には、薄い毛布がかけられていた。

夢……。

私は心でため息を吐《つ》きながら身を起こす。

「毛布、ありがと……」

ソファでファイル……思い出帳を抱くようにして、寝息を立てる純也さん。

「純也さんも、疲れてたんだね」

私は独り言《ご》ちると、彼の手から取った思い出帳を腋《わき》に挟み、お返しに毛布をかけてあげた。

ひとりで、ハラハラ、ドキドキして馬鹿みたい。

休暇中でも、患者さんのことが気になるなんて彼らしい。

ソファに戻ろうとしたときに、思い出帳が腋から滑り落ちた。

「あ……」

慌てて拾い上げようと腰を屈《かが》めた私の視界に、開いたページに書かれた見覚えのある文字が飛び込んできた。

八月十五日　日曜

今日、夏陽と直也の店に行く約束をしていたのに、すっぽかしてしまった。

ページを閉じた。てっきり患者さんのものとばかり思っていたのに、純也さんの思い出帳だった。

やっぱり、覗《のぞ》いたらまずいよね。親しき仲にも礼儀あり、だもんね。でも、気になる。ちょっと、ほんのちょっとだけなら……。

自分に言い聞かせ、ふたたび八月十五日のページを開いた。

これで、夏陽との約束を忘れたのは二度目だ。スーツを一緒に買いに行く日のことは夏陽に言われて思い出したけど、今日は、約束していたこと自体を覚えていなかった。

まあ、呆《あき》れた。私との約束を、なんだと思っているの？

私はひとりでぷりぷりと怒りながら、次のページを捲《めく》った。

八月十六日　月曜

吾妻夏陽。二十二歳。出会った頃の彼女は、活発な印象を与えるベリーショートの髪をしていた。

少し茶色がかった瞳《ひとみ》をいつもきらきらと輝かせ、笑うと右の頬にえくぼができる。

肌は透けるように白く、左の耳朶《みみたぶ》に小さなほくろがある。

強く抱き締めると折れそうな華奢《きゃしゃ》な躰をしているのに、甘い物を食べるたびに太らないかと心配している。

好きな食べ物はバタークリームのケーキとオレンジマフィンで、嫌いな食べ物は納豆と梅干し。

よく観る映画はアメリカのハートフルコメディで、絶対に観ないのはアンハッピーな物語。

夏は大好きで寒いのは苦手。平泳ぎでは百メートル泳げるけど、クロールでは十メートルも泳げない。

小鳥のようによく囀《さえず》る高く艶《つや》のある声と無邪気な笑顔は、みなの心を明るくする。

じっとしているのが苦手で、いつもちょこまかと動き回っている。

彼女がいる空間は、そこだけ眩《まぶ》しいくらいの光に満ち、花が咲き乱れたように華やかになる。

それが、僕の恋人だ。


「やだ、なにこれ……」

驚きと、そして、私をみてくれていたんだという嬉《うれ》しさとみられていたんだという恥ずかしさが綯《な》い交ぜになり、火がついたように顔が火照《ほて》る。

八月十八日　水曜

夏陽は、素敵なペンダントをつけている。太陽をモチーフにしたペンダントトップで、彼女によく似合っていた。


自分がプレゼントしたくせに、まるで他人事《ひとごと》みたい。

「おかしな純也さん」

私は、彼の寝顔をみてクスリと笑う。


そのペンダントをみたときに、声を上げそうになった。

偶然にも、僕がプレゼントしようと思って買ったものと同じだったのだ。


僕がプレゼントしようと……って、いったい、どういうこと？

このペンダントは、あなたがくれたものじゃない？

私は、わけがわからないままページを捲った。

八月十九日　木曜

昨日の日記をみて、愕然《がくぜん》とした。僕は、自分が夏陽にペンダントをプレゼントしたことさえ忘れていた。

僕は、いったい、どうなってしまうんだろう。


思い出帳を持つ手が悴《かじか》んだように震えた。

とてつもない胸騒ぎに襲われる。私は、恐る恐る次のページを開いた。

八月二十日　金曜

今日、手塚先生のところへ行った。先生は六日にしてくれた話と同じことを繰り返した。でも、僕もまったくの素人じゃない。

自分を冒している病魔が、どんなものかは知っているつもりだ。

手塚先生はこの別荘の持ち主で、たしか、純也さんが勤めている病院の先生だ。

なぜ、彼が病院の先生のところに行くの？

それに、病魔ってなに？　純也さんは、いったい、どんな病気にかかっているというの？

泣きそうな顔でページを遡《さかのぼ》った。八日、七日……六日の日付で手を止めた。

八月六日　金曜

今日、手塚先生に検査の結果を聞かされた。本当は、ペンを握る気分にはなれなかったけど、僕が何者かを忘れてしまったときのために、そして、夏陽という素晴らしい女性を覚えているうちに、記しておかなければならない。

いつの日か、彼女がこの思い出帳を眼にするときがくるはずだ。夏陽は喜怒哀楽の激しいコで、とても哀しむことだろう。

でも、そのときの僕は、もう、なぜ彼女が泣いているのかさえわからなくなっているのかもしれない。

危惧《きぐ》していたとおり、僕にはMCIの恐れがあった。

先生は、まだ確定したわけではないと言っていたけど、僕にはわかる。


MCIという文字に、頭の中が真っ白になった。

純也さんが……純也さんがMCIに……。

椅子に座り、ぼーっと視線を宙に泳がせている人、同じ場所に立ち、じっと花をみつめている人、眼を開けたまま、彫像のように動かない人、家族に、他人のようにお辞儀をしている人。

次々と、初めて「思い出一一〇番」のセラピーを見学したときの患者さん達の姿が瞼《まぶた》の裏を過《よ》ぎっては消えてゆく。

嘘、嘘よ……。そんなわけ……ないじゃない。

思い出帳が、スローモーションのように足もとに舞い落ちた。視界が揺れ、目の前の壁が縦に流れた。

うなだれる私の瞳に、開かれたページの文字が飛び込んでくる。

三月二十一日　日曜

明日は、勇気を出して、夏陽さんを紅茶を飲みに誘ってみるつもりだ。おいしい紅茶屋を、僕は知っている。そこは仕事場の病院から近い、「モーニングガーデン」というお店で……。

純也さんの文字が、涙で霞《かす》んだ。

2

八月二十一日　土曜

僕は、自分がこんなにも弱い人間だったということを初めて知った。患者さんのことを励まし、勇気を与えているつもりでいた。

でも、いざ自分が彼らと同じような病にかかると、怖くて、不安で、夜も眠れなかった。

いままで、僕はどれだけの数の患者さんを無責任に励ましたのだろうか？

結局、僕は本当の意味で彼らの身になっていなかった。独り善《よ》がりのカウンセラー気取りに過ぎなかった。

八月二十二日　日曜

僕は、極秘に検査を受けていた。知っているのは、手塚先生以外では、一部の看護師だけだった。

みなと一緒に検査を受ければ、患者さんの家族の人に病気のことを感づかれてしまう。作業療法士がMCIだなんて、信じられるかい？

この仕事を、いつまで続けられるのだろうか？　今日も、古参の患者さんの名前をどうしても思い出せなくて焦った。それはいまに始まったことではなく、二ヵ月くらい前から、人の名前や固有名詞を度忘れすることが多くなった。初めの頃は、数秒で思い出せていたのが、数十秒になり、数分になり、いまでは、一時間経っても思い出せないときもある。こんなことを続けていたら、そのうち、取り返しのつかないミスを犯してしまうかもしれない。

八月二十三日　月曜

記憶を失ったら、どうなるんだろう？　親、兄弟、配偶者、子供、友人、後輩、恩師……。

昨日まで、もしかしたら十秒前まで親しげに語り合ったり、ともに暮らしていた大事な人を忘れてしまったら？

その人が誰だかわからなくなっているから、哀しみさえ感じることはないのだろうか？　それとも、記憶はなくなっても、大事な人のことはなんとなくわかるのだろうか？

何年もセラピーの現場で働いているというのに、そんなこともわからないなんて情けない。

夏陽のことを、忘れるのが怖い。朝起きて、夜寝るまでの間、何度も、彼女の笑顔を頭の中に思い描いた。

記憶の中で夏陽が微笑むたびに、僕は、今日は大丈夫だったと胸を撫《な》で下ろした。でも、明日はわからない。いつも、ベッドに入る前に思う。朝、目覚めて、すべてを忘れていたらどうしよう。その恐怖と、闘うことの繰り返しだ。

俄雨《にわかあめ》に打たれたアスファルトのように、思い出帳のページが涙に滲《にじ》んだ。

ソフトクリームでも食べに行こうか？

浅間牧場での、彼の言葉が不意に蘇《よみがえ》る。

甘味喫茶でサイダーを二度注文したのも、スーツを買いに行く約束、そして直也さんの店に行く約束を忘れていたことも、物忘れ……ＭＣＩの症状だったのだ。
彼がこんなに苦しんでいたなんて、知らなかった。
なのに私は、一瞬とはいえ、純也さんのことを疑ってしまった……。
止めどなく、涙が溢《あふ》れ出す。凍えたように躰《からだ》が震え、口の中がからからに渇いた。

八月二十四日　火曜

この頃、直也の様子がおかしい。僕に、なにかと気を遣うようになった。もともと心根の優しい男だった。だが、最近は、不自然なほどに僕の躰を心配してくれる。
もしかしたら、病気のことに感づいたのかもしれない。財布やカギの置き場所をしょっちゅう忘れたり、何度も聞いていることを初めて聞かされたような顔をしたり。たとえまだ気づいていないにしても、一緒に暮らしている以上、もう、隠し続けるのは無理かもしれない。

八月二十五日　水曜

僕は、いったい、どうなってしまうんだろう。できることなら、自分の頭を割って、中身を全部取り替えてしまいたい。

八月二十六日　木曜

なにもかも、やる気が起きない。どうせ、いつかはすべてを忘れてしまうのだから。

八月二十七日　金曜

明日から、夏陽と軽井沢の旅行だ。北軽井沢に手塚先生の別荘があって、好きなときに使っていいと言ってくれた。

将来に訪れるだろうその日のために、少しでも多くの思い出を作っておきたかった。急なことで、彼女は戸惑っていた。仕事の都合もあっただろうに、強引に誘って悪いことをした。

でも、旅行を先延ばしにすることはできない。僕には、時間がないのだから。

いつかは、この思い出帳を書くことさえ、忘れる日がくるだろう。

ページを閉じた、もう、これ以上、読み進めるのは限界だった。

視線を、思い出帳からソファで寝息を立てる純也さんに向けた。

彼の寝顔をみていると、堪《たま》らなくなる。

どうして、純也さんが……。患者さんに尽くしてきた彼を……そんなの、ひど過ぎる。

私は、掌《てのひら》を口に当て、彼に背を向けた。声を殺して泣いた。

「夏陽っ」

唐突な大声に、心臓が止まりそうになった。

なに？

平静を装いながら、私は思い出帳をそっとソファの下に忍ばせ、振り返った。

半身を起こした純也さんの、額と首筋は汗に濡《ぬ》れていた。不安そうな顔が、私の胸を締めつける
「寝汗なんて掻《か》いて、子供みた……」

明るい口調でハンカチを額に押し当てようとした私を、彼がきつく抱き寄せる。

「どうしたの？」

三十分前までの私なら、わからなかったと思う。でも、いまは違った。

「いや……ごめん。ちょっと、いやな夢をみちゃって。ほんと、いい年して、子供みたいだな」

純也さんが慌てて腕を離し、冗談めいた口調で言った。

「いいじゃない。子供になれば」

彼が驚いたように眼をまるくした。

私は、まるで母親になったような気分で純也さんをみつめた。

私のほうこそ驚きだった。

甘えん坊で、わがまま気ままな自分の中に、母性らしきものがあったなんて……。

今度は、私が純也さんの肩に腕を回し、そっと抱き寄せた。

純也さん。あなたがみた夢に、私はいたの？

彼の背中を掌で撫でながら、眼を閉じた。

安心して。どんな夢かは知らないけれど、私はここにいる。

あなたのそばに、ずっといるから。

3

プラムジュース、クロワッサン、スクランブルエッグ、フルーツサラダ。

「珍しいね。食べないの？」

青空と緑の高原に抱かれた清里のオープンカフェのテーブルに並べられたモーニングセット
……ほとんど手をつけていない私に、純也さんが首を傾げる。

いつもなら、珍しいね、のひと言に羞恥《しゅうち》を感じるところだったが、今日の私は、小さく頷《うなず》く
だけだった。

「大丈夫？」

ラズベリージャムを塗ったクロワッサンを口に放り込みながら、彼が心配げに訊《たず》ねてきた。

「うん。昨日、はしゃぎ過ぎちゃって疲れが残ってるみたい」

私なんかより、あなたは？

喉《のど》もとまで込み上げた言葉を呑《の》み下す。

「今日の予定は、まずかったかな」

純也さんが、白樺《しらかば》の樹の前に寄り添うように停められているレンタサイクルに視線を投げる。

今日の予定……清里高原でのサイクリング。

食事の前に、心地好《よ》い朝の空気を胸一杯に吸い込みながら、私達は白樺の並木道を走った。

「平気、平気。それより、純也さんのほうこそ、疲れてない？」

「全然大丈夫。体力だけが取り柄でね。昨日の夜は、格好悪いとこみせたけど」

純也さんが照れ笑いを浮かべた。

昨晩、夢にうなされた彼を、私は母親のように抱き締めた。

「ううん。かわいかったよ。なんだか、純也さんの別の一面をみたって感じ」

「参ったな。いじめないでよ」

困ったように顔を赤らめる彼をみて、胸が苦しくなる。

この純也さんが、私を忘れてしまうというの？

そんなこと、信じられるわけがない。

目の前にいる彼は、私がおっちょこちょいで慌てん坊なことを知っている。

すぐに落ち込み、すぐに立ち直ることを知っている。

いつもカモミールの袋を持ち歩き、緊張と不安を和らげていることを知っている。

キャンディティーを一日最低二杯は飲み、「くまのプーさん」のぬいぐるみを愛用していることを知っている。

そして、なにより、星純也という男性を深く愛していることを知っている。

あなたが私を忘れてしまうのは、半年後……それとも一年後？

「思い出一一〇番」の患者さんみたいに、私に初めて会ったような他人行儀な挨拶《あいさつ》をするの？

「これ、気に入っちゃった」

私は、ペンダントを指先に摘《つま》み、宙に翳《かざ》してみせた。

夏陽は、素敵なペンダントをつけている。太陽をモチーフにしたペンダントトップで、彼女によく似合っていた。

その日の思い出帳を書いているときの彼は、私にペンダントをプレゼントしてくれたことをすっかり忘れていたのだ。

私は、祈るような気持ちで彼の唇が開くのを待った。

「気に入ってくれて、僕も嬉《うれ》しいよ」

破顔する純也さんをみて、ほっと胸を撫《な》で下ろした。

それにしても、彼の記憶は、忘れたり、戻ったり……どんな仕組みになっているのか、よくわからなかった。

「このペンダント、どこで買ったの？」

私は、惚《とぼ》けてみせる。

彼を欺くようで、心が痛んだ。でも、確かめずにはいられなかった。

純也さんの中の思い出の私が、ひとり残らずちゃんといるかどうかを。

「えっと……どこだったかな」

彼が腕を組み、思案顔になる。

「新宿とか渋谷とか、言ってなかった？」

さりげなく、彼に助け船を出す。

「あ、思い出した。渋谷だよ」

ふたたび、胸を撫で下ろす。からからになった喉を、プラムジュースで潤した。

「夏陽。変なこと訊《き》いてもいいかな」

「なに？」

「生まれ変わって、初めて僕と出会ったら、また、好きになってくれる？」

思い出帳を読むまでの私なら、ロマンティックな会話として受け止めていたはず。

でも、いまは、彼の言っていることを単なるたとえ話だと受け流せなかった。

「あたりまえじゃない。何度生まれ変わっても、私があなた以外の人を好きになることなんてありえないわ。それより……」

私は口を噤《つぐ》み、小さく息を吸った。

「純也さんのほうこそ、来世で生まれ変わっても、私を好きになってくれる？」

記憶を失うということは、生まれ変わって、初めて出会うことと同じ。

こんな私を、二度も好きになってくれるの？

「何度生まれ変わっても、僕は君に恋する自信がある」

彼が、噛《か》み締めるように言うと、眼を細め、私をみつめた。

夢のような言葉のはずなのに、胸がきりきりと痛んだ。

「こーんな顔になっても？」

私は両手で頬を引っ張り、顔をくしゃくしゃにしてみせた。

そうしなければ、泣き顔になっているのがわかってしまうから。

「ああ。こーんな顔の夏陽でもね」

人差し指で鼻を押し上げる純也さん。

「ひどいっ。私、そんな変な顔じゃありません」

ごめん、ごめん。

彼が、朗らかに笑った。

ビデオの静止画像のように、このまま、時間《とき》が止まればいい。

私は、きっといるはずの神様に願った。

◇　　◇

「今日は、愉《たの》しかったね」

私は、ロッジの玄関に続く階段で歩を止め、振り返った。

「うん。でも、驚いたよ。夏陽ってタフだね」

車から降りた彼が、感心したように言った。

今日は、朝食を摂《と》ったあと、八ヶ岳《やつがたけ》サイクリングロードを走り、美《うつく》し森《もり》展望台に立ち寄った。高台から望む景色を満喫し、八ヶ岳高原ラインから東大沢橋《ひがしおおさわばし》のコースを辿《たど》り、ふたたび清里駅周辺に立ち寄ったときには昼を過ぎていた。

それからトマトソースをベースにしたチキンカレーに舌鼓を打ち、八ヶ岳ライディングファームで乗馬をし、低温殺菌の牛乳とさくらんぼのジャムをハルちゃんや友人達に、ハムとウィンナーを母に買った。

そうこうしているうちにまたまたお腹の虫が鳴り、ヨーロッパの山荘風のフレンチレストランで夕食を摂った。

食べて、遊んで、また食べて、遊んで、またまた食べて、遊んで……の一日だった。

もっとも、今日は、たくさん動いてカロリーを燃焼したはずだから、体重を気にする必要はなかった。

「動かなきゃ心配だもん」

私は言うと、ドアを開け、明かりをつけた。

「あー、疲れた。ねえ、純也さん。今度は、直也さんとハルちゃんと一緒にこようか？」

私は、ソファに倒れ込むように座った。

「直也と、誰？」

静かにソファに腰を下ろす純也さん。私とは大違い。

「ハルちゃんよ。彼女、軽井沢なんてチャラチャラして好きじゃないとか言ってたけど、ここにくれば気が変わると思うわ」

「じゃあ、その人は、金沢とかのほうが好きなのかな」

まるで、初めて聞く名前の人を語るみたいな彼の物言いに、私は違和感を覚えた。

「ハルちゃんと、会ったことなかったっけ？」

私は窺《うかが》うように純也さんの瞳《ひとみ》を覗《のぞ》き込む。

「うん。夏陽の友達？」

少しの疑問も抱かない顔で、彼が訊《たず》ねてくる。

ハルちゃんのことを忘れるだなんて……。

「そう。お姑《しゅうとめ》さんみたいにうるさいけど、私のことを一番心配してくれてるの」

私は、ショックが顔に出ないように明るく言った。

「今度、紹介してよ。夏陽の友達なら、僕も会ってみたいな」

何度も、会ってるわ。初めて口づけをかわしたときにも……。

「ねえ、純也さん。桜木町の紅茶屋さんで、おいしいお店があったよね？」

不安だった。彼の記憶から消えているのが、ハルちゃんだけではないかもしれないことが。

横浜の紅茶屋さん……「モーニングガーデン」で、初めてふたりはデートらしきものをした。

「ああ、『モーニングガーデン』のことだよね？　夏陽も、行ったことあるの？」

「え……」

言葉に詰まった。胸の中で、とても大事ななにかに亀裂《きれつ》が入ったような気がした。

いけない、いけないと思いながらも、顔が強張《こわば》ってしまう。

「どうかした？」

彼が、不思議そうに首を傾げる。

「あ……ううん、なんでもない。前に一度、友達と行ったことがあるの」

咄嗟《とっさ》に、嘘が口をつく。私らしくない反応。本当のことを言ったら、純也さんを苦しめてしまう。

「そうなんだ。その友達って、もしかして、男の人？」

純也さんが悪戯《いたずら》っぽく訊ねてくる。

「もう、そんなわけないいじゃない」

顔では朗らかに笑い、心で泣きそうになった。

そうよ、男の人よ。私の目の前でキャンディティーを飲んでいたのは、あなたじゃない。

「夏陽」

「ん？」

「しばらく、そうしててくれないかな。君を、眺めていたいんだ」

彼は微笑みを消し、真剣な眼差《まなざ》しを私に向けた。

「おかしな人ね……」

それだけ言うのが、精一杯だった。

恥ずかしさよりもせつなさが胸に込み上げ、嬉しさよりも哀しさが心を締めつける。

わかっていた。純也さんが、その瞳に私を焼きつけようとしていることを。

への字に曲がりそうになる唇……嗚咽《おえつ》と涙を、懸命に堪《こら》えた。

泣いたら、彼の病気を受け入れてしまうことになる。

絶対に、認めはしない。ＭＣＩなんて、私が追い払ってみせる。たくさんの思い出を作って、彼の記憶を守ってみせる。

私は、純也さんの中に入り込むとでもいうように、彼の瞳をみつめ返した。

いままでは、純也さんが私を包んでくれた。日干ししたお布団のように、温かく、ふんわりと。

私は、日溜《ひだま》りで横たわる猫のように、まどろんでいればよかった。

でも、これからは違う。

もう、甘えん坊でわがままな自分とはさよなら。

彼の苦しみ……そして哀しみのすべてを、引き受けることを私は誓った。

◇　◇

いったい、私は、あの人のためになにができるのだろうか？

彼の苦しみを和らげ、哀しみを癒《いや》すには、どうすれば……。

頭の中に垂れ籠《こ》めるモヤモヤを洗い流すとでもいうように、天井を仰ぎ、ノズルから噴き出すシャワーを頭から浴びた。

「思い出一一〇番」に勤めている智子さんなら、こういうときになにをすべきか、なにをしたらいけないかを日頃の体験でわかっているに違いない。

私の知っていることは紅茶のことだけ。紅茶の知識では、彼を救うことは……。

そうだ。紅茶のように、まずは彼の病気についても知ることから始めればいい。

思い立ったら、じっとしていられないのが私だ。

バスルームを飛び出し、髪を拭《ふ》くのもそこそこに、濡《ぬ》れた躰《からだ》に直接バスタオルを巻きつけた。

リビングには、手塚先生のものだろうパソコンが置いてある。

MCIで検索すれば、記憶についての情報がいろいろと載っているはずだ。

私がシャワーを浴びる前、純也さんはソファでうとうととしていた。

昨日みたいに、うたた寝をしている可能性が高かった。

足音を殺し、猫のように廊下を歩いた。リビングのドアの前で立ち止まり、息を潜めた。ノブに手をかけ、そっと開ける。

純也さんはソファに座り、なにかにボールペンを走らせていた。

いまはまずい。彼がベッドに入ってから、調べることにしよう。

なにかを呟《つぶや》く純也さん……私は、ドアを閉めようとした腕の動きを止めた。

耳を澄ました。

「モーニングガーデン、夏陽と初めてデートに行った店……モーニングガーデン、夏陽と初めてデートに行った店……モーニングガーデン、夏陽と初めてデートに行った店……」

呟きながら、思い出帳に一心不乱にボールペンを走らせる純也さんをみて、私には彼にいまなにが起こっているのかがすぐにわかった。

彼は小さく呻《うめ》き、ボールペンを壁に投げつけると頭を抱えた。握り拳《こぶし》で、こめかみのあたりを何度も叩《たた》いている。

私は、部屋に踏み込もうとする衝動を寸前のところで堪えた。

彼は、自分の病気のことを私に知られているとは夢にも思っていない。

独りで、悩み苦しみ、恐怖と不安に必死に抗《あらが》いながら闘っている彼の思いを無にすることはできない。

純也さんが絞り出すような声で呟いた。

大事な日を忘れるなんて……。

多分、そう言ったような気がした。

「純也さん……」

立ち尽くし、苦悩する彼を陰から見守ることしかできない自分が腹立たしくて仕方がなかった。

ソファに背を預け、天を仰ぎ眼を閉じる純也さん。苦しそうな横顔で、相変わらずなにかを呟いている。

思わず、足もとに落ちそうになる視線。逸《そ》らさなかった。

純也さんはもっとつらいのに、私が挫《くじ》けるわけにはいかない。

どのくらいの時間、そうしていたのだろう。彼の唇の動きが止まり、ほどなくすると寝息が聞こえてきた。

言いようのない感情が、胸を締めつけた。私は掌《てのひら》を唇に当て、嗚咽を噛《か》み殺した。背中が波打ち、我慢していた涙が溢《あふ》れ出してくる。

子供がそうするように、手の甲で頬を拭《ぬぐ》った。

私には、この先、彼がどうなっていくのか……どんな治療をすればいいのか、まったくわからなかった。

患者さんの記憶を守るために、僕は、できるだけ印象深い体験を語ってもらうようにしています。深く心に刻まれた思い出は、暗黒の闇に迷う彼らの道標《みちしるべ》になってくれるんです。


彼の言葉が私を導くように蘇《よみがえ》る。

印象深い体験……深く心に刻み込まれた思い出……。

眼を閉じた。深く息を吸い込み、ゆっくりと吐き出した。

私は眼を開け、自分に言い聞かせるように小さく頷《うなず》くとリビングに足を踏み入れた。

明かりを消し、そっと彼の前に歩み寄る。

「純也さん」

呼びかける声が……足が震えていた。

「純也さん」

もう一度、彼の名前を呼んだ。

「ん……」

彼が薄目を開け、視点の定まらない瞳を私に向けた。

「あ……ごめん、つい、うとうとしてしまって……明かり、つけてもいいよ」

慌ててソファから身を起こそうとする彼に、私は静かに首を横に振った。

「どうしたんだい？」

私は意を決して、口を開いた。答えたつもりが、声にならなかった。

「なに？」

「私を……」

言葉を呑《の》み込み、息を止めた。バスタオルの胸もとを、きつく握り締めた。

心臓が弾《はじ》けそうなほど、鼓動が高鳴っていた。掌が汗ばみ、火がついたように頬や耳朶《みみたぶ》が熱くなった。

「私を……抱いてください」

薄闇の中で、純也さんの瞼《まぶた》が大きく見開かれた。

4

しばらくの間、彼は、宇宙の大きな時計が止まってしまったとでもいうように身動《みじろ》ぎひとつせずに、私をみつめていた。

私も、俯《うつむ》きたくなるのを堪え、彼の瞳《ひとみ》をみつめ返した。

躰が、羞恥《しゅうち》に燃えていた。

私ったら、なんて大胆なことを言ったんだろう。

純也さんに呆《あき》れられたかもしれない。破廉恥な女だと軽蔑《けいべつ》されたかもしれない。

でも、後悔はしない。

彼の記憶の中で生きることができるのなら、どう思われても構わなかった。

「夏陽。急に、どうしたんだい？」

ようやく、彼が口を開いた。いつもと変わらぬ物静かな声。労《いたわ》り、気遣うような眼差《まなざ》し。

他人のことなんて考えている余裕なんてないはずなのに……。

せつなさと愛《いと》しさに背を押されるように、気づいたときには彼の腕の中に飛び込んでいた。

「夏陽……」

純也さんの、鼓動を頬に感じた。

彼が立ち上がり、私の躰も浮いた。心地好《よ》い浮遊感……ソファからベッドへ運ばれた。

彼が私を抱きかかえたまま、ベッドに横たわった。自分を抱き締めるように、強張《こわば》った躰に両腕を回した。

純也さんの顔が近づいてくる。唇に触れる柔らかな感触。指先が髪の毛を掬《すく》い、バスタオルの結び目を解《ほど》く。

彼の瞳に、一糸纏《まと》わぬ私が映っている。私のすべてを、彼がみつめている。

そう考えただけで、顔から火が出てしまいそうだった。

逞《たくま》しい腕に抱き締められる。息が苦しくなるほど、きつく、強く。

私はしがみつくように両手を純也さんの背中に回す。幼子が母親にそうするように。

「夏陽」

純也さんが、潤む瞳で私を見下ろした。

そんな眼で、みつめないで。

彼は、じっと私をみつめ続けている。

吾妻夏陽という恋人がいたことを、忘れないようにするために……。

一瞬、純也さんがつらそうに眼を細めたのを見逃さなかった。

でも、すぐに優しい微笑みが間近に迫ってくる。

触れ合う肌。耳もとをくすぐる吐息。微《かす》かにずれていたふたりの呼吸が、少しずつ重なり合ってくる。

彼の鼓動を感じる。私の鼓動も、純也さんは感じてくれているだろうか？

もし……もしも、私を、私だとわからなくなっても、鼓動の一体感を、胸の高鳴りを、震える躰を覚えてくれているだろうか？

無性にせつなさが込み上げる。この一瞬……彼にとっては陽炎《かげろう》のように消えてしまうかもしれない刹那《せつな》の瞬間を、噛み締めるように瞳に焼きつけ、そして心に刻み込んだ。


夏陽、夏陽……。


純也さんが、うわ言のように繰り返した。

なに？　純也さん。私はここよ。

心で、私は彼に呼びかけた。

夏陽……。

心配しないで。私はどこにも行かないから。ほら。あなたのそばにいるでしょう？

純也さんの背に回した腕に力を込めた。彼を離さないように……彼から離れないように。

純也さん。

自分の声が、どこか遠くから聞こえたような気がした。

純也さん。

私の声に、純也さんの躰《からだ》が反応した。

呼びかけることで星純也が星純也であり続けることができるのなら、私はいつまでも、彼の名を口にするつもりだった。

5

「やれやれ、また、閑古鳥が鳴いてるね」

私は、今日三人目のお客さんのティーカップをトレイに戻しながら、無人の店内を見渡した。

「ねえ、ハリーさ……なにしてるの？」

カウンターの中を覗《のぞ》き込むと、慌ててハリーさんがなにかを後ろ手に隠した。

「ん？　別に。あ、三番テーブルのミルクを下げてくれる？　冷蔵庫に入れておかないと、すぐに悪くなっちゃうからね」

「いまは夏じゃないんだから大丈夫です。ミルクのことより、後ろに隠したものをみせてくれる？」

「あ……ああ、別に、たいしたものじゃないから」

しどろもどろになるハリーさん。私と同じ。嘘を吐《つ》けばつくほど、嘘だとわかるタイプ。

「いいから、みせなさい」

カウンターの中に入った私は、ハリーさんの背中に回った。

「あっ、また虫なんて持ち込んで……わぁ、きれい！」

ハリーさんが家宝のように後生大事に抱えるプラスティックケースの中身……虹《にじ》色に輝くカブトムシとクワガタムシのハーフのような二本の角を持つ昆虫のあまりの美しさに声を上げた。

「だろう？　これ、ニジイロクワガタっていうんだ。オーストラリアのクイーンズランドにいるんだけど……ほら、みてごらん。とってもかわいい眼をしてるんだよ」

ハリーさんが興奮気味に、そしてちょっぴり自慢げに言った。

「あ、本当だ。かわいい」

ニジイロ君が、円《つぶ》らな瞳？　で私を見上げた。

「やっぱり、そう思う？　ペンションなんかにマスコット犬がいるようにさ、ウチの店にもそういうアイドルがいてもいいんじゃないかな。このニジイロクワガタはさ、子供にも大人気なんだよ」

「そうねぇ……って、そんなわけないじゃない。『ブローニュ』はね、ペンションでもないし、お客さんは子供よりも圧倒的に大人が多いんです」

シュンとなるハリーさん。毎度毎度の繰り返し。

「ブローニュ」の中で繰り広げられる私とハリーさんの掛け合い漫才さながらの会話は、セミが合唱し灼熱《しゃくねつ》の太陽が降り注ぐ季節から、そろそろ冬の足音が聞こえてきそうな季節に移り変わっても変わらなかった。

あの北軽井沢の一夜から、一ヵ月半が過ぎた。

純也さんとの関係は良好だった。でも、あのときよりも彼の病状が進行しているのは、素人の私にもわかった。

壁かけ時計に眼をやった。午後二時ちょうど。視線を、窓際の席に移した。

そこにいるはずの純也さんの姿はなかった。

先週は、いつもの時間……午前十時に現れた。

以前は毎日のように、仕事に向かう前に店に寄っていた純也さんも、最近では、顔をみせない日が多くなった。

特別に、純也さんの仕事が忙しくなったわけではなかった。

ただ、忘れているだけ。そう、彼の中では、「毎日のように」ブローニュに通っていることになっているのだ。

私は、それを否定することはしなかった。真実を知れば、彼が傷つくことになる。

約束している時間に電話がかかってこなかったり、待ち合わせの場所に現れなかったりというのは、一度や二度ではなかった。

会話の途中でまったく別の話題になったり、突然黙り込んでぼーっとしたり……ほかにも、深刻な症状はいくつかあった。

私に気づかれぬように、懸命に取り繕おうとする純也さんの姿が痛々しかった。

「わかった、わかった、わかりましたよ。ところでさ、来週の日曜日、どこかに行くんだっけ？」

突然のハリーさんの質問が、話題をニジイロ君から逸《そ》らす目的だとわかっていても、ついつい、頬が緩んでしまう。

「うん。お母さんに会いに行くの。ウチのお母さんが、純也さんを連れてこい連れてこいってうるさいのよ」

そう、日曜日は、彼とふたりで国立の実家に行くことになった。

この前は、母の誕生パーティーのときに純也さんが行けなくなってしまい会えなかったので、首を長くして待っているのだ。

「そうか、アツアツで羨《うらや》ましいな」

「あら、ハリーさんだって、奥さんとアツアツじゃない」

「最近は、そうでもないんだ。なんか、こう、まったりしちゃってね。喧嘩《けんか》をしているわけじゃないんだけど、会話も少なくなったし……そうねぇ、たとえれば、流れのない川みたいなもんかな」

「贅沢《ぜいたく》言ってるんじゃないの。お互い、口に出さなくてもわかり合えて、振り向けば愛する人がそこにいる。すっごく、幸せなことじゃない」

慰めなんかじゃなかった。本当のこと……。

身を焦がすような大恋愛も素敵だと思うし、ドキドキハラハラの連続も刺激的だと思う。

でも、一番の幸せは、手を伸ばせば触れる位置に愛する人がいるという安心感……同じ景色をみつめ、同じ出来事を体験することの一体感。

でも、私と純也さんは、同じ景色をみつめることはできても、わかち合うことはできない。

なぜなら、いつの日かくるだろうそのときに彼は、同じ景色をみている相手が……すぐそばにいる女性が誰なのかがわからなくなっているから。

純也さんが私を「私」だと覚えてくれている時間は、あとどれくらい残されているの？

夏陽、とあの柔らかな声で呼びかけてくれる時間は、あとどれくらい残されているの？

会話なんてなくてもいい。流れの止まった川のような単調な生活でもいい。

そばにいることができれば……私のことを覚えてさえいてくれれば、それでいい。

「なるほど。夏陽ちゃんって、なかなかの詩人だね」

「もう、からかわないで」

携帯電話の着信のメロディ。ディスプレイに表示される純也さんの名前。

「お、騎士《ナイト》からのラブコールかい？」

私はハリーさんを軽く睨《にら》みつけ、通話ボタンを押した。

「もしもし、純也さん？」

『ごめん。兄貴じゃないんだ』

「あ、直也さん？　また、純也さんに成り済まして驚かせようとしたんでしょう？」

『いや、俺の携帯の電池が切れてたから』

硬くうわずった声音は、いつもの彼らしくなかった。

「そう。純也さん、そこにいるの？」

『そのことなんだけど、兄貴、いなくなったんだ』

「え……いなくなったって……それ、どういうことよ？」

私は、思わず大声で訊《たず》ね返した。

『この三、四日間、顔をみてなかったんだけど、まあ、子供じゃないし、あまり気にも留めていなかったんだ。でも、今朝、病院から電話があって、兄貴、仕事に行ってなかったみたいでさ』

人一倍責任感の強い純也さんが、無断欠勤などするはずがない。しかも、三日も四日も連絡もなしに休むなんてありえない。

考えられる可能性は……不吉な予感が、胸の中でぶくぶくと膨らんだ。

「直也さん、いま、どこにいるの？」

『家だけど……』

「じゃあ、切るわね」

『あ、夏陽……』

私は一方的に電話を切り、ドアへと駆けた。

「ちょっと、夏陽ちゃん。どこに行くのさ？」

ハリーさんの声を振り切り、外へ飛び出した。

純也さん、待ってて……どこへも行かないで。

いまは、なにを犠牲にしてでも、彼の無事を確かめたかった。

◇　◇

「仕事のほうは、大丈夫なのか？」

息を弾ませる私をみて、直也さんが眼をまんまるにして驚いた。

まさか、すぐに現れるとは思っていなかったのだろう。

「大丈夫。それより、純也さんが行きそうな場所の心当たりは？」

私は、彼の交遊関係をほとんど知らないことにいまさらながら気づいた。

「いくつか、学生時代の友人を当たってみたんだけどさ、どこにも立ち寄ってないんだよな。立ち話もなんだから、とりあえず中に入ってよ」

沓《くつ》脱ぎ場の赤いスニーカーが眼に入った。サイズからみて、女性物だった。

「智子さんが、きてくれてるんだ」

私の視線に気づいた直也さんが言った。

「そう」

彼女が先に駆けつけているという事実に、微《かす》かに心がさざ波立つ。

純也さんがいなくなったというのに、そんなことを気にしている場合じゃないでしょう?

自分を叱りながら、直也さんのあとに続く。

「おひさしぶり。夏陽さん。仕事は、大丈夫なの?」

ソファに座っていた智子さんが立ち上がり、直也さんと同じセリフを投げかけてくる。

以前会ったときより、ほっそりとし、髪が長くなり……シックなワンピースを着ているせいか、病院でみたトレーナー姿の快活なおねえさん、という印象とは別人のように女らしかった。

「おひさしぶりです。彼の一大事ですから、仕事なんて言ってられません」

私は、ちょっぴり語気を強めた。

智子さんだって仕事を放り出してきているんだから、恋人の私がそうするのはあたりまえでしょう?

心で智子さんに訴えた。

純也さんの机の前に立ち、端に積み上げられた脳や記憶に関する本に視線をやった。

そこには、記憶障害やアルツハイマー病の患者さんの日常生活が綴《つづ》られた日記のようなものがコピーされており、ところどころに黄色や緑のマーカーペンが引かれていた。

「思い出一一〇番」に勤める彼の部屋に、この手の本があってもなんら不思議ではなかった。あの思い出帳をみる前だったら、私も気に留めなかったに違いない。

でも、いまは違う。

本や日記の一字一句を追っているときの純也さんの気持ちを考えると、やりきれなくなってしまう。

「智子さん。兄貴さ、近頃、仕事場でなにか変わった様子はなかった？」

「一週間くらい前に会ったのが最後だったけど、特別気になったことはなかったわね。いつもどおりの星君って感じで」

背筋に緊張が走る。直也さんが、智子さんにしたのと同じ質問を投げかけてきたらどうしよう。

私は彼女と違い、純也さんの「変化」を知っている。もちろん、直也さんと智子さんは彼の「変化」を知らない。

純也さんが必死に秘密にしてきたことを、無駄にするわけにはいかない。

「夏陽ちゃん」

ほらほら、きちゃった。

「ん？　なに？」

既に挙動不審かもしれない。

「飲み物、コーヒーでいい？」

「あ……ああ、お構いなく」

よかった。心でため息を吐《つ》く。

「夏陽さん」

直也さんが部屋から出ていくと、智子さんが私の隣に並び立った。

「ちょっと、訊《き》いてもいいかな？」

「なんですか？」

「星君、あなたに、なにか打ち明けてない？」

窺《うかが》うように、智子さんが顔を覗《のぞ》き込んでくる。

まずい。彼女は、なにかを疑っている。隠し事しているわね？

瞳《ひとみ》に、そう書いてあるようだった。

「え？　なにをですか？」

私は必死に惚《とぼ》けてみせる。首まで傾げているのがわざとらしい。声のトーンもいつもよりちょっと高くなっているような気がした。

「悩んでいることとか」

智子さんの眼差《まなざ》しが、千里眼のように瞳《ひとみ》に突き刺さる。私は、酸素不足の水槽で泳ぐ金魚のように息苦しさを覚えた。

「なにも……」

ついつい、声が小さくなる。

しっかりしなさい、夏陽。彼は周囲に迷惑をかけないように、病気のことを隠しているんだから。あなたがそんなんで、どうするの？

「なにも、聞いてません」

今度は、きっぱりと言った。

「ならいいけど……。でも、もし、なにかを隠しているんだったら、取り返しのつかない事態になるかもしれないということを覚えていてね」

智子さんが、口調は柔らかく、でも、いままでみせたことのないような怖いくらいに真剣な瞳を向けてきた。

「え……どういうことですか？」

ついつい不安になり、訊ね返す。

「私ね、ここ一、二ヵ月間の彼をみてて、ある疑いを持ったの。その疑いが、もし、当たっているのなら……」

智子さんが言い淀《よど》み、机の上の本……『記憶障害と若年性認知症の関連性』を手に取り、暗い眼で表紙をみつめた。

「一刻もはやく行動を起こさないと、手遅れになってしまうのよ」

彼女の言っている「ある疑い」というのが、ＭＣＩのことを指しているのは間違いない。

そして、一刻もはやく行動を起こすというのが、本格的な検査を受けることを言っているのも……。

純也さんの思い出帳には、手塚先生という彼が信頼を寄せている人の検査を極秘に受けているふうなことは書いてあったけれど、それがどういったものかについての記述はなかった。

「夏陽さんが、私の『ある疑い』を知っていたと仮定しての話だけど、もしもそうなら、正直に話してほしいの」

「私は、なにも……」

「仮定の話だから、もう少し聞いてくれる？　あなたは、そのことについてなにも知らない。少なくとも、私はあなたよりも知っている。だから、一日一日過ぎ去ってゆく時間《とき》の流れが、どれだけ怖いかを身をもって知っている。あなたは、現実をわかっていない。私がみてきた現実は、ドラマの中の作り話のように綺麗事《きれいごと》じゃないの。だから、星君の抱えている問題が私の思っている『ある疑い』と同じかどうかを知りたいのよ」

智子さんのひと言、ひと言が、心に深く爪を立てる。

私は、俯《うつむ》き、足もとをみつめることしかできなかった。

彼女の言うとおり。私は、なにもわかっていない。

月日が流れることの恐怖は知っているつもり。

現実の患者さんが役者の演じるそれとは違うことも知っているつもり。

そう、知っているつもりになっているだけ……私は、智子さんが眼にしてきた現実の十分の一も知らない。

純也さんを苛《さいな》む苦しみの十分の一も体感できていない。

いっそのこと、智子さんに告白してしまおうかと考えた。そのほうが、彼を救えるかもしれない。そう思った。

みなと一緒に検査を受ければ、患者さんの家族の人に病気のことを感づかれてしまう。作業療法士がMCIだなんて、信じられるかい？

思い出帳に綴られた純也さんの思いが、挫《くじ》けそうになる私の心を奮い立たせた。

こんなことで弱気になって、この先、彼を守っていけるの？

「仮定の話ですけど、もし、智子さんが思っているとおりだとしても、純也さんは大丈夫です。私は彼を信じています。もちろん、これから一杯、一杯勉強して、彼をサポートしていくつもりです」

私は、智子さんの瞳をまっすぐに見据えて言った。

「でもね、夏陽さん……」

「お待たせ……お、愛する男性を巡った女の対立か？」

コーヒーを運んできた直也さんが、重苦しい空気を察して軽口を叩《たた》いた。

「やだ、直也君。私と星君は、その……つまり、そういう関係じゃないわ。だいたい、私、彼みたいにいい人過ぎる男の人だめだし、それに、夏陽さんに失礼じゃない」

不自然なほどに慌て、言葉数が多い智子さんをみて、私は、彼女が純也さんをただの仕事仲間としてみていないことを悟った。

「じゃあ、俺がちょうどいいんじゃない？」

「崩れ過ぎもだめ」

まったく、失礼だな。

直也さんは憮然《ぶぜん》としたふうを装っているけれど、もちろん、それは演技。

怒っているどころか、私と智子さんの間の気まずい空気の流れを一瞬にして変えてくれた。

「ねえ、直也君。ご親戚《しんせき》とかは？」

智子さんが思い出したように訊《たず》ねた。

「一応、当たってみたけど……」

直也さんが力なく首を横に振る。

「本当に、どこに行っちゃったんだろう」

智子さんのため息が、私の不安感を募らせた。

純也さんは、自分の記憶が失われつつあることに悩み、姿を消したに違いない。みなに迷惑をかけないため……彼の性格なら、それもありえる。

まさか、自殺……。そんなこと、あるわけない。純也さんは、そんな弱い人間じゃない。

でも、自分が誰かを忘れ、恋人や家族、そして友人の存在がわからなくなるということは、場合によっては、死に等しいことではないのだろうか？

「直也さんっ。彼が小さい頃にいつも行っていた場所とか、なにか思いつくことないの!?」

私は、強い語調で訊ねた。

「なんだよ、いきなり大声出して……びっくりするじゃないか。さあ、特別、そういう場所っていうのは思いつかないな。ただ、ボストンバッグがないから、近場じゃないとは思うんだ」

「ボストンバッグ？」

「ああ。兄貴が旅行するときにいつも使っている、紺色のやつなんだけど」

紺色のボストンバッグ……夏に北軽井沢に行ったときに純也さんが右手に持っていたバッグ

も、たしか紺色だった。

高校生が持つバッグみたいだね、とからかったので、よく覚えていた。


思い出を作ろう。


ロッジの前に佇《たたず》み、高原に向けていた彼の寂しげな眼差しが脳裏に蘇《よみがえ》る。

もしかして、純也さんはあの別荘に……。

彼が私を旅行に誘ったのは、ひとつでも多くの思い出を作り、一日でも長く私のことを覚えていたいから。

この二ヵ月の間に進行した症状に不安を感じ、思い出の地を訪れることは十分に考えられた。


夢の中の『僕』がなにを言ったか知らないけど、君の目の前にいる僕は、夏陽を哀しませるようなことはしないと約束するよ。


黙って姿を消したのは、消失してゆく記憶を取り戻すためだったのかもしれないし、自分の悩み苦しむ姿をみせて私を心配させたくなかったのかもしれないし、あるいは、その両方なのかもしれない。

私を気遣ってくれているんだとは思う。

だけど、なにより私がつらいのは、純也さんと離れ離れになってしまうこと……。

哀しませないって約束したのに……純也さんの嘘つき。

「夏陽ちゃん。どうしたの？」

直也さんが怪訝《けげん》そうな顔で訊ねてきた。智子さんも窺《うかが》うような顔をしている。

涙が溢《あふ》れそうになり、慌てて頭の中から純也さんの姿を消した。

「え？　あ、うん……どこに行っちゃったんだろうな、って考えてたの」

「まったくだ。兄貴の奴、心配かけやがって」

私は密《ひそ》かに胸を撫《な》で下ろした。でも、智子さんは、疑わしい眼を向けていた。

ふたりには悪いけれど、軽井沢のことは言えない。純也さんの秘密は、私の秘密。自分ひとりで、彼のもとへ行くつもりだった。

「一度、店に戻るね。また、連絡するから」

私はそそくさと立ち上がり、智子さんの視線から逃げるように部屋を出た。

待ってて、純也さん。あなたの思い出を奪おうとする泥棒を、私が追い払ってあげる。

もし、あなたが暗闇の海に漂っているのなら、私が船になって港に連れて行ってあげる。

だから、ひとりで悩まないで。なにも心配しないでいいの。

一緒に、ふたりの世界へ帰りましょう。

外に出た私は、立ち止まり、暗鬱《あんうつ》とした薄曇りの秋空を見上げた。

きっと、晴天にしてみせる。私は、夏の太陽の子。そうでしょう？

心で父に語りかけ、カモミールの麻袋を握り締めた手を鼻先に運んだ。

6

八月にきたときには、眼にしみるような芝生の深緑とニッコウキスゲが見渡すかぎりに広がっていた高原は、ぼんやりとした月明かりに包まれていた。

静寂に抱かれた空間は、心なしか寂しげに感じた。観光客で溢れていた夏とは違い、緑が姿を消し枯葉色に覆われた大地には悲壮感さえ漂っているようにみえた。

季節の移ろいは、彼の心のあり様とともに変わっているとでもいうように……。

私は、影絵のような枝葉をみているうちに、あのとき、窓の外の梢《こずえ》に止まっていた不思議鳥を思い出した。

赤い頭に青と黄の羽を持つ不思議鳥は、いま、どこにいるのだろうか？

　僕が呼ぶまで、キッチンを出ちゃだめだよ。

ロッジのテラスに「森の中の紅茶屋さん」を作る彼を待つ間、私は、不思議鳥の色鮮やかな羽と求愛ダンスを眺めていた。

澄みきった空気に草木の吐息と濡《ぬ》れた土の匂い、大好きなキャンディティーに愛する人の微笑み……夢のようだった。

いいえ、ようではなく、間違いなく、私は夢の中にいた。

その日の夜、夢は悪夢に変わった。澄みきった空気は凍《い》てつき、草木の吐息は途切れ、キャンディティーのルビー色がモノクロに染まり、愛する人の微笑みは霧のように消えた。

私は、時間《とき》の流れを止めるために、彼とひとつになった。彼を連れ去られないようにこの腕で抱き締め、哀しみの海に溺《おぼ》れないように抱き締められた。

でも……祈りは、神様に届かなかった。

私じゃ、だめなんですか？　私じゃ、彼の苦しみを取り除くことができないんですか？

教えてください。私にいけないところがあるのなら、すぐに直します。

なにかを犠牲にすることで彼を救えるのなら、喜んですべてを差し出します。

お願いします……彼の不安を取り除けるだけの力を、少しでもいいから私にください。


えっ……四、五日も？　いきなり、そんなに休まれちゃ困るよ。

お願い、ハリーさん。用事がはやく終わったら、明後日《あさって》からはお店に出られるから。

だから、その用事っていうのがなんだか教えてよ。


私は、ハリーさんの問いに答えることができなかった。

結局、私のいない間、ハリーさんは奥さんに手伝わせるということで、渋々と了承してくれた。

私にできること……それは、あの人をひとりにしないことだった。

「夜になると、さすがに冷え込んでくるね。暖房、もうちょっと強くする？」

胡麻塩頭《ごましお》の初老の運転手さんの気さくな声が、回想の旅に出ていた私を現実に引き戻す。

「いいえ、大丈夫です」

黒いマントに覆われたような窓の外に眼を向けたまま、私は答えた。

どれだけ暖房を強くしたところで、無意味なこと……凍えた心を温めることができるのは、彼の笑顔しかなかった。

「恋人に、会いにきたのかい？」

ルームミラーの中の運転手さんの目尻《めじり》の皺《しわ》が柔和に刻まれた。

「あ、はい」

そう、会いにきた。彼は、きっとこの北軽井沢の地にいるはず。ううん。いるに決まっている。

純也さんが、八月の旅行を……あの日の夜の出来事を覚えているのかどうかわからない。でも、私にはわかっている。たとえほかのすべてを忘れても、あの日の夜の出来事を純也さんは覚えている。

覚えているに……決まっている。

「大丈夫だよ。彼は、浮気なんかしてないって」

「え……？」

唐突な言葉に、私は二の句が継げなかった。

「いや、間違っていたらごめんよ。お嬢ちゃんが、さっきから、ずっと不安そうな顔をしてるから。夜の軽井沢の別荘に、そんな顔で向かう理由は、ほかにあまり見当たらないんでね」

私は、思わず暗闇をバックにした窓ガラスをみた。

窓ガラスの中の女性は、「太陽の子」とはかけ離れた暗鬱な顔をしていた。

「浮気の心配とかじゃないんですけど、同じくらいに……ううん、それよりも、もっと心配なことがあるんです」

「そうかい。ま、その理由は言わなくてもいいけど、なんにしろ、そんなしょぼくれた顔をしてたら、不幸が寄ってきちゃうぞ」

運転手さんの言葉を聞いて、一気に目が覚めたような気がした。

そうよ。彼が苦しんでいるときに、私まで不安な顔をしていたらだめじゃない。

「あの……」

「なんだい？」

「もしも、たとえばなんですけど、大事な人から忘れられちゃったら、どうします？」

無意識に、口が勝手に動いていた。

「ん？　忘れられちゃったらって、嫌いになられたらってことかな？」

「いいえ、そうじゃなくて……」

「認知症とか、そういうのかい？」

私は、突然の運転手さんの言葉に、声を失った。

「え……本当に？」

運転手さん自身、軽い気持ちで言ったのだろう、まさか、という顔で驚いていた。

私は俯《うつむ》き、きつく握り締めたカモミールの袋に視線を落とした。

「いや、悪かったね。私の母がアルツハイマー病だったものだから、つい……」

「アルツハイマー……？」

今度は、私が驚く番だった。

「そう。もう、十五年も前のことだけどね。ウチの母は、学校の教師をやっていたんだ。元気な頃は凄《すご》く記憶力のいい人で、一ヵ月前に出した献立をすべて覚えていたもんさ。ところが、ある日、突然、飼っていた猫の名前を言えなくなってね。そのときは、すぐに思い出したんだけど、何日後かにまた忘れて、今度は一度目よりも思い出すのに時間がかかって、そのうち、いつも応援していたお相撲さんの名前や近所の茶のみ仲間の顔がわからなくなったり、段々と忘れる範囲が広くなってしまって、最後には、私のことさえ……哀しいよね」


夏陽のことを、忘れるのが怖い。朝起きて、夜寝るまでの間、何度も、彼女の笑顔を頭の中に思い描いた。


運転手さんの声に、純也さんが思い出帳に綴《つづ》った文字が重なった。

「なんだか、湿っぽい話になっちゃって悪かったね」

れない。

「いいえ……。それに、その人は、アルツハイマー病じゃなくて、MCIなんです」

初対面の人に、純也さんの秘密を打ち明けてしまった自分に驚きを隠せなかった。運転手さんの母親がアルツハイマー病を患っていたと聞いて、心を許してしまったのかもしれない。

「MCI?」

「はい。私もよくわからないんですけど、記憶が段々となくなっていくという病気みたいで……なんだか、他人事《ひとごと》みたいですね」

「他人事だよ」

運転手さんが、暗く沈んだ声で言った。

「え?」

私は、彼の言っている意味がすぐにはわからなかった。

「私も、最初は躍起になって母のことを救おうとした。絶対に救ってみせるってね。でも、結局は、自己満足の世界なんだよ」

「そんなこと、ないと思います。救えなかったからって、運転手さんが一生懸命にお母さんのためにやったことが無駄になったわけじゃないし……」

「無駄だとか、私の言いたいことはそういうことではないんだ。アルツハイマー病にかかった人に百の記憶があるとしたならば、ひとつ忘れ、ふたつ忘れ、ある日突然に二十忘れ、次の日には五を思い出し……という具合に、引き潮時の海に浮かんだボールのように行ったりきたりを繰り返しながら、少しずつ、少しずつ、沖へと流されてゆく。ボールが戻ってきたかと思って手を伸ばせば、すぐに遠ざかり、また、戻ってきたかと思えば遠ざかり……。ボールを追うほうもつらいが、追われるほうはもっとつらいんだ」
「どういう、ことですか？」

夏陽は、素敵なペンダントをつけている。太陽をモチーフにしたペンダントトップで、彼女によく似合っていた。

昨日の日記をみて、愕然《がくぜん》とした。僕は、自分が夏陽にペンダントをプレゼントしたことさえ忘れていた。

私は問い返しながら、純也さんがくれたペンダントのことについて綴られた思い出帳の一節を思い返していた。
「どうしても相手に伝えたいことがあったときに、そのことをすぐに思い出せなかったら……それがたとえば素晴らしい香りのする花の名前だったり、昨日観たドラマのタイトルだったり、心の琴線に触れた小説の一文だったり、二、三十秒くらいのことでも、苦しい思いをした経験はないかい？　アルツハイマー病の患者は、二、三十秒どころか、ほとんどの場合、一生思い出せないことが多い。忘れたことさえも忘れているならばまだましだが、自分はなにか大変なことを思い出せないでいると、なんとなくわかるらしいんだ。それが、肉親や大切な人に関することならなおさらにね。頑張って。思い出して。ほら、私よ。あなたが大好きだった食べ物よ。君がかわいがっていた子犬だよ。懸命に記憶を取り戻そうとすればするほどに、彼らは深い絶望感に囚《とら》われてしまうのさ」

運転手さんの声は、哀しみに彩られていた。

もし私が、純也さんと逆の立場だったなら……彼の温かな微笑みに胸の奥が熱くなっても、キャンディティーのルビー色の水色《すいしょく》に懐かしさを覚えても、その感情がどこからくるのかを思い出せないとしたなら……とても、つらいと思う。

「じゃあ、どうすればいいんですか？」

彼を救いたいという気持ちが罪ならば、いったい、どうすればいいの？

藁《わら》にも縋《すが》る思い……。使い古されている諺《ことわざ》を、こんなにも切実に感じたことは、いままでになかった。

「どうすればいいと考えているうちは、どうすることもできないし、できることはなにもないんじゃないのかな」

「できることはなにもない……ですか？」

「うん。まずは、自分には、なにもできることはないということを受け入れるのさ。いまも言ったけど、大事なものをひとつひとつ失ってゆくというのは、本人が一番つらいことなんだ。きびしいことを言うようだけど、私達周囲の人間がいくら気を揉《も》んでも、現代医学の力では病状の進行を止めることはできない。その事実から眼を逸《そ》らさずに、しっかりと現実を受け入れたときに初めて、自分がやるべきことがみえてくるものさ。記憶を失ってゆく過程で、人によって様々な症状が現れる。温厚だった人が急に暴力的になったり、店先の商品をお金も払わずに持ち帰ったり、食事を終えて五分と経たないうちに空腹を訴えたり、自分が財布を預かってくれと頼んでいながらそのことを忘れて泥棒扱いしたり、食事も摂《と》らずトイレにも行かずお風呂《ふろ》にも入らず、ただ、置物のように一日中窓の外をみつめていたり……。愛する妻や家族の顔を忘れてゆく。これが物語なら、お涙頂戴《ちょうだい》の部分だけにスポットを当てて美しい話に仕立てるけど、現実は、そんなに単純なものではない。いろいろな障害に直面し、振り回されているうちに、自分のことを思い出してほしいということを願う気持ちさえ持つ余裕がなくなってくるんだ」

私がみてきた現実は、ドラマの中の作り話のように綺麗《きれい》事じゃないの。

頭の中に蘇《よみがえ》る智子さんの言葉が、私の胸を鷲摑《わしづか》みにした。

言われたときは、わかったつもりになっていたけれど、彼女が伝えたかった本当の意味を、いま、ようやく理解できたような気がした。

それでも、日々、「自分を失ってゆく人々」と間近に接し、運転手さんの言ういろいろな障害を目の当たりにしている智子さんの、十分の一も理解できていないのかもしれない。

「私も、現実を現実として受け入れるまで長い時間を要したよ。食事も喉《のど》を通らず、睡眠も取れないくらいに悩んだ。だがね、あるとき、お袋が笑いながら寝言を言っているのを聞いて、ふっと気づいたんだ。子供の顔がわからなくなったからといって、彼女の人生が終わったわけじゃないんだって。考えようによっては、新しく生まれ変わったのと同じじゃないかって。記憶がなくなったからって、笑顔まで奪う権利はないんだって。現実を受け入れてからの私には、彼女のために『できること』がみえるようになったんだ」

「それは、なんですか？」

私にも「できること」を、教えてほしかった。

「ウチのお袋の場合は、さっき言った症状の中で、食事を済ませてもすぐに空腹を訴えるというものがあった。そういうときに、食べたばかりじゃないか、なんて諭したらだめなんだ。いま用意するから、ちょっと待ってて、ってね」

「でも、それじゃお腹壊しますよ」

「大丈夫。待ってる間に、食べたばかりのご飯を催促したことも忘れてしまうから」

運転手さんのなにげないひと言が、鋭く胸を貫いた。ショックで、声を出せなかった。

「お風呂に入ることやトイレに行くことを勧めたり、出てくるのが遅かったら声をかけたり……忘れることによって彼女の身に危険が降り懸かったり、不都合が起こったりすることを未然に防ぐというのが、私に『できること』なんだ。ほかは、一般の人と同じように接すればいいのさ。毎日、初対面の人と接するようにね」

割り切れない思いが募った。

たしかに、運転手さんの言うとおりだ。忘れることで生じる不都合なことや危険なことから守り、導くのは当然だと思う。

けれど、それ以外に「できること」がないと諦《あきら》めているようで、私には納得できなかった。

「私、いままでそういう人達の看病をしたこともないし病気にたいしての知識もないけれど、信じていれば、奇跡は起きると思います。諦めるのは……いやっ。あ、ごめんなさい。私ったら、失礼なこと言っちゃって……」

　本当に失礼。運転手さんが、どれだけ苦労したと思ってるの？

「気にすることはないさ。あくまでも、それは私の場合だからね。こっちのほうこそ、失礼なことを言ってしまって悪かったね」

　運転手さんは気を悪くしたふうもなく、穏やかな口調で言った。

　それがよりいっそう、私の罪悪感に爪を立てた。

「いいえ、そんな……」

「さあ、この辺かな？」

　窓の外の景色の流れがゆっくりになる。見覚えのあるカラマツ林が、ヘッドライトの光の輪に浮かんだ。

「はい。ここで結構です」

　財布からお札を取り出す指先が、急に震え出した。

　迷惑だったらどうしようという思いが、私を緊張させた。

　ひとりになりたいから、彼は誰にも行き先を告げずに姿を消したのだ。

　カモミールの麻袋を、そっと鼻先に当てる。

「お釣りだよ」

「あ……いろいろ、ありがとうございました」

　運転手さんの優しい笑顔に見送られながら、車を降りた。

樹々の隙間から覗《のぞ》くロッジに、胸が早鐘を打った。いつもは効果覿面《てきめん》のカモミールの魔法の匂いも、今日ばかりは力を発揮できないようだった。

足が竦《すく》んで、一歩も動けなかった。

意気地なし。なにをしに、ここへきたの？

自分を叱咤《しった》しても、凍りついたように両足が言うことを聞かなかった。

突然、静粛なカラマツ林にクラクションが鳴った。

私は、弾《はじ》かれたように振り返った。

「君なら、たやすく奇跡を起こせそうな気がするよ」

窓から顔を出した運転手さんが、にっこりと微笑んだ。

「そんな、私なんて……」

「現に、私は、お嬢ちゃんと話していて、とても気持ちが軽くなったよ。母が死んでから、ずっと、心に重りがついているような気分だった。これは、立派な奇跡だと思うよ。少なくとも、私にとってはね」

運転手さんが、眩《まぶ》しそうに眼を細めた。

私が、運転手さんに奇跡を起こした？　信じられないけど、躰《からだ》の奥底から勇気が湧いてきた。

「それじゃあ、頑張るんだよ」

ありがとう。

走り去るタクシーのテイルランプを見送りながら、もう一度、呟《つぶや》いた。

つい数十秒前とは打って変わって、私は、力強く足を踏み出した。

そうよ。あなたは、彼を救いにきたんでしょう？

あなたは、彼の救世主。あなたは、彼の救世主。あなたは、彼の救世主……。

私はおまじないのように唱えながら、ロッジに向かった。

真っ暗な窓。もう、寝てしまったのだろうか？　それとも、ここには訪れてないのだろうか？

ノック。返事はない。もう一度、ノックした。やはり、返事はなかった。

恐る恐る、ノブに手をかけた。カギはかかっていなかった。そっと、ドアを開けた。

声をかけながら、暗闇に包まれた玄関へと入った。

「純也さん……」

「私、夏陽よ。ねえ、いるの？」

手探りで電気のスイッチを押した。

テーブルの上に置かれたひとりぶんのティーカップ。カップの底には、ルビー色の液体が溜《た》まっていた。

「純也さん……」

キッチンを飛び出し、リビングへ。明かりをつけた。そこにも、彼の姿はなかった。

ここにきているのは間違いないのに、いったい、あなたはどこへ行ってしまったの？

私は途方に暮れ、部屋の中央に立ち尽くした。微《かす》かな物音……ゆっくりと、首を横に巡らせた。

裏庭に続くテラスの扉が、少しだけ開いていた。

扉の隙間から、テラスの様子を窺《うかが》った。

「純也さん」

リクライニングチェアに深く身を預ける彼の背中に、呼びかけた。

純也さんは身動きひとつしなかった。

「純也さん」

もう一度、呼びかけた。今度は、さっきより大きな声で。

でも、彼は、耳が聞こえなくなったとでもいうように、正面を向いたままだった。

不安に背を押されるように、テラスへ歩を踏み出した。

「ねえ、純也さんったら……」

彼の正面に回り込んだ私は、息を呑《の》んだ。

眼は開いているけれど、その瞳《ひとみ》には動きがなく、視線は宙を彷徨《さまよ》っている、といった表現がぴったりだった。

ティーテーブルの上の、開かれたアルバムに眼をやった。

「ブローニュ」でトレイを胸に抱きポーズを取る私、ディズニーランドのアトラクションで「くまのプーさん」と腕を組む私、甘味喫茶で白玉ぜんざいを頬張る私、純也さんの部屋のソファでくつろぐ私、浅間牧場の馬の横でピースサインを作る私……アルバムは、私の写真で埋め尽くされていた。

アルバムの傍らの、やはり開かれたままの思い出帳に視線を移した。

十月十四日　木曜日

この別荘に着いてからの三日間、僕は思い出帳を書いていない。書いていないというよりも、書けなかった。

いつも、だいたい夜の八時から十一時の間に書くんだけれど、つまり、思い出帳の存在自体を忘れていたのだ。

夜だけでなく、朝も、昼も、最近では、一日の大半の出来事を覚えていない。

残りの大半は記憶を失っていないときの僕のことを覚えていない。

記憶を失っている僕にも、生活がある。記憶を失っている間にも、僕はなにかを考え、なにかをしている。

どうして、記憶を失っている僕が本当の僕ではないと言えるのだろうか？

記憶を失っているときが十三時間で、失っていないときが十一時間ならば、どうなる？

もしかして、記憶を失っていない僕のほうが、僕ではないのかもしれない。

そのうち、十三時間が十五時間になり、十五時間が二十時間になり……そして、いま、本当の自分だと思っている僕は、消えてなくなってしまう。

あと、何時間後には、いいや、何十分後には、悩んでいることさえも。

思い出帳は、今日、書かれたものだった。それも、ついさっき……。

純也さんの予言は当たった。そう、私の目の前にいる彼は、そこに書かれているとおり、自分がなにに苦しみ、悩んでいたのかさえ忘れていた。

「純也さんっ、私よ、夏陽よ」

彼の肩を揺すり、涙声で訴えた。

ゆっくりと首を巡らせた純也さんが、ぽーっとした顔を私に向けた。

それは、灼熱《しゃくねつ》の陽射しを長時間浴びて頭がくらくらしているときのような……真夜中に起こされて寝ぼけているときのような、とにかく、精気も覇気もいっさい感じられない顔だった。

きっと彼は、ふたりの自分の間で彷徨っているに違いなかった。

すべてを持っている彼と、すべてを失った彼との間で……。

「渡さない。あなた達なんかに、純也さんを渡さない！」

私は迫り来る「そのとき」に叫び、純也さんを抱き締めた。


懸命に記憶を取り戻そうとすればするほどに、彼らは深い絶望感に囚《とら》われてしまうのさ。


「いや……絶対にいや……」

純也さんにしがみつき、泣きながら、運転手さんの声に抗《あらが》った。

彼は強い人。私なんかよりも、ずっと……。

どんなに苦しくても、諦《あきら》めたらだめ。諦めたときにこそ、本当の絶望が彼に襲いかかると私は思う。

そうでしょう？　純也さん……。

泣き腫《は》らした眼で彼をみつめた。まるで、初対面の人をみるような瞳に、胸が張り裂けそうだった。

「しっかりして……純也さん。私よ、夏陽よ。ねえ、純也さんっ」

運転手さんに止められたことばかりを私はしている。わかっているけど、こんな純也さんを前にして冷静でいられるはずがなかった。

「私のことが……」

「夏陽。どうして、ここに？」

彼が、不思議そうな顔で私をみつめた。

「黙って、いなくなっちゃうんだもん。だから、ここにきてるんじゃないかと思って」

「そうか。ちょっと、考え事を……」

純也さんが言葉を切り、テーブルの上に視線を投げると思い出帳を慌てて閉じた。

重苦しい空気が周囲にはびこった。フクロウの物哀しい鳴き声が聞こえてきた。

「ごめん。隠し事するつもりはなかったんだ」

絞り出すような声で、純也さんが言った。

「あなたが謝ることないわ。なんにも、悪いことなんてしてないんだもん。それより、どうして、ひとりでここへきたの？　私が、お荷物になっちゃうから？」

私は、彼の正面に座り、足もとに視線を落として言った。

「そうじゃない。お荷物どころか、夏陽のおかげでどれだけ救われたかわからないよ。君の笑顔をみているだけで、憂鬱《ゆううつ》な気分が明るくなり、潑剌《はつらつ》とした声を聞いているだけで、不安な心が勇気づけられた。だけど、日を追うごとに思い出せないことが多くなって……このままじゃ、君を前にして、とんでもないことをしでかすんじゃないかと思ったんだ。夏陽。僕がいま、一番に恐れていることが、なんだかわかるかい？」

私は顔を上げ、切実な表情で訴える純也さんをみつめた。

「それは、君に、君のことがわからなくなった僕をみられることだよ。現にいま、僕は記憶を失っていた。君がいつここへきたのか、なにを語りかけたのか、まったく覚えていない……」

彼が眉根《まゆね》に苦悶《くもん》の縦皺《たてじわ》を刻み、唇を嚙《か》んだ。

「なぁんだ。純也さん、そんなこと気にしてたの？　私なら、全然平気だよ。そういう病気なんですもの。風邪をひいたときに隠れて咳《せき》をする人なんていないでしょう？　それと同じよ。純也さんも、堂々としていればいいのよ」

私は、ちっとも気に留めていない、というふうを装った。

本当は、いまも、テーブルの下で足がガタガタと震えていた。

「ありがとう。そう思おうとは努力したけど、だめなんだ」

純也さんはいら立たしげに言うと、思い出帳を乱暴に手に取った。

こんな彼をみるのは、初めてのことだった。

「この中に書いてあることは、僕の人生の半分以下のことでしかない。半分以上の出来事を、覚えていないんだ。吉川のお爺《じい》ちゃんと竹馬の話をしていたこと、家の近くで、犬を抱き上げていたこと……そんなことは、一度や二度じゃない。これ、なんだかわかるかい？」

純也さんが、一冊の本を宙に翳《かざ》した。薔薇《ばら》園の表紙が美しい翻訳物の本だった。

「外国の小説でしょう？」

「そう。一昨日《おととい》、気づいたら、この本を膝《ひざ》の上に開いていたんだ。もちろん、買った覚えはない。軽井沢駅まで足を延ばして、本屋という本屋を探した。そして、一軒、一軒に訊《たず》ねて回った。僕は、この本を買いましたか？　ってね。幸いなことに、泥棒にだけはならずに済んだよ」

自嘲《じちょう》気味に、純也さんが笑った。

私は、言葉を模索した。大丈夫だよ、怖がらないで、と声をかけてあげたい。

励ます言葉は、いくらでも用意していた。彼に微笑んでもらえる、自信もあった。

甘かった。絶望に打ちひしがれた彼を目の前にした私には、ただ、見守ることしかできなかった。

　どうすればいいと考えているうちは、どうすることもできないし、できることはなにもないんじゃないのかな。

運転手さんの言ったことが、いまさらながら、よくわかる。

「こうしているいまだって、いつ、君のことがわからなくなるかもしれないと思うと……」

純也さんがうなだれ、膝上で重ね合わせていた掌《てのひら》をきつく握り締めた。

「純也さん……」

彼の背中に、そっと手を置いた。腕を伝う肩の震えが、私の心を震わせた。

「明日、一番の列車で東京に帰って、手塚先生のところに行こう？」

弾《はじ》かれたように顔を上げる純也さん。

「そして、一緒に闘いましょう。私が、あなたのそばにいて守ってあげるから」

私は、なにかを訴えかけるような眼を向けてくる彼に、力強く頷《うなず》いた。

7

柔らかなクリーム色の壁にかかるパウダースノーの白砂の海岸の絵。浅瀬から沖にかけてコバルトブルーの水色がエメラルドグリーンのグラデーションに染まっていた。

ソファもクッションも絨毯《じゅうたん》も、壁と同じクリーム系で統一されているのは、ここを訪れる人々の心を少しでもやわらげる目的なのだろう。

室内にはボサノヴァが低くかかり、ちょっとしたリゾート気分を味わえる。

眼を閉じれば壁にかかった絵の中の海が広がり、BGMに交じる波の音がまどろみの世界へと誘った。

「吾妻さん。吾妻さん？」

物静かに、私の名を呼ぶ声。眼を開けた。

この室内の雰囲気にしっくりと馴染《なじ》む柔和な微笑みを湛《たた》える手塚医師が、いつの間にか私の前に座っていた。

純也さんが検査を受けている間、カウンセリングルームで待つように言われていたのだった。

「どうでした？」

私は、身を乗り出して訊ねた。

半年前に、自転車との接触事故を起こし路上に転倒した際に頭を打ったという話を私から聞かされた手塚医師は、念のため、と前置きをし、脳のCTを撮ったのだった。

「脳のほうには、異常はありませんでしたよ。普通、アルツハイマー病にかかっている患者さんの脳は萎縮《いしゅく》していくものなのですが、星君のCTはきれいなものでした。私も、ほっとしましたよ」

手塚医師の穏やかな笑顔が、私を不安にさせた。

「そうですか。でも、いま食べたばかりのものを忘れたり、私の友人の名前を思い出せなかったり、それに……」

私は、昨日の夜の出来事……北軽井沢の別荘での純也さんの様子を思い出していた。

あのときの彼は、私のいない世界にいる、もうひとりの彼だった。

いまでも、無重力空間を彷徨《さまよ》っているような、純也さんのぽーっとした顔が忘れられなかった。

「昨日の夕食の献立や知り合いの名前を思い出せなかったりという軽い健忘症……まあ、ようするにど忘れのことですが、誰にだってよくあることですよ。吾妻さんも、覚えがありませんか？　感動した映画の内容をお友達に話そうとしたときに、数秒前まで頭にあったタイトルが急に出てこなくなったりとか？　それと、同じですよ」

手塚医師は、私が彼の思い出帳を読んだことを知らない。純也さんが、勝手に心配しているだけだと思っているに違いない。

それも、無理のないことかもしれない。

医者には、守秘義務がある。親でも奥さんでもない私に、真実を隠すのは当然のことだった。

「映画のタイトルや食事の献立を忘れることがあっても、好きな人が胸につけている、自分がプレゼントしたペンダントを忘れたりはしないと思います。私、偶然みてしまったんです。純也さんが、手塚先生にＭＣＩだと告げられた日のことが書いてある思い出帳を……」

その瞬間、手塚医師の笑みが顔から消えた。

「そうですか……」

手塚医師は言葉を切り、静かに眼を閉じた。

そして、小さく息を吐《つ》くとゆっくりと開いた眼で夏陽をみつめた。

「なら、本当のことをお話ししましょう。といっても、星君のＣＴスキャンやＭＲＩの結果に問題がなかったというのは嘘ではありません。ただ、記憶テストの段階で、あまり芳しい結果が出なかったのです」

「記憶テスト？」

「ええ。ＭＣＩか認知症かどうかをふるいわけるＭＭＳＥ検査というものがありまして……まずひとつ目は、時間に関する質問で、本日の月日、今年の年号、曜日、季節の順に質問され、回答していくものです。ふたつ目は、場所に関するもので、県名、市名、現在いる病院の名前、何階にいるか、地方名の順に質問され、回答していきます。三つ目は、物暗記で、たとえば、スイカ、時計、うちわという名前を一秒毎にひとつずつ、こちらが出題し、三個すべて答えられるまで、何回かかるかをチェックします。四つ目は、50—7など、ある数字から7をひく引き算を五回行います。五番目は、『ふじのやま』という言葉を逆唱してもらいます。六番目は、三番目に出した物品名を思い出してもらい、六回まで回答できます。ただし、この質問に正解できない場合は、ヒントが与えられます。最後は、名前当てで、たとえば、鉛筆の絵を見せて、それが何か答えてもらうものです。正解した得点が低いほど、認知障害は、重度ということになります。星君は、たった二ヵ月の間に、七点も下がってしまったのです」

「病状が、進行しているということですか？」

手塚医師が、曇った表情で頷いた。

「ＭＣＩは、確かに進行性です。ただし、健常者と認知症の境界線状態にあり、症状がよくなる例、そのままの状態で推移する、認知症になるという三つのタイプに分かれます。星君のような若い年齢で、認知症の疑いのある例は皆無ですし、ＭＣＩは、数年を経て、どのタイプになるかが、判明していくのです。なので、この症状がどうなっていくのかは、今後の検査結果をみてからです。ただ、アルツハイマー病の例をあげれば、高齢者に比べ、若い方の進行は、はやいので……」

室内が、急に暗くなったような気がした。

覚悟はしていた。でも、面と向かって専門医に診断されると、やはり、ショックは大きかった。

「MCIは、その……アルツハイマー病とは違うんですか？」

言葉の裏に、治る見込みはあるのですか？　という願いを込めて私は訊ねた。

「医師の私がこういうことを言うのもなんですが、本当のところ、そのへんはよくわかっていないのです。MCIをアルツハイマー病の初期症状と言う医師もいれば、まったく無関係だと唱える医師もおります。肯定派の医師の言い分は、MCIと診断された患者の何割かが四年以内にアルツハイマー病にかかるという臨床例を有力説の材料とし、否定派の医師の言い分は、MCIには徘徊癖《はいかいへき》や人格変貌《へんぼう》、そしてせん妄や鬱病《うつ》などの、いわゆる全般的な認知症症状はほとんどみられず、単なる記憶障害として位置づける、というものです。まあ、否定派の説が正しかったとしても、MCIが深刻な病であるという事実に変わりはありませんがね」

手塚医師の言うとおりだった。

たとえアルツハイマー病でなくても、純也さんの中から私が消えてゆく……それだけで、もう、気がどうにかなりそうだった。

「彼は……純也さんは、これから、どうなってしまうんですか？　お薬とか注射で、病気を治すことはできないんですか？」

縋《すが》るような瞳《ひとみ》で、私は訴えた。

彼の慕う人なら、きっと素晴らしい医師であるはず……素晴らしい医師なら、難しい病も治せるはず。

「いまも申しましたように、MCI自体が境界線上にある病気なので、この時点で薬物療法は行いません」

私は思わずソファから腰を上げた。

「吾妻さん、落ち着いて」

手塚医師が、苦笑いを浮かべながらソファに右手を投げた。

私は多分、トマトのように赤く染まっているのだろう顔で俯《うつむ》き、バツが悪そうに腰を戻した。

「純也さんは、全部忘れちゃうんですか？　私のことも……みんなのことも……」

不意に、涙が込み上げてきた。手塚医師がびっくりしたような顔になり、慌ててハンカチを差し出してきた。

「吾妻さん。MCIになったからといって、全員が全員、記憶を失ってしまうとは決まってないのですから」

「じゃあ、昔の純也さんに戻れる可能性はあるんですね？」

私は、借りたハンカチでそっと瞼《まぶた》を押さえながら鼻声で訊《たず》ねた。

手塚医師が、ゆっくりと顎《あご》を引いた。

「それはまだ、現時点ではわかりません。医師がどんなに手を尽くそうとも、症状が進行してしまえば、患者さんを完治させることは極めて難しいのが現状です。星君は、いままで、数多くの患者さんを相手にしてきました。過去に数多くの作業療法士をみてきた私も、彼ほど献身的で優秀な人間は、ちょっと記憶にありません。そこいらの、名前ばかりの臨床心理士よりも、よほど患者さんの気持ちを理解し、適切な対応をしています。ですが、献身的で優秀だからこそ、問題なのです。この世の中で、重病を患った患者さんの中で一番厄介なのは、どんな人だか知ってますか？」

急に話を振られた私は、首を傾げることしかできなかった。

「それは、医療に携わる者です。彼らは、まあ、私も含めてですが、あらゆる病に通じています。職業柄、患者さん達が苦しみながら死んでゆく姿も日常のようにみています。正直、真実を告知できずに、嘘を吐き、無意味な励ましをすることもあります。だからこそ、逆の立場になったときに、ごまかしが利かなくなるのです。星君は医者じゃありませんが、自分のかかった病気を誰よりも知っているという点では同じです。中途半端な慰めは一切通用しません。だから、吾妻さん、あなたにも、病気にたいしての正しい知識をもってもらいたいのです。それこそが、星君の力になる一番の近道です」

手塚医師が、それまでみせたことのないような真剣な眼差《まなざ》しで私をみつめた。

君なら、たやすく奇跡を起こせそうな気がするよ。

北軽井沢の別荘に行くときに話した、運転手さんの言葉が脳裏に蘇《よみがえ》る。

私は、手塚医師の瞳をみつめ返し、力強く頷《うなず》き返した。

「さあ、そろそろ、星君に会いに行きましょう。彼は、いま、検査が終わってリラクゼーションルームで休んでいますから」

手塚医師が立ち上がり、私をドアへと促した。

「休んでいるときに、いいんですか？」

「なぁに。心配することはないよ。君に会うことが、星君にとって一番の安らぎなんだからね」

ふたたび柔和な笑顔が戻った手塚医師をみて、純也さんが心惹《ひ》かれる理由がわかったような気がした。

◇　◇

カウンセリングルームと同じクリーム色のインテリアで統一されているこの部屋は、とても大きな窓が印象的だった。

壁にはやはりどこか南国の海の絵が飾ってあり、BGMは、ボサノヴァではなくオルゴールミュージックが低く流れていた。

「先生。患者さん達は、どんな気持ちでこの窓の外を眺めていたんでしょうね？」

窓際のリクライニングチェアに座る純也さんが、背中を向けたまま問いかけてきた。

ドアの開く音に、手塚医師がひとりで入ってきたと思ったに違いなかった。

「心配しないで。すぐに、よくなりますよ」

私の声に、彼が少しだけ驚いたような顔で振り返った。

「あなたは、そうやって患者さんを元気づけていたんでしょう？」

「夏陽……」

彼の眼の下には憔悴《しょうすい》が色濃く貼りついていた。

「ねえ、お腹空《す》かない？」

「え……？」

私は、唐突に話題を変えた。

どんなに心地好《よ》い空間が演出された部屋でも、いまの純也さんには、この病院内は相応《ふさわ》しい場所ではなかった。

「ほら、軽井沢を発つ前に朝食べたきりだから、もう、お腹ぺこぺこで」

私は、お腹をへこませながら言った。

朝食を食べたきりだというのは本当のこと。でも、お腹が減っているというのは嘘。

手塚医師に本格的な検査を受けに行くということで、今日は朝から、食事どころではなかった。

「そうだね。じゃあ、なにか、おいしいものでも食べに行こうか？」

彼が、精一杯の微笑みを作り、ゆっくりと椅子から立ち上がった。

食事どころでないのは、彼も同じはず。なのに、こんなときにまで私を気遣ってくれる純也さんの優しさに心が軋《きし》んだ。

「うん」

私は、彼に駆け寄り手を引くと、何事もなかったように部屋を出た。

そう、何事もなかったのだから……。

◇　◇

食事刻《どき》で込み合ってきた店内の喧騒《けんそう》も、耳には入らなかった。

私の意識は、目の前の純也さんにだけ注がれていた。

ゆったりと椅子の背凭《せもた》れに身を預け、穏やかな眼差しでメニューを眺める彼は、出会った頃の彼となにも変わらないようにみえた。

けれど、純也さんの中では、もうひとりの純也さんの存在が大きくなっている。

いま、こうしている間にも、確実に、刻々と……。

「僕は、五目チャーハンでいいよ」

「それだけ？　春巻とか餃子《ギョーザ》とかはいいの？」

春巻と餃子は彼の大好物。中華屋に入った彼は、決まってそれらを注文した。

「検査で疲れたのかな。あんまり、お腹が減ってないんだ。それより、夏陽は？」

「私も、同じでいいわ」

純也さんが頷き、ウエイターを呼んだ。

腕を上げる仕草ひとつを、注文を告げる言葉ひとつを、私は息を呑《の》んで見守り、耳を傾けた。

自分がなにをしようとしていたかを忘れはしないか、急に、全然違うことを言い出しはしないか、気が気ではなかった。

彼はそういう病にかかっているのだから、もしそうなっても、私は構わなかった。

でも、純也さんが少しでも好奇の眼でみられたり、怪訝《けげん》そうな顔をされるのは、我慢ならない。

そんな眼でみたり顔をする人がいたら、私が、絶対に許さない。

「どうしたの？　そんな心配そうな顔をして？」

注文を終えた純也さんが、訊ねてくる。

「え……そう？」

私は慌てて笑顔を繕って首を傾げてみせる。

「うん。初めてひとりでお遣いに行く幼子を見守る母親のようだよ」

彼が、冗談めかした口調で言った。

「やだ、そんな年じゃありません」

私も冗談めかして言ったつもりだったけれど、頰と声が強張《こわば》っていた。

「しかし、不思議だよね」

純也さんが独り言のように呟《つぶや》き、手もとの紙ナプキンでなにかを折り始めた。

器用に動く指先が、あっという間に折り鶴を完成させた。

「ほら。小さい頃、母さんが教えてくれてね。こんなどうでもいいことは、いつまで経っても、忘れないんだよな」

純也さんが折り鶴を掲げ、寂しげに笑った。

「どうでもいいことだなんて、思わないわ。素敵なことじゃない。それだけ記憶力がいいんだから、病気なんてすぐに追っ払えるわ」

「前に言った、手続き記憶の話、覚えている？」

「手続き記憶？」

私は鸚鵡《おうむ》返しに訊ねながら、お茶を純也さんの湯呑みに注いだ。

「そう。自転車の乗りかたや、ネクタイの結びかた……躰《からだ》で覚えたことは、記憶の中でも失われにくいものだって」

私には、彼のいわんとしていることがわかった。

「この折り鶴も、同じさ。たとえ千羽折れたところで、問題はなにも解決しない……」

テーブルに舞い落ちた折り鶴に、虚《うつ》ろな視線を投げる彼。

「そんなの、純也さんらしくないわ。患者さんに接していたときのあなたは、どこへ行ってしまったの？」

彼にとってそのひと言がどれだけきつい言葉なのかは、わかっているつもりだった。けれど、病魔と闘うためには、純也さんと力を合わせる必要があった。

「そうだね。口先男にならないよう、頑張らなければね」

純也さんが破顔するのを合図のように、料理が運ばれてくる。

「そういえば、彼女……元気にしてるかな？　ほら、なんていうコだったかな……」

束《つか》の間の沈黙に、私達の周囲の空気だけが張り詰めた。

「ハルちゃん……そう、ハルちゃんだ。彼女とは、もう、ずいぶんと会ってないよね？」

恐る恐る確認するように、純也さんが訊《たず》ねてきた。

彼とハルちゃんは、二ヵ月前に、直也さんが渋谷にオープンしたインターネットカフェで会ったのが最後だった。

「そうね。彼女、いま、店を任されているから、いろいろ忙しいのよ。私のことも、ちっとも相手にしてくれないんだから」

ハルちゃんは先月、勤め先のペットショップでチーフに昇格した。

三年間、チーフを務めていた女性が結婚して店を辞めることになり、彼女に白羽の矢が立ったというわけだ。

純也さんに言ったように、私自身、ハルちゃんとはもう一ヵ月近く会っていない。もともとトリマーというのは労働条件が過酷で有名な職種であり、従業員の面倒もみなければならなくなった彼女は、日付が変わる時間まで店にいることも珍しくはない。

「また、直也も含めてみんなで会えるといいね」

純也さんがチャーハンを口に運びながら、さりげなく言った。

その軽い口調が、私にはとてつもなく重いものに感じられた。

「会えるわよ。いつでも。早速、今週、みんなでどこかに集まろうか？」

思わず、力んでしまったことを、私はすぐに後悔した。

「いや、いいよ。直也も仕事が忙し過ぎちゃって、いま、ヒーヒー言っているところだから」

苦笑いを浮かべる純也さんに、羞恥《しゅうち》に頬が熱くなる。

「直也さんが？」

「うん。まあ、あいつのことだから、うまく乗り切るだろうけどね」

「直也さんは、まだ、病気のことを？」

純也さんの、口もとに運びかけたレンゲを持つ手が止まった。

「いずれ、話そうと思ってる」

そして、絞り出すような声で言った。

「大丈夫かな、直也さん」

「もう、薄々、感づいているんじゃないのかな。直也の前でも、知り合いの名前が出てこなかったり、なにを話していたのかわからなくなったりしたことは、一度や二度じゃないから」

「でも、純也さんがいなくなったとき、智子さんと私と、三人でいろいろと心当たりを話したんだけど、直也さんが、そのことに気づいていている感じはしなかったわ」

スープをレンゲでひと口啜《すす》った。チャーハンには、まだ、手をつけていなかった。

直也さんの話をしていても、純也さんの様子が気になった。

私の中で、あの、北軽井沢で眼にした抜け殻状態の彼の姿が脳裏に刻まれ、トラウマのようになっていた。

「喜怒哀楽が激しくみえるけど、案外、肝心なことは顔に出さない奴だった。一緒にポーカーなんかやってても、たいてい、勝つのは直也のほうだったよ。仮に、いままでは気づいてなかったにしても、今回の失踪《しっそう》事件で疑ったんじゃないのかな」

でも……と彼は続けた。

「それでも、いいと思う。ずっと、隠し続けていくわけにはいかないんだし……」

「智子さんには？」

私は、さりげないふうを装って訊ねた。

「智ちゃんか……頭が痛いな。彼女は、僕と同じで患者さんと接しているだけに、直也よりも隠し通すのが難しいかもしれない」

私ね、ここ一、二ヵ月間の彼をみてて、ある疑いを持ったの。その疑いが、もし、当たっているのなら……。

純也さんが危惧《きぐ》しているとおり、智子さんは彼がＭＣＩではないかと疑っている。疑っているだけではなく、とても心配している。

作業療法士として、同僚として、そして、ひとりの女性として……。

「でも、バレるまでは、言わないつもりだ。僕の病気のことを知ったなら、彼女に気を遣わせてしまうからね。同情されながら働くのはごめんだ」

暗く翳《かげ》った顔で言う純也さんに、私はかける言葉を思索した。

こんなとき、智子さんなら、どうやって、彼を力づけるのだろう？

「明日から、また、手塚先生の検査を受けるよね？」

「うん。気は進まないけど、先生にも、あまり心配をかけられないから」

「私も、一緒についてってもいいでしょう？」

「え……でも、仕事があるだろう？」

「いいの。二、三時間くらいなら、ハリーさんにだって店番くらいできるから」

「そうやって、君に迷惑をかけたくは……」

「迷惑なんかじゃないっ」

ついつい、大声を出してしまった。周囲の客の何人かが訝《いぶか》しげな視線を投げてきたけれど、構わなかった。

「迷惑なわけ、ないじゃない。もちろん、同情でもないわ。私ね、あなたとともに闘うって決めたの。正直、怖いし、不安だわ。でも、純也さんは私なんかよりもっと怖くて不安なんだって、そう思って……」

声が、胸の震えに呑《の》み込まれた。レンゲが、器の縁に当たってカチャカチャと音を鳴らした。

「夏陽……ごめん。わかったよ。僕と一緒に、闘ってくれ。じつを言うと、心細かったんだ。夏陽がそばにいてくれれば、鬼に金棒だよ。さあ、そうと決まれば、急に食欲がわいてきたよ。春巻と餃子《ギョーザ》も、頼んじゃおうかな」

ようやく、本来の「彼」らしさを取り戻した純也さんをみて、私の胸は弾んだ。

「ウエイターさん！」

私は、大好きな先生に指名された生徒のように、勢いよく右手を上げた。

◇　◇

横浜の中華街で遅い昼食を摂《と》って自由が丘に戻ってきたときには、あたりは薄闇に包まれていた。

でも、家路に就く住宅街を腕を取り合って歩くには、それは歓迎すべき現象だった。

衣服越しに肌を刺してくる薄ら寒い風から、純也さんの温《ぬく》もりが守ってくれた。

夜の澄んだ空気に光を滲《にじ》ませる星々が、ふたりが道を見失わないようにしてくれている……そんな気がした。

「軽井沢の星と東京でみる星と、夏陽はどっちが好き？」

不意に、天を仰いでいた純也さんが私に顔を向けて訊ねた。

「そうねえ。それぞれに違うよさがあって、迷っちゃうな。純也さんは？」

「軽井沢の満天の星もいいけど、僕は、東京の頼りない光を放つ星のほうが好きかな」

「へぇ、どうして?」

私は、少しだけ歩調を落とした。

あと、三、四十メートルも歩けば、家に到着してしまう。

この夜だけ、ふたりとも方向音痴になって道に迷うか、幻のようにマンションが消えてくれたならいいのに……いつまでも、ふたりだけのこの時間が続けばいいのに、と願った。

「大草原、高山植物、鳥の囀《さえず》りに樹々の匂い……軽井沢には、星がなくても人々の心を癒《いや》せるものがたくさんあるだろう? でも、東京に住む人達が自然に触れる機会は滅多にない。だから、たとえ弱々しい光であっても、星を眼にしたときの安らぎは、大自然のそれに匹敵すると思うんだ。ウチの患者さん達の心の状態は、東京のくすんだ空に似ている。僕は、彼らに星をみせてあげたいんだ。そして、教えたい。スモッグ塗《まみ》れの空にも、眼を凝らせばちゃんと星がみえるんだってね」

「純也さん……」

私は歩を止め、彼を見上げた。

その哀しいまでに優しく、寛大な心に胸が詰まった。

「僕が病気と闘って、打ち負かすことが、患者さんのなによりの励みになると思うんだ。こういう気持ちになれたのも、夏陽のおかげだよ。また、君は、僕に闘う勇気を与えてくれたね」

自分の言葉に、瞬間、彼が戸惑いの表情をみせた。

私は、疑問符を宿した眼で純也さんに問いかけた。

「さ、着いたよ。僕は、ここで失礼するね。明日、十時から手塚先生のところで検査だから、九時頃迎えにくるね。じゃ、今日はありがとう」

彼は一方的に告げると、逃げるように踵《きびす》を返した。

「また、勇気を与えてくれた……？」

私は、闇の中へ消えゆく純也さんの後ろ姿を見送りながら、呟《つぶや》いた。

8

「桜、猿……」

猿、と言ったきり、カウンセリングルームに重苦しい空気が流れた。

秒針が、冷たい音を立てながら無情に時間《とき》を刻んでゆく。

私は、眉間《みけん》に深い皺《しわ》を刻みきつく眼を閉じる純也さんの唇を、祈るようにみつめた。

サンダル、サーフィン、刺身、サツマイモ、サイレン、砂糖、サメ、サラダ、さくらんぼ……彼に伝わるように、念を送った。

スラスラと「さ」で始まる言葉が頭の中に浮かぶ自分が、腹立たしかった。

「はい。三十秒経ったよ」

ストップウォッチを止めた手塚先生の声に、彼が肩を落とした。

「星君。なにも気にすることはないんだよ。誰にでも苦手な文字というのがあって、通常時でも二、三語しか言えないのは珍しくないからね」

先生が、励ますように言った。

いまやっていたのは、ある文字から始まる言葉を、三十秒間にいくつ言えるか、というタスクだった。

たしかに、苦手な文字というのは存在し、因《ちな》みに私は、「と」が一番苦労したけれど、それでも、五つは頭に浮かんだ。

「あいうえおも、かきくけこもやりましたけど、最高で僕が答えられたのは『あ』の四つでした。どんなに考えても、七つなんて思い浮かびません」

みている私までつらくなるような苦しげな声で言うと、純也さんはうなだれた。

先生と彼のマンツーマンのセラピーが始まって今日で五回目……本格的な検査を受けたときには十月だったカレンダーは十一月になっていた。

PETやSPECTという画像診断などの検査から、純也さんが認知症だと正式に宣告されてからの一ヵ月、普段通りに食事をし、映画を観て、互いの家を行き来した。

彼は彼らしくほんわかと優しく、私は私で底抜けに明るかった。

いままでと変わらない日常生活を過ごすように、というのが、先生からのアドバイスだった。

もっとも、そんなアドバイスがなくても、私達に変わりようはなかった。

私は太陽の眩《まぶ》しさで彼を照らし、彼は大地の寛容さで私を受け止める。

ふたりの関係が、ちっぽけな病魔の力によってどうなるはずもない。

ただ、ふたりの関係に変化がなくても、彼自身には明らかに変化があった。

たとえば、五分前に私と話していた内容を忘れ、同じ質問を繰り返したり、同じ言葉で驚いたり、ということが頻繁にみられるようになった。

次に、彼の部屋に行ったときに気づいたのだけれど、書棚には同じタイトルの本が何冊もあり、冷蔵庫には食べ切れないほどの卵が詰め込まれ、沓《くつ》脱ぎ場には真新しい同じデザインのスニーカーが三足も並べられていた。


自分で買ったことを忘れてしまって、こういう無駄をしてしまうんだよね。


頭の中に蘇《よみがえ》る純也さんの苦笑いに、私の胸はしくしくと痛んだ。

先月、彼は直也さんにカミングアウトしたと言っていた。

薄々感づいていたという弟に、混乱している様子はなかったらしい。


いつ、俺に泣きついてくるか待ってた、なんて直也に言われたよ。あいつ、やっぱり知ってて黙ってたんだ。人が悪いよな。


そう言いながらも、純也さんの顔からは、重大な秘密を打ち明けることができたという安堵《あんど》感が感じられた。

「今日で、まだ五回目だ。焦らずにいこうじゃないか」

先生の声に、私は現実に引き戻された。

つらく、哀しい現実に……。

「そうよ、純也さん。ハルちゃんにも、あいうえおで全部試したんだけど、七つなんて、ひとつもできなかったわよ」

そんなの当然よ、というふうな顔を彼に向ける。あっけらかんと……そして、淡々とした口調で。

私の数少ない取り柄のうちのひとつは、嘘が吐《つ》けないことだった。

仮に吐こうとしても、すぐに顔や態度に出てしまう。

けれど、いまは違う。

彼が病に冒されていると知ってからの私の感情と表情を繋《つな》ぐ道には、「遮断機」ができた。

どんなに苦しくても、彼の前では平然としていられる術《すべ》を覚えた。

それが偽りであっても、彼を救うためなら、底抜けに明るい笑顔の自分でいられた。

いつの間にか、上手に嘘とつき合える人間になっていた。

少しだけ、大人になれたのだろうか？　だとしたら、それは、ずるくなったということ？

私にはわからない。でも、本当に愛する人を守るためなら、周りから軽蔑《けいべつ》される人間になっても構わなかった。

「へぇ、そうなんだ。彼女なら、十や二十、楽々と答えられそうだけどね」

純也さんの口もとが綻《ほころ》ぶのをみて、私はほっと安堵する。それと同時に、ミシミシと心が軋《きし》んだ。

彼がそう感じたように、ハルちゃんは記憶力抜群で口もよく回る。

さすがに二十は無理だったけれど、「あ」から「お」まですべて十以上答えていた。

「そんなものよ。だから、頑張ろう？　ね？」

純也さんが笑顔で頷《うなず》いた。

私にできることと言えば、励まし、勇気づけることだけ。

それで少しでも彼の気持ちが楽になるのなら、私の元気をすべてあげてもいい。

「では、仕切り直しといこうか？」

私達のやり取りに黙って耳を傾けていた先生が自然な流れで促し、空、飴《あめ》、水、リス、傘、塩、指輪の七つの単語を口にした。

たしか、このタスクは、三分後にいくつ単語を言えるかというものだった。

三度目で五語以下しか覚えていなかった場合、問題があるらしい。

三分の間、先生は隣の家のちょっと変わった猫の話をした。

その猫は雨が好きで、陽が陰るとどこからか現れ、軒下でお座りをし、じっと空をみつめているという。

反対に、ぽかぽか日和になると決して外には出ようとせず、だから先生は、青空が広がっているときに猫の姿をみたことがないらしい。

「さあ、そろそろ時間だな。星君。さっきの単語を言ってみてくれないか？」

風変わりな猫の話を聞いている間中、眼を閉じて七つの単語をぶつぶつと復唱していた純也さんが先生をまっすぐに見据えた。

「空……空、それから……」

言葉を切り、ふたたび眼を閉じた彼は、うわ言のように、それから、を繰り返した。

私はその間、心の中で、空、飴、リス、傘、指輪の五つを答えていた。

「まだ、一回目だからね。ベイビーステップ。小さな一歩から行こう。では、もう一度言うから。空、飴、水、リス、傘、塩、指輪」

あくまでも患者の気持ちを最優先に考え、決してプレッシャーをかけない先生の姿に、素直に感動していた。

彼は、どんな思いで尊敬する医師のセラピーを受けているのだろうか。

本当は、自分が与えようとしていた優しさに包まれた気持ちは……。

もしかしたなら、純也さんにとって、敬愛すべき人が主治医になるというのは……変わり果ててゆく自分をみられるというのは、残酷なことなのかもしれない。

「以前は曇り空をみただけで気分が沈んでいたけど、いつの間にか、雨の日が愉《たの》しくなってね。あ、またいるなって具合に、その家の軒先を覗《のぞ》くのが出勤時の習慣みたいになってしまって」

どうやら、先生はさっきの猫の話の続きをしているようだった。

適当な話をしているのではなく、三分間のインタバルに少しでも純也さんの気をほぐそうと、ほのぼのとしたエピソードを選んでいるのがわかる。

「おっと、話をしていると、三分っていうのは意外とはやいもんだね。さあ、星君」

先生に促された純也さんが、緊張した面持ちで顔を上げた。それは、私も同じだった。

「リス……指輪……えっと……リスと指輪と……」

ほら、さっき覚えていた空があるじゃない。

私は、もどかしげに指先で膝《ひざ》を叩《たた》く彼に、心の声で訴えかけた。

思わず、空、と唇を動かしそうになる。

「リスと……リスと、なんだったかな……あ、せっかくふたつ覚えていたのに、焦って忘れちゃったよ。ちっくしょう、もったいないな」

純也さんは掌《てのひら》で頭を叩いておどけてみせていたけれど、その顔は強張《こわば》り、蒼白《そうはく》になっていた。

「今日は、このへんにしておこう……」

「続けてくださいっ」

いきなりの彼の大声に、先生がびっくりしたように眼を見開いた。

「まだ、三回目が残っているじゃないですか。お願いします」

「わかった。続けようじゃないか」

深々と頭を下げる彼に頷き、先生は、七つの単語を繰り返し、みたびのインタバルに、雨が降ると決まって姿をみせる猫ちゃんの話を始めた。

「一度、台風が接近する大雨の朝、さすがに今日はいないだろうとなにげなくその家の軒先を覗いたところ、横殴りの雨に被毛《ぬ》を濡らした猫がいつもと同じようにお座りをして、空を見上げていたんだよ。もう、私はびっくりしてね。その日ばかりは微笑ましい気分になるというより、飼い主はなにをやってるんだろうという不信感が先に立って、気づいたときには、インタホンを押していたよ。とても、心理学の専門医の行動とは思えないだろう?」

言って、先生は苦笑いを浮かべた。

「で、その家に乗り込んだ先生は、猫ちゃんの飼い主さんになにを言ったんですか?」

私は、悪戯《いたずら》っぽい口調で訊《たず》ねた。

いのと同じ。

話の続きが気になったこともあるけれど、場の空気を少しでも和らげたかった。受験のときだってなにかのスピーチのときだって、焦ったり緊張したりするとうまくいかないのと同じ。

インタバルの間、私と先生がまったく関係のない話をしていたほうが、純也さんがプレッシャーを感じないと思ったのだ。

「うん。こんな雨風の日に外に出してたら危ないですよ、って。飼い主は、私にこう言った。部屋に閉じ込めていると、外に出して、外に出して、って顔でずっとみつめてくるから、だとさ。私は、呆《あき》れて物が……あ、時間だ」

先生が言葉を切り、純也さんに向かって小さく顎《あご》を引いた。

「水、塩……」

また、ふたつ目で彼の唇の動きが止まった。

私は、あるひとつのことに気づいた。

三回とも、純也さんはすべて違う単語を口にしていた。

まるで、一度声に出した言葉は永遠に削除されるとでもいうように……。

記憶の構造と、なにか関係があるのだろうか?

「なぜだろう。時間が経つと、覚えたことが雪のように溶けてゆくんだ」

壁にかけられたパウダースノーの砂浜の絵に虚《うつ》ろな瞳《ひとみ》を向け、力なく、独り言のように呟《つぶや》く彼をみて、私は呼吸ができなくなった。

苦しんでいる、というのとは違う。嘆いている、というのとも違う。

幼子のような素朴な疑問。そして、自分ではどうしようもない無力感。

だからこそ、いまの純也さんの呟きは、どんな苦悶《くもん》の叫びよりも胸に深く、哀切に響いた。

彼の横顔が霞《かす》んだ。先生の眼も、微《かす》かに潤んでいるようだった。

「星君。何度も言うが、焦ることなんて……」

「先生。その猫は、どうして雨が好きなんでしょうね」

絵に顔を向けたまま、不意に、純也さんが訊ねた。

インタバルのときの先生の話は耳に入っていないと思っていたのに……。

「さあ、そこまでは聞いてないからなんとも言えないな。まあ、訊ねたところで、飼い主にも理由なんてわからないんだろうけど」

「僕は、こう思うんです。その猫には、雨の日に起こった出来事で、なにか忘れられないことがあるんじゃないかって」

「忘れられない出来事？」

先生が、興味深そうに身を乗り出した。

「そう。僕にもあります。幼い頃の思い出で、どうしても忘れられない出来事が。そのことだけは、僕の記憶がなくなっても、絶対に覚えているような気がするんです」

純也さんが、壁の絵から私に視線を移した。彼の奥深く揺れる瞳に、急に、鼓動が高鳴った。

「雨の日に起こった忘れられない出来事か……なるほど、興味深い話だね。で、星君。君の、記憶を失っても忘れられないだろうという出来事がなにか、教えてもらえないか？　もしかしたなら、セラピーに役立つことかもしれない」

私も聞きたかった。彼の心を、それほどまでに摑《つか》んで離さないという幼き日の出来事を……。

「それは……秘密です」

茶目っ気たっぷりに、純也さんが白い歯をみせたときだった。

ノックの音がし、扉が開いた。

「なんだ、どうしたんだ？」

私と彼は、ほとんど同時に後ろを振り返った。

ドア口に、顔を強張らせて立ち尽くす智子さんをみて、私は息を吞《の》んだ。

「先生達こそ、どうしたんですか？　看護師さんに訊《き》いたら、いま、セラピー中だと言われたんです。もしかして、星君が患者さんなんですか？」

彼女の口調は、表情同様に硬かった。

「なにを言ってるんだね、君は。そんなこと、あるわけないじゃないか」

先生が、声を上げて笑った。

隣でみている私も、思わず信じてしまいそうな演技だった。

先生もまた、大切な人を守るのに必死なのだ。

「じゃあ、なぜ、星君がここにいるんです？　それに……夏陽ちゃんまで」

それでも智子さんは、まだ、釈然としない様子だった。

「ああ。たまたま、ふたりがこの近くに用事があったらしくて、挨拶《あいさつ》にきてくれたんだよ。セラピーの患者さんは、都合が悪くなったらしくて直前にキャンセルが入ってね」

いい嘘と悪い嘘。もし、そのふたつの種類があるのならば、先生が口にする偽りは、もちろん前者だと思う。

事実を受け止めることのできない患者さんにたいして、聖なるまやかしを言うように……。

微笑みを湛《たた》えた顔を向けてくる先生に、私は小さく首を縦に振った。合わせるように、純也さんも慌てて頷《うなず》いた。

「そうですか。私の思い違いでした。すみません」

意外なほど、あっさりと引き下がった智子さんは私達三人に頭を下げてカウンセリングルームをあとにした。

「ひやひやしました。先生がいなければ、バレているところでしたね」

私は、胸に手を当てて言った。

「もう、彼女は見抜いているよ」

「え……」

「私の嘘を見抜いたからこそ、素直に出て行ったのさ。でなければ、もっと執拗《しつよう》に質問してきたはずだ。智子君は、まっすぐっていうか、物事をうやむやにできない性分でね。彼女は頭のいいコだ。一瞬にして私達の立場……いや、星君の心境を察したから、素直に引き下がったんだよ」

純也さんの心境。やはり、智子さんは彼のことを……。

だとしたら、先生も、そのことを知っているのだろうか？

この大事なときに、そんなことを思い煩っている自分を激しく叱責《しっせき》した。

「一度、きちんと話したほうがいいのかもしれないね。彼女なら、ほかのスタッフに漏らすようなことはしないだろうし、君の力になれると思う」

先生のなにげないひと言が、いけない、いけないとわかっているけれど、私の心を鷲《わし》摑みにする。

「でも、彼女には、余計な心配をかけたくはありませんし……」

「先生の言うとおりだと思う。いまの状態なら、智子さんはよけいに心配するわ。彼女に、真実を教えてあげて」

真実を知れば、智子さんは誠心誠意、彼に尽くし、手助けしようとするに違いない。

私なんかよりもずっと、豊富な知識で……的を射た励ましで。

正直に言うと、複雑な気分はある。でも、純也さんにとってそれがプラスになることなら、ちっぽけなやきもちくらい我慢できる。

「うん。たしかに……」

そこまで言って、彼は急に口を噤《つぐ》んだ。

その瞬間、彼の躰《からだ》から、ふっと力が抜けたような気がした。

先生の表情が、微かに硬く強張った。

私も息を止め、純也さんの横顔をみつめた。

一分、二分、三分……沈黙が続いた。

彼に声をかけようとする私に、先生が小さく首を横に振った。

純也さんは、リクライニングチェアに深く背を預け、両足を子供がそうするように投げ出し気味にして、ぼんやりとした視線を宙に漂わせていた。

さらに数分が経ち、背凭《せもた》れから身を起こした彼が不思議そうな顔で私と先生を見渡した。

「ふたりとも、どうしたんですか？　はやく、セラピーを始めましょうよ」

「ちょっと、おトイレに行ってきます」

私は、「一時間ぶんの自分」がどこかに消えてしまったことにも気づかずに笑顔でセラピーの開始を催促する純也さんをみていられず、席を立つとドアへ向かった。

「そうだね。じゃあ、まず、七つの単語のテストから始めようか」

先生の声を背中に聞きながら外に出た私は、後ろ手で閉めたドアに寄り掛かり、霞む天井を見上げた。

第四章

1

「ちょっと、いまの待って。やっぱり、飛車をこっちに持ってくるわ」

「あ、またかい？　智ちゃん、これで三度目だよ」

「気にしない、気にしない。仏の顔も三度までって言うでしょ」

ほどよくエアコンの暖気が行き渡ったリビングに、純也さんと智子さんの愉《たの》しげな声が響き渡る。

私は、リビングに隣接するダイニングキッチンの椅子に座り、テーブルで将棋盤を挟んで向かい合うふたりから視線を窓の外に移した。

葉を落とした寂しげな梢《こずえ》。グレイの絵の具を水で薄めたような曇り空。室内外の温度差で窓に付着する水滴。

視線の先は、もうすっかりと冬景色だった。

「ほら、王手だ」

十二月も半ばに入り、クリスマスの足音がそこまで聞こえていた。

子供の頃から毎年、この時期になると浮き浮きとしていたけれど、それも、純也さんと初めて過ごすクリスマスだというのに、今年だけは心が晴れなかった。

そう、ちょうど、窓の外の曇り空のように……。

もちろん、そのうちの理由の一番は、彼の病気だった。

最近の私は、朝起きるのがとても怖い。そして、電話を彼にかけ、夏陽、という声を聞くまでは安心できなかった。

もしもし、のあと、無言になられたらどうしようと思うと、不安で不安でたまらなかった。

心が晴れないのは、彼の病気のせいばかりではなかった。

私は、窓の外から視線を二局目のために駒を並べるふたりに戻した。

「浮かない顔してどうした？　もしかして、妬《や》いてんのか？」

ホットレモネードのマグカップを運んできた直也さんが私の隣に座り、耳もとで囁《ささや》いた。

「馬鹿。そんなわけないでしょう？」

私は、弾《はじ》かれたように直也さんに顔を向け、睨《にら》みつけた。

そんなわけ……あった。

いまの私は、仲睦《むつ》まじく将棋を指すふたりを、愉しそうに談笑する家族を遠巻きにみる犬の気持ちで眺めていた。

今日は日曜日。純也さんの家に遊びに行く約束をしていた私が着いたときに、既に智子さんはいた。

彼が呼んでいたわけではなく、彼女はホームヘルプサービスで訪れていたのだ。

ホームヘルプサービスとは、「思い出一一〇番」のスタッフの人が患者さんの家を訪れ、リハビリの手助けや身の回りの世話を行うことをいう。

そう、智子さんはボランティアとしてここにいるのだった。

純也さんに病気のことを告げられたときの彼女は、息を止め、声を失っていたけれど、すぐに落ち着きを取り戻し、笑顔で彼に言った。


私のリハビリが厳しいの知っているよね？　音を上げないでよ。


智子さんは、彼の病気に薄々感づいていたときから、覚悟していたんだと思う。

自分がこれまで培ってきた経験と知識のすべてを注いで、彼を救うことを。

将棋やチェスは、記憶減退の進行を遅らせるためのリハビリの大切な一環らしい。

わかっていた。いまの彼には、一分、一秒が、私達のそれとは重みが違うということが……

呑気《のんき》に無駄話などしている暇などないということが。

でも、こうして目の前で、私にできないことで純也さんを導く智子さんをみているのは、とても、つらかった。

「終わったら、次、夏陽ちゃんもやればいいじゃん」

直也さんが、将棋盤を指差して言った。

「ううん。私はいいよ」

「なんで？　将棋ぐらい、できるんだろう？」

私は小さく頷《うなず》いた。

できる、というほどではないけれど、おじさん趣味のハルちゃんに教えてもらって、ルールくらいは知っていた。

だけど、そういう問題ではなかった。

彼女は、純也さんが動かす駒のひとつひとつを覚えていて、ときおり間違った動きをすればそれをやんわりと指摘していた。

「あれ。その飛車、いつの間に動かしたの!?」

智子さんが、素頓狂《すっとんきょう》な声を上げた。

「え？　ああ、これは、二手前に君が金を下げたときだよ」

彼女が知りたいのは、純也さんが飛車をいつ動かしたとかではなく、飛車を動かしたことを覚えているかどうか……智子さんの意識は、将棋の勝ち負けよりも彼の記憶に向いている。

いつも患者さんの将棋の相手をしているだろう彼女と違って、私には、そんな器用なまねはできないし、知識もない。

彼もまた、いつもは自分がやっていることなので、当然、智子さんの意図はわかっている。

仕事を通じて築かれた信頼関係で結ばれているふたりの間に、私が入り込む余地はどこにもなかった。

「でも、自分の駒をどう動かすかが精一杯で……言いたいこと、わかるでしょう？」

「まあ、たしかに夏陽ちゃんが相手じゃ、いきなり王で王を取っちゃったりして、兄貴のほうがリハビリどころじゃないけどな」

「失礼ね。だいたいね、あなたは……なによ？」

ニヤニヤする直也さんに、私はムキになった口調で訊《たず》ねた。

「いや、やっと、夏陽ちゃんらしくなったと思ってね」

そのひと言で、直也さんが私を元気づけようとしていたのだということがわかった。

「ほら、今度こそ詰みだ」

「あー悔しい。もう、星君、ちょっとは手加減してよね」

智子さんが、将棋盤の駒をごちゃまぜにした。

もし、知らない人がこの部屋にいて、誰と誰がカップルかと訊ねられたら、間違いなく純也さんと彼女を指差すに違いない。

「お、また暗い顔モードになってるぞ。夏陽ちゃん。気分転換に、外の冷たい空気でも吸いに行くか？」

「え……でも……」

「もしかして、ふたりを残して行くの心配してるのか？」

悪戯《いたずら》っぽい顔で、直也さんが顔を覗《のぞ》き込んでくる。

「そんなこと、あるわけないでしょ」

またまた、ムキになる私。いつも思うことだけど、彼が純也さんと同じDNAを持っているとは思えない。

「それとも、俺の魅力にグラッとくるのを警戒してるとか？」

「もっとありえない」

私は、大袈裟《おおげさ》なため息を吐《つ》いてみせながら言った。

「じゃあ、問題なし……」

「夏陽。散歩がてら、ひさしぶりに『ブローニュ』にでも行こうか」

直也さんの声に、純也さんの声がオーバーラップする。

「うん！　あ……」

待ちくたびれた犬が飼い主にリードを翳《かざ》されたときのように勢いよく立ち上がった私は、首を横に巡らせた。

「なんだ。ずいぶん、俺のときとはリアクションが違うな」

直也さんが、呆《あき》れたように言った。

「えへへ……ごめん」

「どうしたの？」

ダイニングキッチンに現れた純也さんが、私と直也さんの顔を交互に見渡しながら言った。

「ひとりぼっちで寂しくて、兄貴から声をかけられるのをキリンみたいに首を長くして待ってたってよ」

「誰も、そんなこと言ってないでしょ、もう」

私は耳朶《みみたぶ》まで赤く染め、直也さんの腕を肘《ひじ》で小突いた。

「あ、ごめんね。つい、将棋に夢中になっちゃって」

「ううん、いいの、いいの。直也さんの言うことなんて、気にしないで」

「ひってぇなあ、その言いかた」

直也さんが、拗《す》ねたような眼を向けてくる。

「その、ひっどいことを、人にはいつも言ってるくせに」

「まあまあ、ふたりとも、そのへんにして。とにかく、行こうか」

「ちょっと、待って」

純也さんに促され、玄関に向かいかけたときだった。

智子さんがポーチを手に、慌てて駆け寄ってくる。

「なにかあったら困るから、私も行くわ」

「智ちゃん、大丈夫だよ。小学生じゃないんだから」

苦笑いを浮かべる純也さん。

「なに言ってるの。突然、どこにいるかわからなくなったら、どうするのよ」

「あの……私が、います」

私は、俯《うつむ》きがちに蚊の鳴くような声で言った。

口の中がからからに渇き、膝《ひざ》が震えていた。

「え？」

智子さんが首を傾げた。

「私がいるから、大丈夫です」

今度は顔を上げ、彼女の瞳《ひとみ》をまっすぐにみつめ、力強い声で言った。

「ああ……気を悪くしたならごめんなさい。そういう意味じゃないの。あなたがどうのこうのじゃなくて、純也さんに何かあったら対処できないと思って。私はいつも患者さんと接しているし……」

「患者さんのことは智子さんにはかなわないですけど、純也さんについては、私のほうがたくさん知ってます」

瞬間、智子さんが口を噤《つぐ》み、びっくりしたように眼を見開いた。

その大胆な発言に一番驚いていたのは、私自身だった。

「夏陽ちゃん。あなたの気持ちはわかるけど、これは、星君を知っているとか知っていないの問題じゃないの。もし、自分がいま歩いている場所がどこなのか、わからなくなったら？　その状態で何かの被害にあえば、命に関わることになるかもしれないのよ。いま、星君にとって必要なのは、彼について知る人間ではなく、この病気について知る人間なの」

努めて感情を抑えたような平板な声で、智子さんが言った。

返す言葉が見当たらず、私はただ、立ち尽くすしかなかった。

頭の中では、言いたいことは山とあった。

けれど、そのどれもが、彼女の正論の前では無力に等しかった。

「夏陽ちゃんが大丈夫だと言ってるんだから、もう、それでいいじゃないか」

直也さんが、ぼそりと呟《つぶや》くように言った。

「それで、よくないわよ。直也君。私の話、聞いてなかったの？」

「聞いてたよ。でも、だからこそ、彼女は兄貴と一緒にいたいんだ。俺らは邪魔だっていうのが、わからないのかよ？」

直也さんが、智子さんではなく、私をみつめながら言った。

その瞳は、はっとするほどに暗かった。

純也さんに残されている時間が少ないから、というふうにも思えるけれど、なにか、別の理由がある気がしてならなかった。

たしかに、直也さんはあまり口がいいとは言えない。でも、本当の意味で人を傷つけるようなことはしないタイプだった。

「直也。そんな言いかた、智ちゃんに失礼じゃないか」

それまで黙って様子を窺《うかが》っていた純也さんが、諭すような口調で言った。

「そうやって誰にでも優しいってのも、夏陽ちゃんに失礼だと俺は思うけどな」

「お前、いったい、どうした……」

「星君。もう、いいわ。たしかに、直也君の言うとおりだと思う。私、ちょっと出過ぎたまねをしたみたい」

それから彼女は私に顔を向け、ごめんね、と舌を出した。

いいえ、こちらこそ。私はと言えば、もちろん舌を出すような余裕があるはずもなく、迷子になった子供のように赤く泣き出しそうな顔で俯くしかなかった。

「今日はとりあえず帰るから、夏陽ちゃん、あと、よろしくね。なにかあったら、すぐに携帯に電話して」

じゃ、と手を振ると、智子さんは私の前をすり抜けて玄関に向かった。

なんてことを言ってしまったんだろう。彼女は純也さんの病気を心配していただけなのに……

…。

失礼なのは、直也さんではなく、私のほうだった。

「俺も、店に顔出してくるわ」

智子さんのあとを追うように、直也さんも続いた。

ふたりきりになるのを待ち望んでいたはずなのに……待ち望んでいた状況になったとたんに、空気が重く張り詰めた。

「いやな思いを、させちゃったみたいだね」

先に口を開いたのは、純也さんだった。こういうときに私は、彼の男らしさを感じる。

「自業自得。私が悪いの。馬鹿みたいに、やきもち焼いちゃったりするから……」

「僕が逆の立場でも、同じだよ」

「え……？」

「やきもちを焼くってことさ」

「純也さんが？」

照れ臭そうに、彼が頷《うなず》いた。

「純也さんがやきもちを焼くなんて、信じられない。だって、全然、そんなふうに感じたことないし……」

胸が弾み、体内を駆け巡る血液の温度が上がった。

いま口にしたように、彼はいつも穏やかで、温かで、おおらかで……とにかく、ジェラシーという言葉とは無縁のタイプだった。

たんぽぽの綿毛のようにふわふわと頼りなく漂う私を見守ってくれる大地であり、ときには空であり……そんな彼が大好き。

でも、ちょっぴり物足りなく思うときもあった。

大人の純也さんもいいけど、たまには、子供っぽく妬《や》いたり拗ねたりしてほしかった。

「僕だって、生身の人間だからね。いままでだって、顔に出さないだけで、ジェラシーを感じたことは一杯あるさ」

「え！　本当！　なになに？　教えて教えて！」

私は純也さんの袖《そで》を引き、駄々っ子のようにせがんだ。

「今度ね」

「あ、そんなのずるいぞ」

言葉とは裏腹に、私は、「今度ね」、のときまで待つつもりだった。

急ぐ必要はない。彼は必ず、約束を守ってくれる。それが半年先でも一年先でも、きっと、覚えていてくれる。

忘れるはずがない……絶対に。

「じゃあ……」

私は、純也さんの顔の前で小指を立てた。

しばらく小指をじっとみつめていた彼が、真剣な表情で力強く顎《あご》を引くと、そっと小指を絡めてきた。

2

ベルが鳴っている。私は布団から腕だけ出し、手探りで枕もとの目覚まし時計のスイッチを切った。

それでも、ベルは鳴り止まなかった。もう一度、手を伸ばす。

スイッチは切れている。なのに、ベルは鳴り止まない。

布団から顔を出し、ぼんやりとした視線を巡らせる。暗闇に、レインボーカラーのランプが明滅する。

「やだ、寝惚《ねぼ》けちゃって……電話か……」

私は独り言ち、目覚まし時計に眼をやった。午前二時を回ったところだった。

こんな時間に誰だろう？

ちょっぴりいやな予感に苛《さいな》まれながら、通話ボタンを押した。

『もしもし！　夏陽ちゃん!?』

息急《せ》き切った直也さんの声が、私の不安感を煽《あお》り立てる。

「どうしたの？　そんなに慌てて……」

『兄貴が、車に撥《は》ねられたんだ』

「え……」

純也さんが車に……頭の中が、真っ白に染まった。

「どこで！　それで、純也さんは大丈夫なの!?　いま、どこにいるの!?」

そして、次の瞬間、私はベッドから下り立ち、直也さんに向かって矢継ぎ早の質問を浴びせかけていた。

『ごめん。俺も、手塚先生の病院にいるってことしかわからないんだ』

「手塚先生の？　だって、横浜じゃないの？」

『うん。今日は、今後のことでいろいろ相談したいとかなんとかで、手塚先生の家に泊まりに行ってたんだ。で、ついさっき、先生から電話があって、兄貴が病院に運び込まれたっていうから……』

こんな時間に、純也さんは外でなにをしていたんだろう？

怪我はひどいのだろうか？　頭を、打ったりしてはいないのだろうか？

『ねえ、夏陽ちゃん。いまから、一緒に病院に行けるかな？』

「もちろんよ」

『じゃあ、二、三十分で、車で迎えに行くから』

「うん。それまでに、用意しておく」

電話を切った私は、しばしの間、呆然《ぼうぜん》と立ち尽くした。

いまになって、急に、膝《ひざ》が震え出し止まらなくなった。胸が息苦しくなり、心臓が早鐘を打ち始めた。

「どうして……どうしてなの……」

か細い震え声で、私は問いかけた。

「純也さんが、なにをしたっていうのよ……」

不意に、止めどなく溢《あふ》れる涙が、頬を熱く灼《や》いた。

「どうしてなの？　許さないから……純也さんにもしものことがあったら、あなたでも許さないから……」

もう一度、問いかけた。そして、宣言した。

純也さんを守るためなら、たとえ神様を敵に回しても構わなかった。

◇　◇

「待って」

病室に入るなり、頭に包帯を巻いてベッドに横たわる純也さんに駆け寄ろうとした私を、手塚先生が優しく制した。

「みた目ほど、怪我は重くはないから心配しなくてもいい。擦り傷程度のものなんだ。一応、星君は普通の人と違って抱えている問題があるから、大事を取っているけどね。いまは眠っているだけだから。さ、とりあえず座って」

先生がいつもの柔和な笑みを浮かべながら、私と直也さんを椅子に促した。

「先生、兄貴はどうしてこんな時間に外へ？」

直也さんが、私と先生にお茶を注ぎながら訊《たず》ねた。

「まだ本人と話してないからなんとも言えないが、事故の現場にいた人の言うことには、通りを渡ろうとした星君が、突然に道路の中央で立ち止まったそうなんだ」

「どういうことですか？」

私の問いかけに、先生が神妙な顔で頷いた。

「断定はできないけど、症状の中に時間や場所の見当識障害というのがあって、今日が何日で季節がいつということや、いま自分がいる場所がわからなくなってしまうことがあるんだ」

「見当識障害？」

私は鸚鵡《おうむ》返しに訊ねた。

「そう。ふだんどおりの彼から、自分のまわりのことがすっかりわからない彼へスイッチする。または、その逆もね」

ふだんどおりの彼から、自分のまわりのことがすっかりわからない彼へのスイッチ……つまり、私を知っている純也さんと、私を知らない純也さん、という意味に違いなかった。

いったい、いまベッドの上で眠っているのは、どっちの彼なんだろう？

「先生。その……見当識障害というのは、頻繁に起こるものなんですか？」

「さあ、それは患者さんによって様々なんだよ。たとえば、一日に何回もそうなる人もいるし、一ヵ月のうちに一度もなにも起こらない人もいるしね」

北軽井沢の別荘で、喫茶店で、カウンセリングルームで……私は、これまでに何度か、純也さんの「スイッチ」が入る瞬間を眼にしてきた。

魂が抜け落ちたように全身の力が抜け、ぽーっとした顔になり、瞳《ひとみ》はどこをみるでもなく、宙を泳いでいる。

道を歩いているときにあの状態になってしまえば……考えただけで、ぞっとした。

いま、星君にとって必要なのは、彼について知る人間ではなく、この病気について知る人間なの。

智子さんの言うとおりだ。

あの日、私と純也さんが外出することを聞いて、ついてきたがった理由が、いまではよくわかる。

やきもちなんかじゃなかった。彼女は、こうなることを予期して、恐れていたのだ。

ほんの一瞬でも、そういう眼で智子さんをみてしまった自分が、とても恥ずかしかった。

「一生、兄貴には、突然スイッチが切り替わるかもしれないという危険がつき纏《まと》うんですか？」

「いいや。そのうち、そうならないときがくる」

「それは、病気が治ったときですか？」

今度は、私が身を乗り出した。

「そうだね。いずれは君が言うような場合でも、スイッチが切り替わることはなくなるだろうね」

「いずれは……って、ほかに、なにかあるんですか」

先生の言い回しが、私を不安にさせた。

「症状が進行して、星君が記憶ばかりでなく、すべてのコミュニケーションがとれなくなったときにも、もう、スイッチが切り替わることはない」

先生の言葉を聞いたとき、すべての思考が止まった。

純也さんの病状が進行したとき……私を知らない彼に、私が知らない彼になってしまうということ。

「そんなの、いやよ……絶対、いや！」

「いやだと言って星君の病気が治るものなら、みな、そうしてるわ」

振り返ると、薄く開いたドア口に智子さんが立っていた。

表情ひとつ変えずに、ゆっくりとベッドに歩み寄り、純也さんの顔を覗《のぞ》き込むと、振り返り、先生に頭を下げた。

慌てふためいて、いきなり彼の躰《からだ》に触れようとした誰かさんとは大違いだった。

「夏陽ちゃん。あなたが、しっかりしないでどうするの？　子供みたいに駄々をこねてるだけで、彼を救えるとでも思って？」

智子さんの厳しい視線と叱咤《しった》が、私の甘えきった心に鞭《むち》を打つ。

「これからは、星君にとっても、一番、つらいときになるのよ。私達みんなが強い気持ちを持って、彼を支えていかないと。ね、先生。そうでしょう？」

「うん。智子君の言うとおりだね。怪我が治っても、しばらくの間、星君には入院してもらうことになる」

「どういうことですか？」

入院、という二文字が、私の不安感を搔《か》き立てた。

「いまの状態では傷が癒《い》えても、残念ながら職場復帰というわけにはいかない。仕事どころか、今夜みたいなことが頻繁に起これば、日常生活にさえ支障を来してしまうだろうからね。だから、私のもとにいてもらって、セラピーを続けながら様子をみたいんだよ」

「でも、純也さん、納得しないと思います。彼はいま、患者さんのために尽くすことを心の拠《よ》り所にしていますから。なんとか、お仕事を続ける方法はありませんか？」

私は、縋《すが》るような瞳を先生に向けた。

病名を告知されてからも、彼は、私の知るかぎり、いつも思い出帳を広げて、患者さんの大事な「宝物」を守るために、頭を捻《ひね》っていた。

誰々さんの趣味は盆栽いじりだったよな、誰々さんは厚焼き玉子が好きだったっけ、誰々さんの娘さんを来週呼んでみよう。

自宅で、私の部屋で、喫茶店で……自分にそんな時間などないはずなのに、彼は、人のことばかりを気にしていた。

ただ、以前と違うのは、なにかに憑《つ》かれたように思い出帳をみつめるその姿に、ときどき、怖くなるくらいだった。

きっと純也さんは、患者さん達に、自分の未来を思い描いているに違いなかった。

「私、思い違いしていたわ。あなたは、病気についての知識はなくても、もっと、星君のことを考えている人だと思っていた」

智子さんが、冷え冷えとした声で言った。

「え……？」

「三十九度の熱を出している子供が、学校に行きたいと言ってるからって、あなたは許可する？」

「それとこれとは話が……」

「一緒よ。夏陽ちゃん、まだ、わからないの？　こんなこと言いたくないけれど、仕事中に記憶を失ったら、星君だけでなく、患者さんにだって危険が及ぶのよ。それに、こうなってしまった以上、もう仕事を続けることはできないと感じているのは、星君自身のはずだし……。なにより、今日みたいなことがもう一度あったら……」

嗚咽《おえつ》に呑《の》み込まれる智子さんの声に、私の胸も震えた。

気丈に振る舞ってはいるけれど、やはり、智子さんは純也さんのことが心配でたまらないのだ。

「智子さん。本当にごめんなさい。私が間違ってました」

名残雪が解けるように、ふぅっ、と、智子さんへのわだかまりが消えた。

このとき、初めて私は彼女にたいして素直になれたような気がした。

「一緒に、もとの星君を取り戻しましょう」

泣き笑いの表情で右手を差し出す智子さんの手を、私は半べそ顔でそっと握った。

3

明滅する赤や緑のイルミネーションライト。ガラスのトナカイにハープを抱いて飛ぶエンジエルのオーナメント。

今日はクリスマス・イヴ……純也さんと出会って初めての記念すべき日を、まさか、病室で迎えることになるとは夢にも思っていなかった。

私の身長とそう変わらないツリーの華やかさとは対照的に、室内の空気は、重々しく澱《よど》んでいた。

「ほら、三月の上旬だったかな。私が君に、ある大事な仕事を任せたよね」

ベッドの上に座り眼を閉じ、懸命に記憶を手繰ろうとする純也さんを、手塚先生はいつものように辛抱強く見守っていた。

先生が三月の初旬に彼に任せた大事な仕事というのは、患者さんと釣りに出かけるというものだった。

その患者さんは、元気な頃は、毎週末船釣りに出かけて、釣り上げた「戦利品」を捌《さば》いて船の上で酒盛りをしていたらしい。

課外セラピーの一環として、先生は純也さんに釣りの同行を命じたという。


今日からは、回想法をやろうと思う。印象深い思い出を繰り返し語らせることで、少しでも記憶力の退行を防ごうという試みなんだよ。正直なところ、この療法の効果がどこまであるのかは実証されてはいない。でも、効果があると言われているものは、すべて試してみようと思ってね。

純也さんが事故にあったのが、約一週間前。額に負った軽い裂傷も癒え、本格的に始まるセラピーを前に先生は私にそう告げた。

「ほら、星君。その仕事を先生から言われたときに、慌てて道具を買いに行ったじゃない？」

智子さんが、助け船を出す。彼にとって、やっぱり彼女は必要な存在だと、改めて思う。


おいしい紅茶を、飲みに行きませんか？


私は、あの記念すべき日以前の彼にまで、導いてあげることはできない……。

「僕が、慌てて道具を買いに行ったの？ なにを、買いに？」

純也さんが首を傾げ、無邪気な表情で訊《たず》ねた。

「それを言ったら、セラピーにならないでしょうに」

まったくだ。

智子さんが窘《たしな》めると、彼が頭を掻《か》き、先生が珍しく声を上げて笑った。

どんよりとした曇り空に、微《かす》かに陽が射したような気がした。

「智ちゃん。ちょっとでもいいから、ヒントをちょうだいよ」

おどけ口調でせがむ純也さんをみて、先生が、なぜ、智子さんをセラピーに参加させたのかがわかった。

彼女が、優秀で経験豊富なスタッフであるのが理由なのはたしかなこと。

でも、それだけが理由じゃない。

智子さんの前での純也さんは、いい意味で、とても砕けた感じになる。気が置けない古くからの友人……そう、ちょうど、幼馴染《おさななじ》みのよう。

先生が言えばプレッシャーになることも、彼女ならそうはならない。

私にとっては複雑な部分はあるけれど、これも、純也さんのため。ちっぽけなやきもちに関っている場合じゃない。

「しようがないわね。船。船の上でやることよ。あのときあなたは、それをやるのは生まれて初めてだって言ってたわ」

「船の上でやることと、生まれて初めてのこと……か。なんだろう」

純也さんが腕を組み、考え込む仕草をみせた。

そんな彼の横顔をみる彼女の瞳《ひとみ》が、あるかなきほどに暗く翳《かげ》ったのを私は見逃さなかった。

「もう、特別サービスよ」

そう言いながら、智子さんが椅子から立ち上がり窓辺に歩み寄ると、曇り空の景色に視線をやった。

「患者さんの名前は、須藤《すどう》さんっていう五十代の男の人。船乗りさんみたいによく透《とお》る声をしていて、ガッチリしていて……。どう？　ここまでヒントを教えたんだから、もう、思い出せないなんて、言わせないわよ」

智子さんが、窓の外に顔を向けたまま言った。

明るく振る舞ってはいるけれど、彼女の声はうわずり、肩が震えていた。

私は、なぜ彼女が背中を向けているかを悟った。

純也さんの表情がどんどん険しくなり、ついには、頭を抱えてうなだれた。

「ごめんね。智ちゃん。どうしても、思い出せないや」

「純也さんと『モーニングガーデン』でキャンディティーを注文したときに、私が言った言葉を覚えてる？」

唐突に、私は純也さんに問いかけた。

「たしか……『私も、あのキャンディの水色《すいしょく》に魅入られたひとりなの』だったよね？」

彼の翳った瞳に、僅《わず》かながら光が戻ったような気がした。

「うん。じゃあ、そのとき、あなたは、私になんて言ったの？」

「覚えてるよ！『キャンディティーって、飴《あめ》みたいに甘いんですか？』だったよね？」

弾む声音……彼の零《こぼ》れる笑顔が私、智子さん、先生に伝染した。

「そうそう。私、あのとき、笑いを我慢するの大変だったんだから」

「なに言ってるんだい。夏陽、思いきり噴き出してたじゃないか」

「えー。嘘です！ いくら私でも、そんな失礼なことはしません」

「いや、笑ったよ。プッププッて、どんぐりを頬張っているリスみたいにほっぺを膨らませてね」

言って、純也さんが、「どんぐりを頬張っているリス」のまねをして、眼を真ん丸にし、ぷーっと頬を膨らませた。

その顔のおかしいことと言ったら……。

病室内が、爆笑の渦に包まれた。

私は目尻《めじり》から零れる涙を小指で掬《すく》い、照れ笑いを浮かべる純也さんを滲《にじ》む視界でみつめた。

◇　◇

食べ残しのケーキ、空になったシャンパンのボトル、皿に山盛りになった七面鳥の骨、足もとに散乱するクラッカーのテープ……つい十分ほど前までの熱気の余韻が、そこここに残っていた。

ベッドの脇に置かれたCDコンポからは、ハルちゃんの持ち込んだマライア・キャリーのクリスマス・アルバムが低いヴォリュームで流れている。

「まったく、直也の奴、食べて呑んで騒ぐだけ騒いで、散らかしっ放しなんだから」

純也さんが、腰に手を当て、呆《あき》れたように室内に視線を巡らせた。

セラピーが終わったあと、直也さんとハルちゃんが合流して、クリスマス・パーティーは始まった。

怪我をしている純也さんとお酒を呑めない私と智子さんはシャンパンにほとんど口をつけず、必然的に、直也さんとハルちゃんの独壇場となった。

普段からハイテンションのふたりは、アルコールが入ったことでパワーアップし、掛け合い漫才さながらの会話のキャッチボールでパーティーを大いに盛り上げた。

ふたりのやり取りに、智子さんも珍しくお腹を捩《よじ》って笑い転げ、子供のようにはしゃいでいたけれど、常に、純也さんの様子を気にかけていた。

もしかしたなら、彼女は私と違ってお酒が呑めないのではなく、呑まなかったのかもしれない。

それはともかく、智子さんが、どんなときでも、なによりも、純也さんの躰《からだ》のことを考えているのは間違いなかった。

そして、私からみても頼り甲斐《がい》のある女性だった。

「直也さんのことを悪く言わないで。私が、追い返しちゃったみたいなものなんだから」

私は、可燃物と不燃物の袋にゴミをわけながら、さばさばとした口調で言った。

本当のこと。

彼と過ごす時間は、貴重なひととき。一分たりとも無駄にできないという思いで、みなを追い立てるように帰してしまった。

「夏陽。片づけはあとでいいから、こっちにおいで」

純也さんが、ポンポン、と自分が座っているベッドの横を掌《てのひら》で叩《たた》いた。

「でも、もう少しだから……」

「いいから、僕のそばにきて」

優しく遮る声に導かれるように、私はベッドに歩み寄り、彼の隣に腰を下ろした。

「ごめんね。こんな面倒なことに、巻き込んでしまって」

純也さんが、神妙な顔で言った。

「なに言ってるのよ。水臭いわね。私が、あなたのためにやることを面倒に思うわけないじゃない」

「ありがとう。でもね、ふと、思うんだ。あのとき、僕が君を誘わなければ、こんなふうにはならなかったんじゃないかって。君は君で、太陽のように朗らかにいられたんじゃないかって」

彼の瞳《ひとみ》の奥深いところで、仄《ほの》かになにかが揺れたような気がした。

「純也さんがいなかったら、私、太陽みたいに光を出すことなんてできない。あのね、小さい頃の私は、あなたが思っているほど明るい子じゃなかったの。大好きだったお父さんを交通事故で亡くして……もしかしたら、とても暗い顔した人生を送っていたかもしれない。でも、お母さんや、ハルちゃんや、周囲の大勢の人達の励ましがあって、いまの私があるの。いまは、純也さん、あなたがいてくれるから、私は歩いていけるの。だから、そんなこと言わないで」

私は、意識的に、過去に何度となく夢にみたシーンを頭の中に蘇《よみがえ》らせた。

薄暗く、寒々とした霊安室。白いシーツに覆われたベッドに横たわる父の名を呼び続けながら泣き崩れる母。

悴《かじか》んだように、躰が動かなくなる。パパ！　叫びたいのに、声が出ない。どうしようもない不安に、泣き出してしまいそうになる。でも、涙さえ、凍りついたようになり、泣くこともできなかった。

パパ？　どうしたの？　どうして寝てるの？　ねえ、返事をして。夏陽の声が、聞こえないの？　ねえ、パパ？　パパ？

懸命に心で呼びかける小さな声は、母の叫喚に掻《か》き消されてしまった。

私は、母が作ってくれた、笑顔のお日様の刺繍《ししゅう》が入った麻袋をそっと鼻先に当てた。

緊張したときや、どうしていいのかわからなくなったときに、そっと匂いを嗅《か》いでごらん。

魔法みたいに、心が安らぐから。

父のあったかな声を思い返しながら、私はカモミールの甘酸っぱいリンゴの香りを胸一杯に吸い込んだ。

お誕生日会の発表で緊張したとき、雷がゴロゴロと鳴って怖いとき、道に迷って不安になったとき……大丈夫だよ、と、いつだって、魔法の香りが私を優しく包んでくれた。

でも、そのときばかりは、どうしてもだめだった。

いくら匂いを嗅いでも、哀しみと不安が小さな胸を残酷に刻んでいった。

母の背中が、次第に、小さくなってゆく。私は霊安室のドアを後ろ手で開け、廊下に飛び出した。

隣の部屋のドアの前で青褪《あおざ》めた顔で立ち尽くす、見知らぬ男の人が私を虚《うつ》ろな瞳でみつめた。

お嬢ちゃん、ごめんね。

男の人が、そう言ったような気がした。

私は足を止めず、廊下を駆け抜けた。病院の前の道路を隔てた先は、川原だった。

私は川縁《かわべ》で立ち止まり、薄桃色のグラデーションが広がる夕焼け空をみつめた。

さっきまではどこかに姿を隠していた感情が、唐突に胸の中で首を擡《もた》げ、気づいたときには大声を上げて泣いていた。

私の泣き声とは、別の泣き声が重なったような気がした。

私は、そっと首を後ろに巡らせた。

そこには、緩やかに川が流れているだけだった。


「わかった。もう、二度と言わないと約束するよ」

純也さんの声が、私を現実へと引き戻した。

「でも、これだけは覚えていて。僕は、君が思っているよりも、吾妻夏陽という女性のことを知っているつもりだ」

「ありがとう。だけど、智子さんと純也さんの仲も羨《うらや》ましいな。幼馴染《おさななじ》みみたいな感じで……なんていうのかな、黙ってても、お互いのことをわかり合えてるっていうか。純也さんがこうしてほしいってこと、こうしてほしくないってこと、ちゃんと、わかってるんだよね。私、純也さんと出会って、まだ、九ヵ月くらいでしょう？　はやく、五年、十年って月日が経たないかな、なんて思っちゃう反面、あー、それじゃお婆ちゃんになってやだ、とか思ったり……わがままだよね？」

冗談めかした口調でおどけてみせる私とは対照的に、彼は、真剣な顔つきでじっとみつめてきた。

「たしかに、僕は智ちゃんのことをよく知っている。でも、君のことはそれ以上に知っている。明るく快活な夏陽を支えている、もうひとりの小さな夏陽がいるということを……闇に囚《とら》われている人をみかければ、たとえ自分がもっと深い闇にいようとも、無条件に光を与える太陽のような女性だということもね」

「純也さん……」

不意に、胸の奥が震えた。

ずっと、心の底に押し込めてきた感情に、彼から溢《あふ》れ出す優しさが温かく触れる。

明るく振る舞うことで、父を失った哀しみから眼を逸《そ》らしていた。

明朗快活。スーパーポジティヴ。私を知る誰もが、疑いなく吾妻夏陽をそう形容した。

演じていたわけではないの。ただ、あの頃に視点を合わせると、私だけではなく、母からも笑顔を奪ってしまうような気がして、怖かった。

だから、思い出の父に会いたくても、そうすると、哀しみまで運んできてしまうから、ずっと、我慢してきた。

純也さんは、わかってくれていた。私の中の、もうひとりの私を……俯《うつむ》き、手にしたハンカチで、目尻をそっと押さえた。

「ほら、泣かないで。君に、プレゼントがあるんだ」

純也さんは一転して柔和な微笑みを浮かべ、足もとの紙袋の中から取り出した小さな包みを私に差し出した。

「なに？」

「いいから、開けてみて」

私は、彼に促されるまま、緑のリボンのかかった赤い包装紙……クリスマスカラーの包みを開けた。

「あ……これ……」

太陽の絵とNATUHIの文字が刺繍された麻袋。ほんのりと立ち上る甘酸っぱい香り……カモミールだった。

「お母さんのお手製のカモミールの袋を、どこかへなくしたと言ってたよね？　これは業者に作ってもらったものなんだ。一ヵ月くらい前から頼んでて、ようやく、一昨日《おととい》届いたんだ。まさか、配達先を病院に変えなければならないとは思わなかったけどね」

純也さんの苦笑いが、うっすらとぼやけた。

「ありがとう……」

それだけ言うのが、精一杯だった。

不意に、どうしようもなく涙が溢れてきた。

誰も訪れたことのない「秘密の部屋」の扉をノックしてくれたのが純也さんだということが、なによりも嬉《うれ》しかった。

「つらかったね」

彼の腕が、私の背中へと回された。

柔らかな声に導かれるように、力を抜き、身を預ける。大好きな日干ししたお布団みたいに温かな胸に顔を埋《うず》め、私は泣きじゃくった。

「あ……そうだ、いけない……」

私は涙でぐしょぐしょになったハンカチで頬を拭《ぬぐ》いながら、純也さんの胸から身を起こすと、プレゼントの箱を渡した。

「開けるよ？」

泣き笑いの表情で顎《あご》を引き、包みを解く彼の手もとをみつめた。

「あ、凄《すご》い」

箱の中からティーカップを取り出した純也さんの眼が、真ん丸になった。そして、すぐに口もとが綻《ほころ》んだ。

プレゼントしたティーカップには、私の写真が印刷されてあった。

「とても素敵なプレゼントを、ありがとう。大事にするよ」

純也さんが、ティーカップから視線を私に移し、しみじみとした口調で言った。

「でも、君のぶんはあるの？」

「ううん。一客だけ。だから、来年のクリスマスには、純也さんが私のぶんをプレゼントしてね。あなたの写真付きのね。そしたら、お揃いになるでしょ？」

私は、その言葉に深い思いを込めた。

一年後のイヴには、きっと、キャンディティーが注がれた二客のティーカップが並び、写真の中でふたりが寄り添っているはず。

「うん。約束する」

純也さんが力強く頷《うなず》き宙に掲げた小指に、私は、想いを込めた小指を絡めた。

第五章

1

小鳥の囀《さえず》りが交じったリラクゼーションミュージック、鼻腔《びこう》をくすぐる新緑と濡《ぬ》れた土の匂い、オフホワイトで統一された壁とテーブル、壁を埋め尽くすウグイス、メジロ、セキセイインコ、ムクドリのパネル……なにもかもが懐かしく、当時のままだった。

いまから、一年前……純也さんと初めてデートらしきものをした桜木町の住宅街のカフェで、私はあのときと同じ一番奥のテーブルに座り、ぼんやりとした視線を店内に巡らせていた。

当時と違うのは、目の前の席に彼の姿がないということと、私が飲んでいるのがキャンディティーではなく、ダージリンだということ。

窓の外に視線を移した。

日曜日。金色の粒子に覆われたぽかぽか日和の住宅街には、のんびりとした空気が流れていた。

あの日、下水道の格子の蓋《ふた》にハイヒールを取られて案山子《かかし》状態になった私に、純也さんは肩を貸してくれ、靴を履かせてくれた。

もう、五年も十年も昔の話のような気がする。

初めて、ふたりで迎えたクリスマス・イヴの日から三ヵ月が過ぎた。

純也さんの病状は確実に悪化し、手塚先生の話では、いまやっていたことを忘れてしまうような状態がたびたびあるという。

怖かった。見舞いに行くたびに、病室に入る瞬間、あなたは？　と言われるのではないかと思い、足が竦《すく》んでしまう。

ドアの前で、三十分くらい、躊躇《ちゅうちょ》して立ち尽くしていたのは一度や二度ではない。

もし、そう言われたりしたなら……と考え、引き返して帰ったこともあった。

幸いなことに、私は、いままでに、そういう体験をしたことはなかった。

でも、先生や、直也さん、ハルちゃんは、何度か、他人行儀な挨拶《あいさつ》をされたらしい。

　夏陽さんのことをわからなくならないのは、彼の中であなたが特別な存在だからだと思います。しかし、この状態が続けば……。

先生は、そう言って、苦痛に歪《ゆが》む表情で言葉を濁した。

　夏陽さんのことさえもわからなくなる日が、そう遠くない未来に訪れると思います。

きっと、先生は、そう続けたかったに違いない。

「夏陽？　夏陽ったら」

窓の外に投げていた視線を、声の主……ハルちゃんに戻した。

「さっきからずーっと、浮かない顔ばかりしちゃって。これから元気をあげに行こうって人が、そんなんじゃだめじゃない」

ハルちゃんが諭し、励ますように言った。

彼女は今日、ひとりでは不安だから、という私のわがままに、仕事を休んでつき合ってくれたのだ。

「わかってるけど、不安なの。今日こそ、私のこと、わからなくなっているんじゃないかって」

私は俯《うつむ》き、スプーンをカップの中で掻《か》き回しながら、消え入りそうな声で言った。

「気持ちはわかるけど、そんなの、夏陽らしくないよ。不安だからって、暗い顔ばかりしてても、状況は変わらないんだから」

「わかってるよ。でも、ハルちゃんのお父さんやお母さんが、純也さんと同じ病気になったら？　朝がくるたびに、娘の顔を忘れてるんじゃないかと、ビクビクする毎日を送っていたら？　ハルちゃんだって、不安にならない？」

私は、切実な表情で訴えた。

声をかけて、首を傾げられたらどうしよう。

お部屋、間違ってますよ、と言われたらどうしよう。

あなたは誰ですか？　と問われたらどうしよう。

ここ二、三ヵ月の私は、寝ても覚めても、不安で胸が切り裂かれそうだった。

「そりゃ、不安になると思うわ。だけどさ、もっと不安なはずの純也さんの前で、あなたが心細そうにしていたら、始まらないでしょう？」

ハルちゃんの言葉は、耳が痛かった。

病気と闘い、元気な純也さんを取り戻す。

クリスマス・イヴを迎える前に、智子さんや手塚先生とそう約束した。

「そうね。ハルちゃんの言うとおりだわ。ごめんね。心配、かけちゃって」

「ううん。いいの。そうは言っても、夏陽が大変だってことは、わかってるから。でもさ、記憶がなくなるって、どんな感じなんだろう？」

ハルちゃんがブラックのコーヒーを啜《すす》りながら、独り言のように呟《つぶや》いた。

「私も詳しいことはわからないけど、子供時代のことだけ覚えている人や、いまのことをどんどん忘れていく人がいるみたい。もちろん、すべての記憶を失っちゃう人もね……」

過去のことを忘れてゆく純也さん。

いま起こることを忘れてゆく純也さん。

どっちもいや……でも、すべての記憶を失うことになるよりは、ましなのかもしれない。

もし、二者択一でしか選べないのならば、私は、どっちの彼を選ぶだろうか？

出逢《であ》った頃の「私」を忘れても、現在の「私」を覚えている純也さんと、現在の「私」がわからなくても、出逢った頃の「私」を覚えている純也さん……。

やっぱり、どっちもいや。

出逢った頃の「私」も、現在の「私」も、忘れないでいてほしい。

おっちょこちょいで、気の浮き沈みが激しく、わがままで……そんな、すべての私を覚えていてほしい。

私は覚えている。あなたが笑ったときに象さんのように眼がなくなるのも、綿菓子のようにふんわりとした優しい声音も、春の木漏れ日のように温かな眼差《まなざ》しも……あなたを、一ミリだって忘れはしない。

「私」を忘れてしまったあなたの表情や仕草を、私だけ覚えているなんて、とても耐えられない。

ねえ、純也さん。あなたの中から、「私」は本当にいなくなってしまうの？

「夏陽、変なこと言っちゃった？　ごめんね」

ハルちゃんが、俯く私の顔を心配そうに覗《のぞ》き込んでくる。

きっと、泣き出しそうな顔をしていたに違いない。

「ううん。気にしないで。それより、そろそろ、行こうか？　純也さん、キリンみたいに首を長くして待ってると思うからさ」

私は、哀しみを笑顔で掠《かす》め取り、席を立つと出口へ向かった。

「あ、こら、待て。私に払わせる気か」

ハルちゃんの声から逃げるように、私はドアの外へと出た。

◇　◇

二〇二号室のプレイトのかかった個室の前で、私は立ち尽くし、ノブに手を伸ばしては引っ込めることを繰り返した。

十分や二十分は、いつもこうやって平気で迷っている。

たまたま通りかかった看護師さんや手塚先生に促されて、室内に入るということもたびたびあった。

「まったく、いつまでそうやってるつもりよ」

ハルちゃんが、焦《じ》れたようにノブに伸ばそうとした手を私は押さえた。

「待って。いま、開けるから」

私は、ひとつ、小さく深呼吸をして、ドアをそっと引いた。

「純也……」

薄く開いたドアの先……ベッドに腰かけ、頭を抱えてうなだれる彼の姿に、かけようとした声を呑《の》み込んだ。

膝《ひざ》の上には、思い出帳が開かれている。

「私、下で待ってるわ」

気を利かせたハルちゃんが、耳もとで囁《ささや》き階段に向かった。

「なんでだ……なんでなんだっ」

純也さんが悲痛な叫び声を上げ、思い出帳を壁に投げつけた。

「純也さん」

気づいたときには、室内に駆け込んでいた。

私は思い出帳を拾い上げて、彼の横に座った。

「どうしたの？」

純也さんと向かい合う格好になり、肩に両手を置き、問いかけた。

「一日、一日、僕の記憶はどんどん失われてゆく。君のことを……忘れてしまうのが怖い……」

背中を小刻みに震わせながら絞り出すような声で言う彼の瞳《ひとみ》は、涙に赤く潤んでいた。

「純也さん……」

私は、たまらなくせつなくなり、彼の背中をそっと抱き寄せた。

「怖いんだ……夏陽を忘れることが怖い……」

純也さんがうわ言のように繰り返し、私の腕の中で声を上げて泣いた。

「大丈夫……大丈夫だから……。忘れたりしない、絶対に、忘れたりしないよ……」

そういう私も、激しくしゃくり上げ、涙に咽《むせ》んだ。

純也さんの涙する姿は……もちろん、こんなに号泣する姿をみるのは初めてのことで、それが、よけいに胸を締めつけた。

「大丈夫、大丈夫だからね……」

私は、彼の背中を、優しく掌《てのひら》で叩《たた》いた。

不意に、彼が泣きやみ、上体を起こした。

「あれ……夏陽。いつきた……どうして、泣いてるんだい？」

純也さんが、驚いたような顔で言った。

驚いたのは、私も同じだった。

でも、すぐに事態が呑み込めた。

そう、彼は、いまちょっと前の出来事……悩んでいたこと、私の胸で泣いていたことの記憶をなくしてしまったに違いなかった。

「ううん、なんでもない。それより、具合はどう？」

「退屈で死にそうだよ。出かけるにも先生の許可がいるし、すっかりインドア派になっちゃったよ。おかげで、読書をする時間はたっぷりとできたけどね」

純也さんが、屈託のない表情で笑った。

その無垢《むく》な笑顔に、乾いたはずの涙が溢《あふ》れ出した。

今度は、私が、純也さんの胸に飛び込んだ。

「ずっと、一緒だからね？　離さないで……絶対に、離さないで……。私を忘れたら、承知しないから」

いつまでも、この腕に抱かれていたい。

私の願いなんてささやかなもの。

ね？　神様。叶《かな》えてくれるのなんて、簡単だよね？

2

ハルちゃんとお見舞いにきた翌日……午後のセラピーが始まろうとしたときのことだった。

恐れていた瞬間が、ついに現実のものとなった。

純也さんが、病室にいる知人達を、不思議そうな顔で見回している。

まるで、初対面の人達に囲まれているとでもいうように。

いいえ、ように、ではなく、もうひとりの「純也」さんになっている彼からみたなら、手塚先生、直也さん、智子さんは、初めてみる顔と同じなのだ。

もちろん、私のことも……。

「あの……」

純也さんが、居心地が悪そうにベッドから立ち上がろうとしている。

「いいんだよ。ここは、君の部屋なんだから。私は、主治医の手塚と言います。こちらは、医療スタッフの智子君、直也君、それから夏陽君」

先生の投げた手を視線で追う純也さんを、祈るような気持ちでみつめた。

智子さん、直也さん……。

お願い、思い出して。私よ。スタッフなんかじゃない。あなたの恋人の夏陽よ……。

息を止めた。そうすれば、彼の視線も留まるとでもいうように……。

純也さんの視線が、私の顔をすぅっと通り過ぎる。

彼の表情に微《かす》かな変化も現れなかったことが、胸を切り裂いた。

祈りは、通じなかった。

いま、目の前にいる純也さんにとって、私の存在は見知らぬスタッフに過ぎない。

わかっていた。彼の病状が進んでいることは。

でも、頭では理解していても、現実に、「私」を忘れてしまった純也さんを目の当たりにすると……とても、つらい。

「私は、どうしてここにいるんですか？　どこか、具合でも悪いんでしょうか？」

純也さんが、きょとんとした顔で先生に問いかけた。

普段の彼は、私なんて言葉は使わない。それに、もともと乱暴な言葉遣いをする人ではないけれど、こんなに他人行儀な喋《しゃべ》りかたをする人でもない。

記憶を失っているときは、人格まで変わってしまうのだろうか？

「君はね、事故にあったんだよ。それで、入院しているってわけだ」

丸椅子に腰かけた先生に、少しも慌てている様子はなく、自然体だった。

いままでに、何度もこういう現場を体験してきているに違いなかった。

「いつからですか？」

「昨日だよ。夜中に、病院に運び込まれてきたのさ。頭を打っているから、いまは記憶を失《な》くしてしまっているけど、すぐに思い出すから心配しなくてもいい」

先生が、純也さんにわからないように、私と直也さんに目配せをした。

もう、三ヵ月も前から入院しているなんて言ったら、彼が混乱してしまうだろうことを配慮しての気遣いだと思う。

「本当に、思い出せるでしょうか？　事故のことはもちろん、私は、自分が以前、何をやっていたのかもわからないんです」

不安そうに訊《たず》ねる純也さんは、迷子の子供のよう。

私は、ハンカチを握り締める掌に力を込め、奥歯を嚙《か》み締めた。

そうしなければ、涙が溢れてきてしまいそうだから。

「兄……いや、星さん。一時的な事故の後遺症だから、すぐに治りますよ」

複雑そうな表情に無理に笑顔を拵《こしら》えて兄を励ます弟。

直也さんの気持ちは、痛いほどわかる。

「そう、直也君の言うとおりだよ。焦ることはないさ。脳が衝撃を受けたときに、一時的に記憶がなくなるという現象が、よくあるんだ。ほら、ボクシングの試合なんかでも、ノックアウトされたボクサーが試合後に、気づいたら控え室に寝ていた、っていうようなコメントをしているのを聞いたことはないかい？」

「でも、私の場合、もう何も思い出せないんじゃないでしょうか？」

純也さんの不安が、私にも伝染した。

もし、このまま、記憶が戻らなかったら……。

先生が彼に言っている事故で頭を打ったときの一時的なものというのは心配させないための口実で……。

二ヵ月前より先月、先月より今月と、純也さんの症状はひどくなっている。

純也さんの病はもう治らない？

「もうひと眠りしたら、思い出せているから心配しなくても大丈夫だって。さあ、眠る前に、消毒をしておこうか。智子君、頼んだよ」

先生が、純也さんの右の前腕に巻かれた包帯に視線を向けながら言った。

智子さんから聞いた話では、昨日、私達が帰ったあと、病院の敷地内を散歩している際に急に立ち暗みに襲われ、木の枝に引っかけ裂傷を負ったという。

「さあ、星さん、腕を出して」

「あの……」

手を差し伸べる智子さんに、彼が怖怖《おずおず》と声をかけた。

「なに？」

「すみませんけど、あちらのスタッフさんに代わってもらえませんでしょうか？」

純也さんが、私を指差して言った。

「え……？」

智子さんと私は、ほとんど同時に声を上げていた。

直也さんも、びっくりしたように眼を見開いていた。

出て行こうとしていた先生も足を止めて純也さんを食い入るようにみつめていたけれど、私達と違って驚きというよりも興味津々といった感じだった。

記憶のない純也さんが私に消毒を……。

嬉《うれ》しい反面、いま、強張《こわば》った顔で立ち尽くす智子さんの気持ちを考えると心苦しかった。

それに、私には、傷の手当てなんてできない。

「星さん……私よりも彼女のほうがキャリアが……」

「いいの。夏陽さん。消毒だけだから、キャリアもなにも関係ないわ。お願いします」

笑顔を作ってはいるが、智子さんの瞳《ひとみ》の奥は寂しげに揺れていた。

「夏陽君。はやく、星君の包帯を替えてあげてくれないか？」

どうしていいかわからずに佇《たたず》む私を、先生が促した。

「え……でも……」

「いいから」

智子さんを気遣い逡巡《しゅんじゅん》する私の背中を、先生がそっと押した。

電池の切れかかったロボットのように、私は、ぎこちなく、純也さんのもとに向かった。

「これが消毒液で、これが洗浄綿。新しい包帯は、こっちね。消毒くらい、やったことあるでしょう？」

智子さんが、さばさばと振る舞えば振る舞うほど、私の胸は罪悪感に悲鳴を上げた。

「すみません。ありがとうございます」

「なにお通夜みたいな顔してるの。頼んだわよ」

智子さんが、ポーンと肩を叩《たた》き、出口に向かった。

「さあ、直也君。ここは夏陽君に任せて、我々も次の病室に行こうか？」

先生に促された直也さんが、じっと私をみつめた。

その瞳は、彼らしくなく、はっとするほどに冥《くら》かった。

「どうしたの？」

「別に。傷口、悪化させんなよ」

でも、すぐにいつもの悪戯《いたずら》っぽい顔になり、憎まれ口を叩くと踵《きびす》を返した。

「なによ、まったく」

私はぶつぶつと文句を言いながら直也さんの背中を見送り、後ろを振り返った。

彼はベッドに仰向けになり、眼を閉じていた。

「星さん、包帯を替えますね」

遠慮がちに、声をかけた。

純也さんを名字で呼ぶのも、敬語を使うのも、変な感じがした。

「星さん？」

規則正しい寝息。どうやら、眠ってしまったようだ。

ちょっとだけ、ほっとした。

顔も声も純也さんなのに、赤の他人みたいな会話をするのは、つらかった。

私は、包帯を解《ほど》きながら、彼の寝顔をみつめた。

こうしていると、以前の純也さんとなにも変わらないのに……。

込み上げそうになる涙を堪《こら》え、傷口の消毒を済ませ、新しい包帯を巻き直した。

腕を布団の中に入れ、純也さんの頰に触れた。

目頭が熱くなり、瞼《まぶた》が震えた。

今度は、堪えきれそうにもなかった。

み、零《こぼ》れ落ちそうになった涙が止まった。

……


「ありがとう」

純也さんの声に、零《こぼ》れ落ちそうになった涙が止まった。

「え？　純也さん？」

問いかけてみたけれど、返ってきたのは寝息だった。

寝言だったみたい。だけど、夢の中の彼は、スタッフにお礼を言ったの？　それとも、恋人に？

「やっぱり、あなたじゃないと、だめみたいね」

背後でドアが開く音に続いて、声がした。

智子さんが、寂しげな笑いを浮かべながら歩み寄ってきた。

「え……？」

「いま、星君が取った行動って、よくあることらしいの。認知症やアルツハイマー病の患者さんは、記憶を失って好きな人の顔や名前を忘れても、その人を好きだったってことは覚えてるんですって」

私のことは忘れても、私を好きだったことは覚えている……。

嬉しいような、哀しいような……複雑な気分だった。

「正直に言うわ。私ね、ずっと、星君のことが好きだった。病院に、彼が初めて夏陽さんを連れてきたとき、物凄《ものすご》く、ショックだった。でも、いつかは振り向いてくれるかもしれないなんて、そんな淡い期待を抱いていたりもしていたの。馬鹿だよね、私って。星君は、こんなにもあなたを愛しているっていうのに」

智子さんが、泣き笑いの表情で言った。

「智子さん……」

私は、彼女にかける言葉が見当たらなかった。

「夏陽さん。私が言うのも変だけど、星君のこと、よろしく頼んだわね。彼ほど純粋な人間は、いないわ。みている私が呆《あき》れてしまうほどに、あなたのことをまっすぐに愛している。星君を救ってあげて。夏陽さんにならば、必ずできるわ」

「ありがとう……智子さん。でも、智子さんも協力してくださいね。そう言ってくれるのは嬉しいし、頑張ります。だけど、私だけじゃだめです。純也さんは、智子さんのことを信頼しています。だから、一緒に、頑張りましょう」

私は、満面に笑みを湛《たた》えながら、彼女に右手を差し出した。

智子さんが、少しだけ戸惑いの表情を浮かべながらも、私の手を握り、笑顔で頷《うなず》いた。

彼女の瞳に盛り上がる涙をみて、私も思わず貰《もら》い泣きをした。

ふたりの濡《ぬ》れた視線が、静かな寝息を立てる純也さんに注がれた。

もちろん、私と智子さんの頬を濡らすのが、嬉し涙であることは言うまでもなかった。

第六章

1

「いい？　よくみてて」

私は言いながら、ティーポットの中に勢いよく熱湯を注ぎ込んだ。

「わあ、凄《すご》い！」

広子《ひろこ》ちゃんが、ポットの中で上下する茶葉をみて、感嘆の声を上げた。

「これは、ジャンピングと言って、茶葉の香りや味をお湯に染み出させる目的があるのよ。あとは蓋《ふた》をして、蒸らしてからティーカップに注ぐの。茶葉の種類によって、二、三分だったり、四、五分だったりまちまちだから、しっかりと覚えてね」

「はい」

瞳を輝かせ、童顔を綻《ほころ》ばせる広子ちゃんに、ある男性の笑顔が重なった。

あれは、初めて彼の家を訪れたときのことだった。

あの人はジャンピングする茶葉を、眼をまんまるに見開き、驚いた顔で覗《のぞ》き込んでいた。

脳裏に蘇《よみがえ》る彼の笑顔が、ティーポットの把手《とって》に添えられた私の指先を震わせた。

「店長、どうしたんですか？」

広子ちゃんが、心配そうな顔で覗き込んでくる。

相当、ひどい顔をしていたんだと思う。

「え？　ああ、ごめんなさい。ちょっと、売り上げのことを考えていたの。今日もほら、この状態でしょう？」

私は、カウンターの向こう側……閑古鳥が鳴くフロアに右手を投げて肩を竦《すく》めてみせた。

「なるほどね。これじゃあ、暗い顔になっちゃうのも仕方ありませんね」

屈託なく笑う広子ちゃんに、私は、以前の自分の姿をみた。

あの人の病気を知る前までは、なにも思い煩うことなく、羽毛布団に包まれた子供のように無邪気に笑っていられた。

でも、完全に笑顔が消えたわけではなかった。

どうしようもない哀しみの海に漂ってはいたけれど、隣には、あの人がいた。

刻一刻と、「私」を知らない彼になる時間が多くなっていったけれど、手を伸ばせば頬に触れ、息遣いを感じることができた。

いまは違う。

肩を寄せ合い夜空を彩る星達を眺めることもできなければ、お揃いのカップでキャンディティーを飲むこともできない。

虚《うつ》ろな視線が、自然と窓際の席へと漂った。

いまでも私の瞳《ひとみ》には、ティーカップを片手に、思い出帳を眺めるあなたの姿が映っている。患者さんへの深い愛に満ち溢《あふ》れた優しい眼差《まなざ》しを、ときおり、顔を上げて私に向けるほんわかした笑顔を、鮮明に、昨日のことのようにはっきりと覚えている。

「なんとか、広子ちゃんのお給料は払えるくらいにお客さんに入ってもらわないとね」

私は、無理に笑顔を拵《こしら》えて言うと、フロアの一番奥の席に座り、仕入れ伝票の整理に取りかかった。

「ブローニュ」の経営状態は慢性的に赤字で、正直、私と広子ちゃんの給料を払うのがやっとだった。

たしかに住宅街の外れという立地条件が災いし、客の入りは悪いけれど、常連さんもそれなりにいるし、店舗は自己所有で家賃はかからないし、やりようによっては大儲《おおもう》けとまではいかないまでも、そこそこの利益を出すことは不可能ではなかった。

三ヵ月前に店長を任され経理面に携わるようになってわかったことだけど、赤字の原因はハリーさんの性格にあった。

クワガタコレクターということが関係しているのか、ハリーさんの仕入れは、とにかく、無駄が多かった。

たとえば茶葉でも、ダージリン、ウバ、キーマンなどの人気商品を多めに仕入れるのはいいとしても、フレバーティーのスイートモーニング、ボム、バイカルといった、ひと月に一杯注文が入ればいいようなマイナー商品まで揃えてしまうのだ。

コスト削減のために、不人気な茶葉は仕入れないほうがいいと意見する私に、ハリーさんは……。

わかってないな、夏陽ちゃんは。いいかい？　昆虫ショップだってそうだけど、人気のカブトやクワガタばかりを揃えるよりも、みながみたこともないようなレアな虫がいることによって、人気商品がよりいっそう輝くものなんだよ。ウチは紅茶専門店だ。専門店というからには、どこにも負けない品揃えをしていかないとね。

たしかに、ハリーさんの言うことは正しいのかもしれない。

メニューを開いたときに、十種類よりも二十種類、二十種類よりも三十種類の商品があるほうがお客さんもワクワクすると思う。

でも、ハリーさんの場合、単にコレクター魂が疼《うず》いているだけだとも言える。

「スイートモーニングとボムは、今月はいらないわね。どうせハリーさんはチェックなんかしないんだから」

私は独り言《ご》ちながら、発注書に必要な茶葉の名前を書き込んでいった。

　でも、助かってるよ。夏陽ちゃんが、店のこと、なにからなにまでやってくれるからね。

ある日、ハリーさんはしみじみと言った。

助かってるのは、私のほうだった。

あの人がいなくなってから、私は、仕事に没頭することで少しでも気を紛らわせようとしてきた。

もし、なにもやることがなくて、部屋に閉じ籠《こも》りっきりなら、きっと、耐えられなくなって壊れてしまったに違いない。

だけど、大丈夫だというわけじゃない。

この半年間、涙で枕を濡《ぬ》らさない日は数えるほどしかなかった。

なにかに没頭することで忘れるには、あの人との思い出は、あまりにも鮮明に私の記憶に……心に、焼きつけられていた。

ドアチャイムの音と広子ちゃんの「お疲れさまです」という声が、回想を中断させた。

弾《はじ》かれたように顔を上げた私は、陽気な笑顔で片手を上げる訪問者をみて、小さなため息を吐《つ》いた。

「広子ちゃんは元気があっていいねぇ。それに比べて、店長のそのがっかりした顔は、大実業家が忙しい中様子見をしにきてくれたというのに、ちょっとないんじゃないの？」

ハリーさんが、冗談めかした口調で言いながら、私の前に座った。

「その大実業家さんは、新しいお仕事、うまくいってるんですか？」

私も、冗談口調で返した。

「もちろん。昨日も、五万円のクワガタのペアが三組も売れたんだ。三組だぞ、三組。凄《すご》いだろう？」

ハリーさんが、得意げに、そして無邪気に破顔した。

そう、四ヵ月前に、ハリーさんは念願の昆虫ショップをオープンさせたのだ。趣味が高じて、というパターンだけれど、いま本人が言っていたように、「ブローニュ」と違って経営は順調らしい。

それが余計に、ハリーさんの道楽経営に拍車をかけているのかもしれない。

「凄いのかもしれないけど、私には虫に何万も払う人の気持ちがわからないわ。あー気持ち悪ぅ」

私が喉《のど》を手で押さえ舌を出すと、いつものハリーさんならムキになって応戦してくるのに、今日にかぎっては、温かな眼差しで微笑んでいた。

「まだ、忘れられないのかい？」

そして、急に真顔になって訊《たず》ねてくる。

私は、力なくうなだれ、小さく顎《あご》を引いた。

半年前のあの日……みなで休暇を取っての軽井沢旅行の当日、待ち合わせ場所の彼の病室に足を踏み入れた私を出迎えたのは、無人のベッドだった。

手紙でさよならを告げ、あの人は私の前から消えた。

手塚先生、ハルちゃん、直也さん、智子さん……みなで、手分けして彼を捜した。

ふたりの思い出の地であり、今回の旅行地でもあった軽井沢はもちろんのこと、心当たりのある場所は、すべて捜して回った。

直也さんが、警察にも捜索願を出した。

でも、あの人の消息はわからなかった。

一ヵ月、二ヵ月、三ヵ月……。みなに諦《あきら》めムードが漂っても、私は、カフェの客席に、公園のベンチに、電車の人込みに、彼の姿を捜し視線を泳がせた。

似ている後ろ姿に駆け寄り、人違いで謝ったのは一度や二度ではなかった。

東京にはいないのかもしれない。そう思っても、外に出るたびに、あの人の面影を追い求める私がいた。

それは、半年が過ぎたいまでも変わらない。

わかっていた。私の胸《なか》であの人は、たとえ十年経っても、少しも色褪《いろあ》せることなどないことを……。

「広子ちゃん、小麦粉とハムの買い出しに行ってきてくれないかな」

「あ、小麦粉とハムなら……」

私の言葉を遮るように、ハリーさんが小さく片目を瞑《つむ》った。

すぐに、彼が意味することがわかった。

「星君らしき人物を、昨日、ある場所でみかけたんだ」

広子ちゃんの背中を見送ったハリーさんの言葉に、私は息を呑《の》んだ。

あの人が……純也さんが……。

頭の中が白く染まり、瞬間、すべての思考がシャンパンの気泡のように弾けて消えた。

「純也さんは……純也さんは、どこにいたの⁉」

私は腰を浮かせ前屈《まえかが》みになり、大声を出しながらハリーさんの肩を揺すった。

「夏陽ちゃん、ちょっと、落ち着いて。らしき、って、言っただろ？　まだ、僕がみかけたのった。


が星君だと決まったわけじゃないんだ」

「純也さんに決まってる……間違いないわ。ねえ、純也さんは、どこにいたの⁉」」

「昨日、関東昆虫協会の展示会が、軽井沢で行われたんだ」

「え、でも、軽井沢は、半年前にみんなで……「そう、半年前……彼がいなくなったとき、旅行する予定だった北軽井沢を、みなと捜しに行った。

「うん、その話を聞いていたから、勘違いだとは思うんだけど……でも、似てたんだよね。高原の遊歩道を、のんびりと歩いていた。声をかけようと思ったけど、なんだか、雰囲気が違うような気もしたし……」

「どうして、声をかけなかったの！」

堪《たま》らず、私は声を荒らげた。

雰囲気が違うような気がしたのは、純也さんが、記憶を失っていたから……私にはわかる。

ハリーさんがみたのは、人違いなんかではなく、本物の純也さんだったはず。

こんな偶然は、もう、二度と望めない。

「ごめんなさい……」

私はうなだれ、一転した小さな声で、ハリーさんに詫《わ》びた。

たとえ遊歩道を歩いていた人物が人違いではなくても、ハリーさんに責任はない。

「いや、謝ることはない。気持ちはわかるよ。僕だって、夏陽ちゃんの立場になったら、同じように言ったと思うからね。会いに行けば？」

「え？」

私は弾かれたように顔を上げた。

「星君にさ。人違いだっていいじゃない」

「でも、お店のほうが……」

「それは、気にしなくてもいいよ。君はこの半年間本当によく頑張ってくれたし、それに、たまには、僕も『ブローニュ』に復帰しないと、広子ちゃんにも忘れられちゃうからね。一週間でも二週間でも、気の済むまで行っておいで」

「ありがとう……ハリーさん」

頷《うなず》くハリーさんの笑顔が、涙で滲《にじ》んだ。

◇　　◇

「え？　兄貴を軽井沢で？」

渋谷……スクランブル交差点近くの喫茶店。アイスコーヒーのグラスを宙で止めた直也さんが、驚いた顔で言った。

善は急げ、だよ。店のことは僕に任せて、はやく、動いたほうがいい。

ハリーさんの好意に甘えて、私は「ブローニュ」を早退するとまっ先に、仕事中の直也さんに電話をして、時間を作ってもらった。

「そう。ハリーさんは、人違いかもしれないって言ってたけどね」

私はミルクでロイヤルミルクティー状態になったアイスミルクティーをストローで吸い上げながら言った。

「じゃあ、人違いなんじゃないかな。だって、軽井沢は、みんなで散々、捜し回ったじゃん」

「うん。私もそう思ったんだけど、ハリーさんがね、人違いでもいいから行ってみなよ、って、お休みをくれたの。ねえ、お仕事忙しいだろうけど、一緒に行ってくれない？」

ひとりよりもふたりで捜すほうが、純也さんを発見できる可能性が高くなる。

だけど、ハルちゃんや智子さんを誘うわけにはいかなかった。

本腰を入れて捜すなら、一週間……いいえ、十日以上かかるかもしれない。

そんな長い間、肉親でもない彼女達をつき合わせて仕事を犠牲にさせるのは気が引けた。

それはインターネットカフェを何軒も経営している直也さんにも言えることだけど、彼は純也さんの弟……少しくらいのわがままは許されるはず。

「気持ちはわかるけど、あまり、気が進まないな」

「え……どうして？」

私が予想していたどの言葉とも違う返答に、戸惑いを隠せなかった。

「夏陽ちゃんには悪いけど、人違いだと思うんだ。弟としての勘だけど、軽井沢にいるなんて、絶対にありえないって」

「それでもいいの。とにかく、自分の眼で、たしかめてみたいのよ」

「俺は反対だな。兄貴じゃないってわかってるのに、わざわざ軽井沢まで行くほど暇じゃないし」

直也さんが視線を逸《そ》らし、グラスの氷をストローでカラカラと掻《か》き混ぜた。

「じゃあ、いいわよ。私ひとりで行くから。まったく、薄情なんだから」

私は、唇を尖《とが》らせ、咎《とが》めるような口調で言った。

「夏陽ちゃん」

顔を上げ、私をじっとみつめる直也さん。

「なによ」

「いつまでも、過去を引き摺《ず》るのはどうかと思うぜ」

「それ、どういう意味？」

「兄貴のことが忘れられない気持ちはわかる。でも、もっと、現実を受け入れたほうがいい」

「だから、どういう意味って訊《き》いてるのっ」

ついつい、強い口調になる私。

そうしなければ、心の奥底で囁《ささや》いている不安の声がどんどん大きくなってしまうから。

視界に映る景色のトーンが急に色褪せたものになり、周囲の温度だけ、何度か低くなったように冷え冷えと感じられた。

どこかで、体感したことのある空気だった。

そう、あの霊安室……父の亡骸《なきがら》が横たわっていた暗く、ひんやりとした部屋。

いまの私の心は、孤独で、希望のかけらが闇の中に溶け込むような、あの霊安室と同じ状態だった。

「誤解を恐れずに言うけど、兄貴のことは、もう、吹っ切ったほうがいい。兄貴は、夏陽ちゃんと別れることを選んだんだ。もちろん、君を嫌いになったわけじゃない。でも、夏陽ちゃんを忘れた自分をみられるのはつらい、そういうふうなことが書いてあっただろ？」

「ひどいことを言うのね。私は……たとえ、私のことを忘れた純也さんでも……愛し続ける自信があるわ」

膝上《ひざうえ》で握り締めた拳《こぶし》が、途切れ途切れの言葉が……そして、継《つ》ぎ接《は》ぎだらけの心が震えた。

「そう、夏陽ちゃんはね。だけど、兄貴は違う。心の中に夏陽ちゃんがいない自分のことを、愛し続けてほしいとは望んでいない。わかるだろう？」

「わからないわ……そんなの、わかるわけないじゃないっ。あなたなんかに、私達のなにがわかるっていうのよ！」

私は席を立ち、追い縋《すが》る直也さんの声を振り切るように外へと飛び出した。

胸奥の声を言葉に出されたことで、平静を失った自分がいた。

そうなのかもしれない……でも、認めたくなかった。受け入れたくなかった。

純也さんが、私の愛を拒むなんて、そんなこと、絶対にありえない。

色も音も失った渋谷の街を、病院から飛び出したあの頃の少女のように、私は、あてもなく駆け出した。

◇　◇

ドアを開けた瞬間、耳を劈《つんざ》くような犬の吠《ほ》え声が鼓膜に雪崩れ込み、動物独特のすえたような臭いが鼻腔《びこう》に忍び入ってきた。

「あらあら、もういい大人のくせに、迷子になった子供みたいな顔をして、どうしたのよ？」

トリミング台でヨークシャーテリアの黄金色の被毛にハサミとコームを入れていたハルちゃんが、彼女らしい毒を含んだ言い回しで出迎えた。

「いま、忙しいみたいね。あとで、出直してくる」

私は、ケージの縁に前脚を乗せて二本脚で立ち、狂ったように吠え立ててくる犬達を見回しながら言った。

ハルちゃんの軽口につき合っている精神的余裕はなかった。

「ううん。大丈夫。もう、毛先を揃えているだけだから。直美《なおみ》ちゃん。あと、お願い」

ガラスで仕切られた奥のフロアで、ケージに敷かれた新聞紙を取り替えていた、ショートカットがよく似合う少年のような女のコがトリミング台に駆け寄り、ハルちゃんからハサミとコームを受け取った。

「脚周りと尾の飾り毛を整えてあげて。あと、爪切りも忘れずにね」

薄いブルーのユニフォームを着て、テキパキと指示を出す彼女からは、すっかり店の長としての風格が漂っていた。

同じ店長でも、どこかの誰かさんとは大違いだった。

「隣の『ハーフムーン』にいるから、なにかあったら携帯電話に連絡をちょうだい。ケーキでも奢《おご》ってもらおうかな」

ユニフォームを脱ぎつつ、ハルちゃんは直美に言い残すと、私の肩を叩《たた》いて片目を瞑《つむ》った。

親友の心遣いに感謝しながら、彼女の背中に続いた。

◇　◇

「それで、あなたは、どうするつもりなのよ？」

ハリーさんからの情報と直也さんに言われたこと……私が話している間、マロンケーキをパクつきながら話を聞いていたハルちゃんが、紙ナプキンで唇を拭《ぬぐ》いながら訊《たず》ねてきた。

「ハーフムーン」の十坪ほどの狭い店内は、私とハルちゃん以外はひとりもいない、「ブローニュ」状態だった。

私の頼んでいるシナモンティーもそう悪くない味なのを考えると、高円寺の駅から徒歩十五分という立地条件が影響しているのかもしれない。

「お店を早退したときにはすぐにでも軽井沢に飛んで行くつもりだったけど、直也さんと会ったら、迷いが出ちゃったの」

心の中に夏陽ちゃんがいない自分のことを、愛し続けてほしいとは望んでいない。

蘇《よみがえ》る直也さんの声に、心で頷く自分がいた。

軽井沢まで行って、純也さんを救う。

それは私のひとり相撲で、彼にとっては迷惑な話なのかもしれない。

まだ記憶があっても……いいえ、記憶があるからこそ、吹っ切った恋人の出現に困惑するのかもしれない。

だからこそ、みなにさよならを告げ、姿を消したに違いない。

「じゃあ、行くのやめれば？」

ハルちゃんが、レモンティーを日本茶のように啜《すす》りながら素っ気ない口調で言った。

「もう、ずいぶんと、あっさり言うわね」

「ねっとりと言ったところで、あなたの迷いは消えないんでしょう？　迷う程度の愛なら、行かないほうがいいわ」

「迷う程度の愛だなんて、ひどい。私は純也さんのことを、どんなカップルよりも想っている自信があるわ」

私は、ムキになった子供のように言った。

「だったら、部外者の直也君の言葉なんて気にしないで、軽井沢に行くべきでしょうに」

ハルちゃんが、腕組みをし、アルバイター希望者を面接する採用担当者のような厳しい視線を私に注いだ。

「直也さんは関係ないとしても、純也さんが迷惑がったら？」

「夏陽。あなたは、あなたを待っている純也さんしか愛することができないの？」

親友の言葉が、鋭利な刃物のように私の胸に刺さり、固い迷いの殻を突き破った。

「ありがとう。私、どうかしてた。純也さんに、会いに行くわ。そして、伝えてくる」

「そうと決まったら、こんなところで私とお茶なんてしている場合じゃないわよ。さあ、行った行った」

私はハルちゃんに追い立てられるように席を立った。

「はい、これ、カウンセラー代金」

二枚の千円札……お茶代をテーブルに置き、私は出口へ向かった。

「あ、夏陽……」

「ん？」

ハルちゃんに呼び止められ、私は振り返る。

「純也さんに会って、なにを伝えるの？」

「それはね……秘密」

純也さんは、よく、そう言って悪戯《いたずら》っぽく笑った。

「いいじゃない、教えなさいって」

私は舌を出し手を振ると、逃げるように自動ドアを潜《くぐ》った。


あなたは、ひとりじゃないよ。

いまの彼には、ほかの言葉は必要なかった。

2

「さあ、みかけたことないねぇ」

陽射しが梢《こずえ》を透して海底のリップルマークのように映える白樺《しらかば》並木道沿いのお土産屋さんの店主が、純也さんの写真をみて首を傾げた。

私は、今日十何回目かのため息を吐《つ》いた。

「悪いね。力になれなくて。ここから四、五十メートルほど下ったところの左手に、『高原』って軽食喫茶があるから、そこで訊《き》いてごらん。緑の看板が目印だから。この辺を歩いていたなら、寄っている可能性があるよ。なんといっても、軽井沢名物の特盛パフェで有名な店だからね。あ、でも、捜しているのは男の人か。なら、あまり興味はないかな」

「いいえ、こちらこそ。ありがとうございました」

私は頭を下げ、写真を受け取るとお土産店をあとにした。

外へ出ると、ひんやりとした風が頬を撫《な》でた。

東京はまだまだ残暑が厳しいけれど、ここ軽井沢にはひと足先に秋の気配が訪れていた。

並木道のそこここで寄り添うカップルから、眼を逸《そ》らした。

私は早足で、お土産屋さんの店主が教えてくれた「高原」へと歩を進めた。

ひとりで歩く道程は、なんと遠く感じてしまうのだろう。

彼が隣にいてくれたなら、たとえ草木一本生えていない不毛の大地でも、つらくは感じない。

彼とともに眼にする景色は、見渡すかぎりの荒涼とした砂漠でも、心に安らぎを与えてくれるはず。

「もうすぐ、逢《あ》えるよね?」

私は立ち止まり、写真の中の彼に語りかけた。

去年の夏に、ハルちゃんや直也さんとともに海へ遊びに行ったときのものだった。

波打ち際で黄金色の夕陽をバックに、私の肩を抱く純也さんは、子供のようにとても無邪気な笑顔をしていた。

彼の腕の中の私も、母の胸に抱かれる幼子のように安心しきった表情をしていた。

ふたりでいる空間は、哀しみとは無縁の世界だった。

けれど、純也さんがいなくなっただけで、その世界は、深い闇に包まれた。

太陽は雲に覆われ、花びらは色を失い、鳥は囀《さえず》ることを忘れてしまった。

風はただ身を切る鋭利な刃物となり、海は氷河と化し、星は輝くことを忘れてしまった。

私は、光の届かない寒々とした巨大な部屋の中で、彼との思い出を抱擁するしかなかった。

「逢えるよね？」

もう一度、語りかけた。

「純也さん」は、ただ、にっこりと微笑んでいるだけだった。

私は、ふたたび、歩を踏み出した。

一軒知らないと言われるたびに、ハリーさんがみかけた男性はやはり純也さんでないのではないかという思いが心を占めてくる。

だけど、諦《あきら》めるつもりはなかった。

この半年間、手がかりらしい手がかりと言えるものは、今回のハリーさんの情報だけなのだから。

ほどなくすると、店主の言っていたとおりに、「高原」の緑色の看板がみえてきた。

ビールの大ジョッキくらいのガラス容器に盛られたバナナに洋梨にメロンにオレンジにチェリーに桃に……コルクボードに貼られたメニューリストには、東京ではちょっとお目にかかれないような特大のフルーツパフェの写真が載っていた。

白ペンキ塗りのかわいらしい扉を開けると、ドアチャイムがチリリン、と可憐《かれん》な音を立てた。

店内は自然の材木をふんだんに使ったログハウス風の内装になっており、若草色のテーブルクロスの縁に縫いつけられた黄色い野花の刺繡《ししゅう》が愛らしかった。

窓は外光をたくさん採り入れるように大きめの設計になっており、店内は明るく、まるで、スイスかどこかのホテルのテラスのようだった。

「いらっしゃいませ。おひとり様ですか？」

ヨーロピアンスタイルのメイド服っぽい制服に身を包んだウエイトレスが浮かべる微笑が、私には眩《まぶ》しく、そしてつらかった。

誰かの笑顔をみて、こんなに暗鬱《あんうつ》になったことはなかった。

「あ、すみません。私、お客じゃないんです。ちょっと、お伺いしたいことがありまして……」

「はい、なんでしょう？」

「この男性を、みかけませんでしたか？　身長は百八十センチくらいで、優しい眼が印象的なんです。笑うと、眼がなくなっちゃうんです」

私は、純也さんの写真をウエイトレスの前に差し出しながら、ついつい、あまり参考にならないような特徴まで述べた。

「さあ、おみかけしたことありませんが……」

「もう一度、よくみてください」

「うーん……店長に訊いてみますので、少しお待ちください」

ウエイトレスがカウンターの奥へと消えた。

私は、笑顔で寄り添う若い男女から、視線を窓の外に移した。

秋の気配を感じる風、青い空をのんびりと流れる雲……純也さんも、どこかで同じ光景をみているのだろうか？

「あの、店長もやっぱり、みかけてないそうです」

ウエイトレスの背後で、よく陽に灼《や》けた男性が、すみません、と言い、申し訳なさそうに頭を下げた。

「いえ、こちらこそ、ご迷惑おかけしました」

私は、落胆が顔に出ないように礼を述べ、店をあとにした。

「あの、ちょっと……すみません」

不意に、背中から、ぽっちゃりとした丸顔の女性が遠慮がちに声をかけてきた。

「さっき、捜していましたよね？」

「え？」

私は、瞬間、彼女がなにを言っているのかがわからなかった。

「男の人の話です。ほら、写真をみせていたでしょう？」

「はい。もしかして、知ってらっしゃるんですか？」

か？」

「私がみかけた人がその人だかどうかはわかりませんが、一応、写真をみせて頂けません
「もちろんです」

私は、声を弾ませ、写真を出した。

「どうです!?」

待ち切れない子供のように私は息急《せ》き切って訊《たず》ねた。

「この人だわ。間違いないと思います」

「どこですか？　どこにいたんですか？」

「一昨日《おととい》の昼だったかな。この店の近くでみかけました……そう、この並木道ですよ」

「彼は誰かと一緒だったんですか？」

「いいえ。ひとりで立ち止まり、ぼーっとした感じで空を見上げていました。私、『高原』の窓際の席でお茶をしながら、なにをしてるんだろう、って彼をみていたので、よく覚えているんです」

純也さんは、空を見上げ、置き忘れた記憶の断片を探し求めていたのだろうか？

それとも、記憶をどこかに置き忘れたということにさえ気づかずに、ただ、漠然と空の青さを瞳《ひとみ》に映していたのだろうか？

「それで、彼は、どちらへ向かいましたか？」

「さあ、待ち合わせていた彼がきたので、私もそこまではわかりません。ごめんなさい」

彼女が申し訳なさそうに表情を曇らせた。

「なにを言ってるんですか。助かりました」

彼女を、気遣ったわけではない。

純也さんの居所はわからなくても、少なくとも、この軽井沢のどこかにいることはわかったのだ。

ハリーさんがみかけたのは、人違いでもなんでもなく、純也さんだった。

「本当に、ありがとう」

私は彼女に礼を言うと、天を仰いだ。

純也さんがみたのと同じ景色を、瞳に灼きつけたかった。

眼を閉じた。瞼《まぶた》の裏が黄金色に染まった。

頬を撫でる風、鼓膜に囁《ささや》きかける葉擦れの音、髪に降り注ぐ陽光……大自然の息遣いを全身で感じた。

躰《からだ》から力を抜き、空に抱かれるように身を委《ゆだ》ねた。

リン　リン　リーン
ベルの音。眼を開けた。

「すみませーん。危ないですよ」

白樺の並木道をすいすいとレンタサイクルで駆け抜けるカップル……私は去年の夏に、純也さんとふたりで軽井沢を訪れたことを思い出した。

たしか、清里の駅前のカフェで、彼とふたり、新鮮な搾り立てのプラムジュースを飲みながら朝食を摂《と》ったのだった。

何度生まれ変わっても、僕は君に恋する自信がある。

純也さんは、思い詰めたような瞳で私をみつめてそう言った。
ロマンティックな愛の囁きも、私の胸をキリキリと痛めた。
あのときの純也さんは、もう既に病に冒されていたのだった。
生まれ変わってというのは、きっと、死の意味ではなかったはず。
「私」を知っている彼が、「私」を知らない彼になったとしても。
私と純也さんは、その夜、北軽井沢の別荘で結ばれた。
彼の中の「私」を消さないために、私から、純也さんの胸の中に飛び込んでいった。
あの別荘での思い出は、ふたりにとって……。
「そうよ……なんて馬鹿だったの……あの場所を一度しか、捜さなかったなんて」
私は、この半年間、ずっと見落としていた。
思い出を失うことを恐れる彼が、過ごすべきために選ぶだろう場所を……。
以前に一度、行方がわからなくなったときにも、純也さんはそこを訪れていた。
気づいたときには、駅へと駆けていた。そしてタクシーを拾った。
「北軽井沢まで行ってください」
私は、運転手さんに告げた。
ふたりの聖地を……。

◇　　◇

カラマツ林に谺《こだま》する小鳥の囀《さえず》り、鼻腔《びこう》に優しく忍び入る緑葉の香り、うっすらと射し込む陽光……タクシーを降りた私は、懐かしいログハウスを見上げていた。

誰かから、聞いたわけじゃない。誰かが、出入りするところをみたわけじゃない。

でも、私には確信があった。

ふたりの魂がひとつになった、思い出の聖地……純也さんは、必ずここにいる。

ひとつ大きな深呼吸をして、私は玄関へ続く階段を上がった。

祈りを込めて、木の扉をノックした。

確信が間違いでないでほしいという祈り……そして、純也さんの中に「私」がいてほしいという祈り。

不安と期待が、私の胸で綱引きをする。

十秒間が、十分にも二十分にも感じられた。

もう一度ノックをしようと腕を上げたとき、扉が開いた。

私は、目の前に現れた人物の顔をみて、思わず息を呑《の》んだ。

「くると思ってたよ」

直也さんが、彼らしくない物静かな声で言った。

なぜ、ここに直也さんが？　くると思ってたって、どういうこと？

私には、なにがどうなっているのか、わけがわからなかった。

「直也さん……どうしてここに？」

驚きと緊張のために渇ききった喉《のど》から絞り出した声で、私は訊ねた。

「とりあえず、話は中でしよう。入って」

促す直也さんの背中に続き、私はリビングへ足を踏み入れた。

懐かしい木材の匂いとカントリー調のインテリアが胸を震わせた。

以前きたときと違うのは、そこここに生活臭が感じられることだった。

CDコンポやテレビ、書棚にデスク……その一切が純也さんの部屋にあったものばかりだ。

「座って」

私は、純也さんと翌日の観光予定を話し合ったソファに腰を下ろした。

「コーヒーでいい？　紅茶も探せばあると思うんだけど……」

「ううん、なにもいらない。それより、ここに純也さんは住んでいるの？」

直也さんが、複雑そうな顔で頷《うなず》いた。

「どういうことか、説明してくれるよね？」

私は、必死に平静さを装った。膝《ひざ》の上に置いた掌《てのひら》で、足の震えを押さえていた。

「半年前……みなで軽井沢に行くと決めた直後に、兄貴から相談を受けたんだ。東京を離れて暮らしたい、って」

「え……」

苦渋の表情で切り出す直也さんに、私は二の句が継げなかった。

「理由は、置き手紙にも書いてあったけれど、夏陽ちゃんのことを忘れてしまった自分の姿をみられたくはない……というものだった。夏陽ちゃんを、傷つけたくはなかったんだと思う。手塚先生も、兄貴の気持ちをわかってくれてね。ずうっと、入院しているよりいいだろうって、心地好《よ》く、このロッジを貸してくれたんだ」

「じゃあ……先生も知ってたの？　半年もの間、みんなで、私を騙《だま》していたの!?　ひどい……ひどいわ！」

私は、裏切られたような気分になり、激しく取り乱した。

半年間、「孤独」と「絶望」という名の地獄を彷徨《さまよ》っていた。

なのに、直也さんも先生も純也さんの居所を知っていたなんて……それだけではなく、匿《かくま》っていたなんて、あまりにも、ひど過ぎる。

「そう言われると、本当に謝るしかない。ごめん。俺も先生も悩んだんだ。決して、君を騙してやろうとか、そういうつもりはなかった。これだけは、信じてほしい。ただ、俺を弟だと覚えている兄貴としての最後の頼みを、断るわけにはいかなかった……」

直也さんが俯《うつむ》き、唇を嚙《か》んだ。

苦渋の決断だったのだと思うし、ふたりの気持ちはよくわかる。でも、教えてほしかった。いままで、いつも隣にいた人が、ある日突然にいなくなる苦しみは、言葉ではとても言い表すことはできなかった。

「ハルちゃんや智子さんも知ってたの？」

「いいや。俺と先生と兄貴で今後のことを話し合い、旅行の日の前夜に三人で軽井沢に向かった。週に一回は先生が診察に訪れてくれているし、俺もできるだけ顔を出すようにしている。

俺がいないときは、雇っている家政婦が面倒をみてくれているんだ」

「じゃあ、警察は？　あのとき、直也さん、警察に捜索願を出したと言ってたでしょう？」

直也さんが、つらそうな瞳《ひとみ》でみつめながら小さく顎《あご》を引いた。

「どうして……どうして!?　そんな嘘まで吐《つ》いて、私と純也さんを引き裂こうとするのよ！」

私は絶叫し、ソファから立ち上がった。

「夏陽ちゃん、待って、落ち着いて」

直也さんも立ち上がり、私の腕を掴《つか》んだ。

「放してっ。ひどいよ……あなたや先生にも、そんな権利はどこにもないでしょ!?　純也さんはどこ？　ねえ、純也さんに逢《あ》わせて……逢わせてよ！」

直也さんの腕を振り払い、私は叫ぶように言った。

「好きなんだ、夏陽ちゃんのことが」

瞬間、私は動きを止め、直也さんの顔をまじまじとみつめた。

「直也さん……なにを言ってるのよ？」

まるで、兄から想いを打ち明けられてしまったような、そんな妙な感覚に襲われた。

「去年の春に、兄貴に頼まれて君を迎えに行ったときから好きだった。最初のうちは、自分でも気づかなかった。言いたいことが言い合える、友達感覚だった。でも、夏陽ちゃんと会うたび……君を知るほどに、僕が抱いている感情が友達感覚なんかではないってことがわかってきたんだ。でも、君は兄貴の恋人だ。僕は、自分の気持ちを殺すことに決めた」

直也さんがときおり私をみつめるときの、哀しげな瞳の色の理由がようやく理解できた。

「好きな人が手を伸ばせば届く位置にいるのに、触れることも……いいや、想いを打ち明けることもできない。つらかったよ」

　唇を噛む直也さん。

「もう、やめて。そんな話、聞きたくないわ。よく、そんなことが言えるわね？」

「どうして？　兄貴の弟だから？　俺だって、好きこのんで兄貴の恋人を好きになったわけじゃない。好きになった女性が、たまたまそうだっただけの話なんだ」

「聞きたくないって、言ったでしょう？　ねえ、純也さんはどこにいるの？　お願い、彼に逢わせて！」

「俺じゃ、だめなのか？　兄貴の代わりでもいい。俺をひとりの男として、みてくれないか？」

　俯いていた直也さんが顔を上げ、苦しげな表情で言った。

「なにを言ってるのよ？　直也さん、あなた、どうかしてるわ……純也さんがこんなときに、よくそんなことが言えるわね」

　思わぬ相手からの唐突な告白に、私は動揺し、激しくうろたえていた。

「じゃあ、どんなときに言えばいいんだ？　兄貴がＭＣＩだとわかる前に、何度も口に出そうとしたさ。でも、できなかった。記憶を失い始めてからは、もっと出しづらくなった。こんな状況で告白するなんて、俺だって非常識なことくらいわかってるよ。だけど、仕方ないじゃないか……」

「そういう問題じゃない。私が、純也さん以外の男性が眼に入らないことくらい知ってるでしょう？」

「夏陽ちゃんのことを一生思い出せない兄貴を、愛し続けるっていうのか？」

直也さんの言葉が、私の胸を鋭く抉《えぐ》った。

「あなたって、最低の男ね。見損なったわ」

私は吐き捨てるように言うと、玄関へと向かった。

純也さんとの思い出を汚されたような気がして、腹立たしく、とても哀しかった。

「待てよ」

「待たないわ。直也さんには、幻滅したわ」

振り向かずに言い残し、私は外へ出た。

ロッジの前で待っていれば、必ず純也さんは現れるはず。これ以上、直也さんと顔を合わせていれば、取り返しのつかないひどいことを言ってしまいそうだった。

外へ出てひとりになると、急に涙が込み上げてきた。

信じていた人間に裏切られた哀しみと改めて再確認した純也さんの固い決意、そして、直也さんの秘められた思い……様々な思いが、私の心をかき乱した。

半年間、ずっと信じていた。

まさか、直也さんと手塚先生が、ふたりで話し合って純也さんを匿っていたなんて……まるで、悪い夢をみているようだった。

腰から崩れ落ちるように階段に座った私は、眼を閉じて天を仰いだ。

もう、いいでしょう？　ここまで苦しめれば、気が済んだでしょう？

お願いします。もし、彼を私のもとに戻してくださるのなら、ほかには、なにも望むものはありません。

「夏陽ちゃん、ごめん」

ドアが開く音に続いて、直也さんの声が背中から聞こえてきた。

私は、ゆっくりと首を後方に巡らせた。

眼を真っ赤にした直也さんが、唇を震わせ、佇《たたず》んでいた。

「君の言うとおりだ。俺、どうかしてたよ。たしかに、兄貴がこういうときに言うべきことじゃなかったし、君に内緒で事を進めたのも悪かった。謝るよ」

直也さんが、泣き出しそうな顔で頭を下げた。こんな彼をみるのは初めてのことで、私は途端に後悔の念に苛《さいな》まれた。

「私のほうこそ、少し言い過ぎ……」

直也さんが、少しだけ大きく見開いた眼を私の背後に向けた。

私も、釣られるように彼の視線を追った。

瞬間、心臓が止まりそうになった。

カラマツ林の小径《こみち》をロッジに向かって歩いてくる人影……懐かしい瞳に鳥肌が立ち、足が震えた。

純也さん……。

彼の名を呼びたいのに、声が出なかった。

彼のもとに駆け寄りたいのに、足が動かなかった。

私は、夢にまでみた純也さんが、一歩、また一歩歩み寄ってくるのを、ただただ、樹木のように立ち尽くし待っているしかなかった。

緊張のために掌《てのひら》が汗ばみ、喉《のど》がからからに渇いた。

五メートル、四メートル、三メートル……最愛の男性がどんどん近づいてくる。

夢でも幻でもない、本物の純也さんが……。

純也さんは、ジーンズにオフホワイトのサマーセーターを着ていた。

半年前より、いくらかふっくらしたような感じだった。髪も、少しだけ伸びたような気がした。

でも、優しく奥深い瞳だけは、以前のままだった。

不意に、純也さんが足を止め、私の顔をしげしげとみつめた。

夏陽です。去年の三月に、「ブローニュ」で出会ったでしょう？ 覚えていますよね。あなたはキャンディティーを頼み、いつも、患者さんの思い出帳を眺めていましたね。

私は、そんなあなたの横顔をみているのが好きでした。

おいしい紅茶を、飲みに行きませんか？

あなたにそう誘われたときの私が、どんなに嬉《うれ》しかったかを知っていますか？

パックに美顔マッサージに美容室……デートらしきものをする前夜、あなたの前で最高に美しい私でいるためにやることがいろいろとあり過ぎて、寝る暇もありませんでした。

徹夜をするとお化粧のノリも悪くなるし眼の下に隈《くま》もできるし、だから、二、三時間だけ眠ろうとベッドに入ったら寝過ごしちゃって、約束の日は朝から大変だったんですよ。

でも、愉《たの》しかったです。あの頃は心配事なんてなにもなくて、あなたとの幸せの行方だけをみつめていればよかったんですもの。

もう一度、戻れますよね？　ふたりで、キャンディティーを飲みながら語り合っていたあの頃に……。


私は、じっとみつめてくる純也さんに、心で語りかけた。

「直也君、お友達かい？」

私は、純也さんが発する言葉に、耳を疑った。

弟を君づけで呼び、私をお客様扱いにする彼が、いま、どういう状態なのかは考えるまでもなかった。

覚悟をしていたこととはいえ、私のショックは計り知れないものだった。

「ああ、紹介するよ。こちらは、吾妻夏陽さん。自由が丘の『ブローニュ』という紅茶専門店で働いているんだ。夏陽さん。こちらは、俺の兄貴だ。なぜ、弟を君づけで呼んでいるかというと、以前に交通事故にあったときに頭を打って、記憶をなくしているんだ」

直也さんの、まるで初対面の人間同士を引き合わせるような物言いが、私の祈りを粉砕し、現実という名の残酷な真実を突きつけた。

「はじめまして。星純也といいます」

純也さんの自己紹介に、私の頭の中は闇色に染まった。

この高原の空気のように澄み渡った彼の瞳《ひとみ》のどこにも、私は見当たらなかった。

哀しいほどに、見当たらなかった……。

「純也さん……？」

私の呼びかけに、純也さんが微《かす》かに首を傾げた。

そう、見知らぬ人間に声をかけられた犬のように。

「ねえ、私のこと……」

「夏陽ちゃん、ほら、自己紹介、まだだよ」

慌てて直也さんが、私の言葉を遮り執り成すように言った。

「あ……そうだったわね。私ったら、変ね。東京から軽井沢の移動で、時差惚《ぼ》けするのかしら……なんちゃって」

私は、必死に取り繕い、口もとに弧を描いてみせた。

彼は、まだ、首を傾げながら私をみつめていた。

「はじめまして……吾妻……夏陽です」

純也さんの顔が、涙で霞《かす》んだ。

3

ちょっと首を傾げ気味にし、私をみつめる純也さんを前に、涙を堪《こら》えるのが精一杯だった。

はじめまして……と互いに自己紹介をし合ったという現実を、現実として受け入れることができなかった。

「あの、軽井沢にきたことあります？」

純也さんが、遠慮がちに訊《たず》ねてきた。

「え……？」

「いや、以前、どこかでお会いしたことあるかな、と思いまして」

「どうして、そう思うんですか？」

私は、少しだけ張りを取り戻した声で訊《たず》ねた。

「うーん、どうしてでしょうね。なんで、そう思うんだろう」

純也さんが、腕を組み、眉間《みけん》に縦皺《たてじわ》を刻んだ。

「さあ、立ち話もなんだから、とりあえず中へ入ろうか？」

直也さんが執り成すように、私と純也さんをロッジへと促した。

兄をこれ以上苦しめたくはないという直也さんの兄弟愛の中に、過去を切り離し未来だけをみつめようと努力する物哀しさを感じた。

きっと、弟は、置き忘れられた思い出を取り戻したいという自分の願望よりも、大好きな兄のために、新しい人生を構築することを選んだに違いなかった。

「兄貴、昼飯は？」

「もう、外で済ませてきたよ。夏陽さん。テラスに出てみませんか？　ここのテラスからの眺めは、とても素晴らしいんですよ」

純也さんが、テラスへと続くドアを指差してにっこりと微笑んだ。

「はい」

知っています。私は、喉まで出かかった言葉を呑み込み、微かに口もとに弧を描いて頷いた。

純也さんがドアを開けると、その先には、忘れられない思い出の中の光景が広がった。

「どうぞ」

木製の丸テーブルに二脚の椅子。淡いベージュの木綿のテーブルクロス……あのとき私が座った椅子に私を促し、あのとき自分が座った椅子に腰を下ろす純也さん。

「僕は、このテラスに座ってなにもしないでぼんやりと景色を眺めているのが好きなんです」

そして、一年前に同じロッジに泊まり、いま、目の前にいる女性とともにキャンディティーのカップを傾けていたことも忘れ、眼を細めて周囲を見渡していた。

私には視《み》える。

テーブルに置かれたティーカップにミルクポットにシュガーポット……そして、中央の小皿には私の大好きなオレンジマフィン。

ふたりを祝福するようにテーブルの足もとを取り囲む白雪姫の七人の小人達の置物。


森の中の紅茶屋さんの雰囲気が、少しは出せたかな？


ブローニュの森に紅茶専門店を開くのが夢。

私が語る夢を覚えていてくれた純也さんがセッティングしてくれた光景を、忘れられるはずがなかった。

「本当に、素敵な眺めですね」

私は、さざ波立つ心から意識を逸《そ》らし、初めてみるように、空に向かって「羽を伸ばしている」広葉樹の枝葉に視線を移した。

ねえ、純也さん。このテラスの手摺《てすり》に現れたスズメに、オレンジマフィンをちぎって投げたら、喜んで啄《ついば》んでいたわね。

裏庭に咲いていた、そよ風に首を揺らす鮮やかなオレンジ色の花びら……あれ、なんていう花だったっけ？

ほら、黄色の翅《はね》に黒い模様の入った美しいアゲハ蝶《ちょう》が、蜜《みつ》を吸っていたじゃない？

じゃあ、そこの小枝にいた、ほっぺを木の実でパンパンに膨らませたリスのことは？

私は、心の中で純也さんに語りかけた。

現在の彼の中に、私がいないのはわかっている。

いくら呼びかけても、無意味なのもわかっている。

でも、忘れることなんて、できはしない。

両手では持ち切れないほどの彼との幸せだった思い出を、ひとりで抱き続けるのはつらい……つら過ぎる。

「僕はね、お医者さんのスタッフをやっていたそうなんです」

不意に、純也さんが、カラマツ林の向こう側を遠い眼でみつめながら、他人事《ひとごと》のように言った。

いいえ、ようにではなく、一切の記憶を失ってしまった彼には他人事に違いなかった。

「どういうお仕事なんですか?」

私は、敢《あ》えて、「いまの彼」に合わせた。

「僕も、詳しくはわからないんですが、記憶を失った患者さんのカウンセリングやリハビリのお手伝いをする仕事だそうです。手塚先生という方や直也君が教えてくれたんですが、ピンとこなくて。だって、僕に医学的知識があったとは思えないし、自分自身が記憶を失っているわけですから、仕方ないですよね」

純也さんが、力なく笑った。

自分が何者なのかも思い出せないのだから、それも、無理のない話なのかもしれない。

「きっと、星さんは、素敵なスタッフさんだったと思います。患者さん達も、どれだけ救われたことでしょう」

奥歯を噛《か》み締め、込み上げる嗚咽《おえつ》を呑み下した。彼の頰に伸びそうになる手……我慢した。

「ありがとうございます。でも、僕とは初めて会ったのに、どうしてわかるんです?」

僕とは初めて会ったのに……。

もちろん、彼の言葉に悪気がないことはわかっている。

わかってはいるけれど、そのひと言は、ふたりの思い出の温《ぬく》もりを覚えている私にとっては、あまりにも、残酷だった。

鼻の奥が熱くなり、涙腺《るいせん》が震えた。限界だった。溢《あふ》れ出しそうになる涙……天を仰ぎ、なんとかごまかそうとした。

「どうしました？」

心配そうな純也さんの声が、私の涙腺をさらに刺激する。

「いえ……知り合いに、やはり、同じような病を抱えている人がいまして。その人のことを、思い出していたんです」

私は、ごまかしとおした。けれど、嘘ではなかった。

ただ、「その人」が、目の前にいる男性のことだと、言ってないだけ……。

「そうですか。その方は、事故かなにかが原因で？」

「ううん、違います。彼の場合は、病気だったんです」

「その男性は、お幾つなんですか？」

純也さんが、自分のこととは夢にも思わず、同情の色を湛《たた》えた瞳で訊ねてきた。

「二十五です」

私は、純也さんの顔を窺《うかが》いながら言った。

「え？　僕と同じですね。といっても、自分で覚えているわけではなく、直也君に免許証をみせてもらったんですけどね。僕が車を運転していたなんて、信じられません」

私もいま、あなたとこんな言葉遣いで、こんな会話をしているということが信じられない……。

……喉もとまで出かかった言葉を、寸前のところで我慢した。

「僕は事故で頭を打ったからというのがありますけど、その若さで……ああいう病気って、はやくても四十代からだと本で読んだことがあります」

「お祖父様《じぃ》も、彼と同じ病気だったと聞いてました」

「そうですか。つらい話ですね。その方は、夏陽さんのお友達だったんですか？」

「大事な男性《ひと》です。とても……とても……ね」

私は、どうしようもない哀切な思いを込めた瞳《ひとみ》で純也さんをみつめた。

「そういう病気って、治らないんですか？　記憶が戻ることはないんですか？」

「目の前の男性」が、興味本位ではなく心から純也さんのことを心配しているのが伝わった。

「さあ……医学では解明できないことがあるらしくて、まだ、その病気についてわかってないところもあるそうなんです。ただ、過去の患者さんのケースで言えば、いったん失われた記憶が戻ることはないと……」


今日からは、回想法をやろうと思う。印象深い思い出を繰り返し語らせることで、少しでも記憶力の退行を防ごうという試みなんだよ。正直なところ、この療法の効果がどこまであるのかは実証されてはいない。でも、効果があると言われているものは、すべて試してみようと思ってね。


手塚先生は、自分の全知識を、全経験をかけて、純也さんを連れ戻そうとしてくれた。

匙《さじ》を投げた、というわけではないけれど、純也さんから病魔を追い払うという行為を諦《あきら》めた部分はある。

でも、先生を非難する気はない。彼は、真摯《しんし》に、誠実に、私の大切な人に向き合ってくれた。

「まだ解明されていない部分があるならば、逆に、可能性も残されているということじゃないでしょうか？　夏陽さん。諦めるのは、まだはやいですよ。その大事な彼は、きっと、戻ってくると思います」

その温かな眼差《まなざ》しも、優しい声も、柔らかな笑顔も……私の知っている純也さんそのものだった。

私は、夢をみているのかもしれない。そう、これは、きっと、悪い夢。長い長い夢から覚めれば、出逢《であ》った頃の純也さんに会えるはず。

「お話が盛り上がっている中、申し訳ないのですが、お茶をお持ちしました」

直也さんがおどけた調子で、木の盆を片手に載せて現れた。

「はい。兄貴の好きな、紅茶だよ」

私は直也さんの言葉に、弾《はじ》かれたように顔を上げた。

「直也さんのお兄さん、紅茶が好きなの？」

「うん、そうなんだ。でも、夏陽ちゃんの店みたいに本格的じゃなくて、俺のはティーバッグだけどね」

「夏陽さんは、紅茶屋さんにお勤めなんですか？」

純也さんの問いかけが、胸を軋《きし》ませる。

そうよ。あなたは、いつも「ブローニュ」の窓際の席でキャンディティーを飲みながら思い出帳と睨《にら》めっこし、患者さんの「思い出」を探そうとしていたわね。

あなたは、知っていたかしら？　私は、そんな純也さんをみているのが好きで、まだ席を立たないで……もう少し、もう少しって、心でわがままを言っていたのよ。

「はい。自由が丘の『ブローニュ』って紅茶専門店です。今度、機会があったら、一度飲みにきてくださいね」

どうしようもない哀しみを微笑みで塗り潰《つぶ》し、純也さんに言った。

なにかを喋《しゃべ》れば喋るほど、胸にぽっかりと開《あ》いた空洞が深くなってゆく。

「ぜひ……あ、直也君。勝手な約束をしちゃうとまずかったかな？　軽井沢を出るときは、手塚先生に外出許可を貰《もら》わなければならないんですよ。子供じゃないのに、って思うんですけどね」

純也さんが、私に少しだけ不満そうに説明した。

「兄貴は自分が誰なのかもわからないわけだから、もし万が一のことがあったら困るだろう？」

「でも、直也君に世話になっていることはわかっているよ。そんな、穴の開いたザルじゃないんだから、次々に忘れることはないさ」

ここで私は、素朴な疑問に囚《とら》われた。

「お手洗い、どこかしら」

ごめんなさい。私は純也さんに言うと、席を立ちリビングへと入った。

「トイレは……」

「ううん、違うの。純也さんのことで訊《き》きたいことがあって」

私は、直也さんの言葉を遮り言った。

「なんだよ？　訊きたいことって？」

「純也さんは、いまの記憶も忘れてゆくの？」

「俺も、そのへんを手塚先生に訊いてみたんだ。確証はないということを前提に話してくれたんだけど、現段階からは、病気の進行は緩やかなものになるだろうって」

「でも、忘れちゃうんだ……」

私は、暗い声で呟《つぶや》き、視線を足もとに落とした。

このまま純也さんの病状が進行した場合、これから、新しい思い出を築いていくしかないのかもしれない、と思っていた。

新しい思い出を築く……といっても、純也さんがふたたび私を好きになってくれるという保証は、どこにもなかった。

もし、好きになってくれたとして……思い出を築けたとしても、その記憶を失ってしまえばすべてが振り出しに戻ってしまう。

私と彼は、永遠に愛し合うことができないの？

「夏陽ちゃん。慰めになるかどうかわからないけど、これが脳が萎縮《いしゅく》していくタイプの病気ならば、命にまでかかわる問題らしいんだけど、兄貴の場合は、とりあえず、ＣＴスキャンでも脳に異常はみられないそうなんだ。まあ、楽観視はできないけれど、少なくとも、いまは命がどうこうの心配はないよ」

命を失う心配がないぶんだけ恵まれている。

たしかに、そういう考えかたがあるのかもしれない。

でも、そう割り切るには、目の前の現実はあまりにも残酷過ぎた。

「生活は、普通にできているの？」

話題を変えた。直也さんになにを言っても、仕方のないこと……彼は彼で、兄を失ったというつらい現実を必死に受け止めようとしているのだから。

「ああ。記憶障害以外は、なにも問題はないし、病気にかかった初期の頃は放心状態になっていたけれど、いまはそれもないし。安定しているっていう表現はどうかと思うけど、とにかく、日常生活に差し障ることというのは、いまのところないね」

「そう。普段の彼は、どんな生活を送ってるの？」

「朝はだいたい七時頃に起きて、二時間くらい散歩をして、帰ってきたら読書をしながら朝食を摂《と》って、それから、アトリエにしている部屋に籠《こも》って絵を描いてるんだ」

「純也さん、絵を描くようになったの⁉」

私は、素頓狂《すっとんきょう》な声で訊《たず》ねた。

驚きと同時に、私の知らない趣味を持った彼に、少しだけ寂しさを覚えた。

「あれを、描くようになったと言うのかなぁ。風景画とかが多いんだけど、どれも、尻切《しりき》れとんぼで終わってるんだよな」

直也さんが、苦笑いを浮かべながら言った。

「どういうこと？」

「記憶に関係していることだと思うんだけど、どの作品も、描きかけで終わっちゃってるんだよな。一日で描き終えることができたなら別だろうけど、やっぱり、何日とか何週間、場合によっては何ヵ月もかかる作業だから、なにを描こうとしていたのかを忘れてしまうんだよ、きっと。ほら、誰かと話しているときにさ、電話とかが入って中断して、そのあとまた話し出そうとしたら、会話の内容を度忘れしてしまった経験ってないかい？　それと、似ているんじゃないのかな」

描きかけの絵が溢《あふ》れたアトリエ……私は、たまらなくせつない気分になった。

「でも、昔の記憶は残っているんじゃないの？」

私は、率直に疑問を口にした。

「古い記憶はね。覚えてはいないけど俺が弟であるとか……そういうことはすぐには忘れないんだ。ただ、昨日はなにを食べたとか、いまから読書をしようと思っていたとかの新しい記憶は別らしい。まあ、俺達でたとえれば度忘れという現象だけど、手塚先生が言うには、それが激しくなった奴らしい」

「そう。私、そろそろ行くわ。あんまり長いと、純也さんに変に思われちゃうから」

直也さんを残し、私はテラスへと戻った。

純也さんは、スケッチブックに鉛筆を走らせていた。

モデルは、テラスの柵《さく》で翅《はね》を休めるとんぼだった。

「お上手ですね」

私は、スケッチブックを覗《のぞ》き込みながら言った。

お世辞ではなく、彼の描く「とんぼ」は、いまにも飛び立っていきそうだった。

「素人の趣味レベルですよ」

純也さんが恥ずかしそうに照れ笑いを浮かべた。その間も、ずっと鉛筆を持つ右腕を動かしていた。

「いつから、絵を描いてるんですか？」

「たぶん、ここに住み始めるようになってからです。直也君が、記憶を失う以前の僕は、絵なんて描いてなかったと言ってました。僕が思うに……」

純也さんが鉛筆を動かす手を止め、私のほうを向いた。

「無意識のうちに、記憶を形に残そうとしているんじゃないかと思うんです。あ、よかったら、僕のアトリエにご案内しますよ」

席を立ちリビングに入る純也さんのあとに、私も続いた。

「夏陽さんをアトリエにご案内するんだ。さあ、こちらです」

直也さんに言うと、純也さんは私をリビングに隣接する部屋へと促した。

アトリエとして使われているのは、大きな出窓からふんだんに採り入れられた陽光に満ち溢れる、十畳ほどのフローリング張りのスペースだった。

部屋中を、キャンバスが埋め尽くしていた。

カラマツ林らしきもの、高原らしきもの、牧場らしきもの、喫茶店らしきもの……直也さんが言っていたとおりに、ほとんどの絵が、デッサンの段階の中途半端な未完成品だった。

「次の日になると、前日に絵を描いていたことを忘れてしまうんです。それで、思い出しても、今度は、どこの景色を描こうとしていたかがわからないので、続きが描けないんです。その繰り返しで、こんな状態になっちゃったんですよ」

アトリエの中央で両手を広げてみせた純也さんが、自嘲《じちょう》的ではなく、陽気な感じで言った。それがよりいっそう、せつなさを際立たせた。

「兄貴、その絵は？」

直也さんが、作業机に開いて置かれているスケッチブックを指差して言った。

そこに描かれているのは風景画ではなく、人物画のスケッチだった。

といっても、顔は白紙で描かれてなく、肩先に触れる長い黒髪で女性だとわかった。

いったい、この女性は誰なんだろうか？

私の胸を、微《かす》かな不安が過《よ》ぎった。

「あれ、なんだよ、これ。同じ絵が、何枚もあるじゃないか？」

直也さんが素頓狂な声を上げ、次々とページを捲《めく》った。

二枚、三枚、四枚……どのページも、同じように顔が白紙の黒髪の女性がまるでコピーされたように描かれていた。

「この女性、誰ですか？」

堪《たま》らず、私は訊ねていた。

「うーん、どういうふうに説明すればいいんだろう。その絵に描かれているのは、空想の女性なんだ」

「空想の女性？」

直也さんが、鸚鵡《おうむ》返しに言った。

「そう。いつも、頭の中に浮かぶんだ。夢にもよく出てくるし。でも、忘れないようにって絵に描こうとしたら、どういうわけか、顔が思い出せないんだよ」

胃がキリキリと痛み、胸が鷲《わし》掴《づか》みにされたように苦しくなった。

純也さんの頭の中にいつも浮かぶ女性……夢にまで現れる女性に、私は激しく嫉妬《しっと》していた。

「じゃあ、じっさいには存在しないってことか？」

「さあ、僕にもよくわからないんだ」

ふたりの話は、耳を素通りしていた。

実在の人物でも架空の人物でも、純也さんの心がその「人物」に向いている……それだけで、私には耐えられなかった。

記憶のないいまの純也さんが、誰かを好きになっても私がどうこう言える立場ではないのかもしれない。

でも、それを受け入れられるほど浅い愛でもなければ、割り切れるほど大人でもなかった。

虚《うつ》ろな瞳《ひとみ》でスケッチブックをみつめながらページを捲る私の手が止まった。

そこに描かれているのは、いままでと同じにセミロングの顔なしの女性のデッサン画だったけれど、ひとつだけほかの絵と違うのは、首もとにペンダントの絵が描かれているということだった。

そのペンダントの絵をみて、私は我が眼を疑った。

太陽をモチーフにしたペンダントトップ……そう、スケッチブックの中の女性が身につけているのは、私が純也さんにプレゼントしてもらった物と同じデザインだった。

もしかして、純也さんは私のことを思い出しかけているのかもしれない。

今日にかぎって、あのペンダントを家に置いてきたことを私は悔やんだ。

その反面、怖かった。

絵に描かれているペンダントをつけている女性が私であると知った彼が、落胆しはしないかと……ずっと描こうとしていた理想の女性のイメージとは違い失望しないかと。

私は行動派ではあるけれど自信家ではなく、楽観的ではあるけれど自惚《うぬぼ》れ屋ではなかった。

姿形は純也さんであっても女性の好みや趣味は百八十度変わっているのではないかという懸念が、私を臆病《おくびょう》にさせた。

「夏陽ちゃんは、この絵の人物が実在しているかどうかなんだけど、どっちだと思う？」

「え？　あ、ああ……どうだろう……私には、わからないわ」

直也さんに突然に話を振られて、私はしどろもどろになった。

告白するもしないも、なにはともあれ、あのペンダントを取りに帰ることが先決だった。

「あの、私、今日はこれで失礼するわ」

「え？　帰っちゃうの？　泊まっていかないのかよ？」

直也さんが、様々な疑問が浮かぶ瞳を向けてびっくりしたように言った。

この半年間純也さんを捜し求めてきたというのに、会って一時間たらずで帰ると言い出したのだから、彼が驚くのも無理はなかった。

「事情はあとで電話するから。星さん、アトリエをみせてくださって、ありがとうございました。また、遊びにきます」

私は直也さんに耳打ちをし、それから純也さんに向き直ると礼を述べた。

手を振り踵《きびす》を返した私に、純也さんの声が追ってきた。

「吾妻さん」

「はい。なんでしょう？」

「今度、遊びにいらっしゃったときに……」

純也さんが微かに言い淀《よど》み、それから、小さく息を吸った。

「おいしい紅茶を、飲みに行きませんか？」

彼が続けたその言葉に、私の周囲だけ時間《とき》が止まった。

エピローグ

広子ちゃんの手入れがいいのだろう、ガラスクリーナーの液体を吸い込んだ雑巾《ぞうきん》に、汚れはほとんど付着しなかった。

「夏陽ちゃん、おはよう。今日も、暑くなりそうね」

近所でアロマショップを開いているまりかさんが、穏やかな笑みを投げかけてくる。

「おはようございます。ほんと、躰《からだ》が溶けちゃいそうですね。今日は、寄っていかれないんですか？」

私は、窓を拭《ふ》く手を止めて笑顔を返した。

まりかさんは、シナモンティーがお気に入りで、毎朝、出勤前には「ブローニュ」に寄って行ってくれるのだ。

「ごめんね。今日は棚卸しで、忙しいんだ。それより、広子ちゃんは休み？」

「いますよ。どうしてですか？」

「だって、店長が窓拭きなんかやってるんだもの」

「ああ……たまには躰を動かさないと、どんどん脂肪がついちゃって。豚さんになるのいやだもの」

私はお腹の肉を摘《つま》み、おどけた口調で言った。

「あら、そんなにスリムなくせに、怒るわよ。私のお肉、もらってほしいくらいだわ」

そういうまりかさんなんだけれど、三十代とは思えない抜群のプロポーションをしている。

「じゃあね」

「棚卸し、頑張ってください」

私は、手を振り去ってゆくまりかさんの背中に声をかけると、窓拭きを再開した。

私がやります、という広子ちゃんから窓拭きの仕事を奪ったのには理由がある。

腕時計に眼をやった。午前十時四十五分。もうすぐだ。私は、太陽をモチーフにしたペンダントをそっと握り締めた。

今日は、北軽井沢の別荘から、直也さんにつき添われた純也さんがくる。

昨日、純也さんから貰《もら》ったペンダントを取りに東京に戻った私のもとへ、直也さんから電話が入ったのだ。


兄貴が、夏陽ちゃんの店に行きたいって言うから、明日、連れて行くよ。

その話を聞いた私は、ふたたび軽井沢へ行くことを取りやめ、急遽《きゅうきょ》、「ブローニュ」に出ることにしたのだった。

おいしい紅茶を、飲みに行きませんか？

純也さんは、別れ際に、「ブローニュ」で出逢《であ》ったばかりのときと同じ言葉を口にした。もちろん、彼がそのときのことを覚えているわけではなかった。

ただ単に、社交辞令的に言ったのかもしれないし、紅茶が好きだから、誘ってくれたのかもしれない。

でも、嬉《うれ》しかった。

理由がなんであろうと、純也さんが思い出の言葉を口にしてくれたということが……また、「ブローニュ」で一緒に紅茶を飲めるということが……。

私は、駅へと続く通りに首を巡らせた。

まるで、飼い主の帰りを待つお留守番している犬のよう。

チリリン　チリリン

「夏陽ちゃんが窓拭きなんて、大雨が降ったりしなければいいけど」

ドアチャイムの音を引き連れたハリーさんが、憎まれ口を叩《たた》きながら外へ現れた。

「あら。ハリーさんがクワガタ君を家で留守番させて真面目に働いているっていうのも、暴風雨になりそうだけど」

私は、ハリーさんに憎まれ口を返した。

もちろん、本気で言い合っているのではない。

これは、挨拶《あいさつ》のようなものだった。

「たしかに。こりゃ、一本取られたな。ところで、夏陽ちゃん。心の整理は、ついたのかい？」

ハリーさんが、それまでのからかい口調とは一転した、真面目な表情で言った。

私は、北軽井沢で純也さんと再会したこと、直也さんと手塚先生が彼を匿《かくま》っていたこと、完全に私を忘れてしまっていたこと、初対面の人がそうするように自己紹介をし合ったこと、私を思わせる女性の絵が何枚もあったこと……そして、初めてデートらしきものをしたときのきっかけとなったのと同じセリフでお茶に誘われたことを、ハリーさんに話していた。

ハリーさんは、そのうち思い出すんじゃないかな、と言ってくれた。

決して適当に物を言っていたわけではないけれど、彼なりに、私を励まそうとしてくれていたのがわかった。

「いまは、なにも考えられない、っていうのが正直な気持ちかな。だって、ほんの一年前の夏までは、愉《たの》しく笑い合って、幸せな日々を送っていたのよ。ふと、思うときがあるの。これは、全部、悪い夢じゃないかって。目覚めれば、純也さんが、うなされてたよ、って、心配そうな顔で横に座っているの……」

本当に、これが夢なら……そう考えると、胸に異物が詰まったようになり、言葉を続けることができなかった。

「そうだよな。察するよ。もし、ウチの女房が、星君と同じようになったら……やっぱり、考えられないな」

ハリーさんが、やりきれない、というような表情で言った。

「夏陽ちゃん。もし、その……もしさ、このままの状態が続いたら、どうするつもりなんだい？」

「このままって？」

もちろん、ハリーさんの言いたいことがなんであるかは、わかっていた。

わかっていたけれど、それを現実問題として受け入れるのが怖かったのだ。

「そうだな、なんて言うんだろう……」

ハリーさんが、言いづらそうに言葉を濁した。

「純也さんの記憶が、失われたままならどうするか？　ってこと？」

「まあ、言いづらいことだけど……。誤解しないでくれよ。あくまでも、もし、の話だからね」

「いいの。気にしないで。このまま純也さんが、私のことを忘れたままなら……とても、つらいわ。でもね、離れているのは、もっとつらいの」

「じゃあ……？」

ハリーさんが、窺《うかが》うような瞳《ひとみ》を向けてきた。

「うん。純也さんが、もう一度私を好きになってくれたら、一から、おつき合いしてもいいと思ってる」

「でも、星君は、また、記憶を失ってしまうんだろう？」

ハリーさんの言いたいことは、一から交際を始めても、ふたたび、私のことを忘れてしまう……ということなのだろう。

「それは、覚悟してるわ」

空を見上げた。今日は、晴天のはずなのに、私の視界は青ではなくグレイに染まっていた。

「気持ちはわかるけど、急いで結論を出さないほうがいい。僕が親代わりじゃ頼りないかもしれないけど、君の幸せを兄貴から……」

ハリーさんが言葉を切り、視線を私の背後に移した。私も、ハリーさんの視線の先を追った。

「お、オーナーと店長が、揃って外でお出迎えですか？　嬉しいなぁ」

お馴染《なじ》みのおちゃらけモードの直也さんが、子供のように手を振りながら破顔した。

少しあとに続く純也さんは、弟とは対照的に物静かな笑みを湛《たた》えていた。

「五時間も前からお待ちしていましたよ」

ハリーさんもおちゃらけを返し、恭しく頭を下げた。

「どうも、いらっしゃい。遠いところを、わざわざすみません」

他人行儀な言葉遣いに複雑な気分になりつつ、私は直也さん、そして純也さんに笑顔を向けた。

「素敵なお店ですね」

純也さんが、木立ちを飛び交う小鳥や咲き乱れる花の絵が描かれた外壁を眺め、眼を細めた。

あなたが、毎朝のように訪れていたお店よ。

私は、心で純也さんに語りかけた。

「長旅で、疲れたでしょう。さ、中へ入って。素敵なのは、外側ばかりだけどね」

ハリーさんが、私の顔の曇りを察したのだろう、空気を明るくしようと、ジョークを飛ばしながらふたりを店内へ促した。

「いらっしゃいませ」

広子ちゃんの溌剌《はつらつ》とした声が響き渡る店内に首を巡らせていた純也さんの眼が、窓際の彼の「指定席」で留まった。

「直也君、あそこでいいかな?」

「ああ、俺はどこだっていいよ」

純也さんが小さく頷《うなず》き、吸い寄せられるように指定席へ足を向けた。

私は、今日ほど、「ブローニュ」の閑古鳥状態に感謝したことはなかった。

そして、以前と同じ席を迷いなく選んだ彼の行動に、胸が打ち震える思いだった。

でも、少し前までの私なら、舞い上がり、大喜びしていただろうけれど、いまは、冷静に現実をみる眼を持てるようになった。

彼を冒している病気は……置かれている状況は、そんなに甘いものではない。

「ご注文……」

「あ、いいのよ。私がやるから。奥で、朝御飯を食べてて。ご注文は、なになさいますか?」

私は広子ちゃんからオーダー伝票を受け取ると、ふたりに訊《たず》ねた。

「うーん、なににしようかな」

純也さんが、メニューに書かれた豊富な紅茶の種類に迷っていた。

「こんなに一杯あるんじゃ、なにがなんだかわからないよな。夏陽ちゃん、なにがお薦めなの？」

直也さんが、お手上げのポーズを取り訊ね、純也さんに気づかれぬように片目を瞑《つむ》った。

目移りするほどの茶葉があるのはたしかだけれど、直也さんが私に注文を預けたのは、彼の優しさの表れだった。

「そうですね、私の個人的な意見で言わせてもらうと、キャンディティーなんていいと思いますよ。ルビーみたいな深く鮮やかな真紅の、それでいて透き通った水色《すいしょく》は、世界中の茶葉でも一番だと思います」

「おお、それ、いいね！　兄貴は？」

「うん。その、キャンディティーとかいうのを、貰《もら》ってみようかな」

「じゃあ、俺はアールグレイね」

「あれ、直也君も、キャンディティーじゃなかったのかい？」

純也さんが、拍子抜けしたような声で訊《き》いた。

「へへ……俺って気紛《きまぐ》れなんだよな」

頭を掻《か》く弟を、兄が呆《あき》れた顔でみつめた。

これも、直也さんの心遣いだということがわかった。

恐らく、キャンディティーがふたりの思い出だと知っている直也さんは、敢《あ》えて、ほかの紅茶を注文したに違いなかった。

「キャンディティーとアールグレイをおひとつずつでよろしいですね？」

私は注文を復唱し、カウンターへと入った。
「じゃあ、アールグレイは僕に任せて」
ハリーさんに頷き、私は紅茶を淹《い》れる支度に取りかかった。
この一杯は、特別の一杯……私は、スプーンで茶葉を掬《すく》うときに、純也さんへの想いを込めた。

飴《あめ》みたいに甘いから、キャンディなのかな？　って思っていました。

出逢《であ》ったばかりのときに、純也さんは、恥ずかしそうな顔で打ち明けた。
いまとなっては、些細《ささい》なことだけれど、彼と過ごした一秒一秒が、交わした言葉のひとつひとつが、触れ合った視線が、そのどれもこれもが、私にはかけがえのない思い出となっていた。
火を止め、ポットに沸騰したお湯を注ぐ。茶葉を蒸らしている間、眼を閉じ、懐かしい記憶たちの声に耳を傾けた。

私も頑張るから、お兄ちゃんも泣かないで。

不意に、少女の声が聞こえた。

私だって、我慢してるんだからね。

少女の声は、張り詰め、小刻みに震えていた。

いったい、この少女は誰なのだろう。そして、誰に語りかけているのであろうか？

「夏陽ちゃん」

眼を開けた。カウンター越しに、直也さんが立っていた。

「それをテーブルに出したら、ちょっと、外までいいかな？　みせておきたいものがあるんだ」

直也さんが、私の耳もとに顔を近づけ囁《ささや》いた。

「みせておきたいって……」

「ここから五十メートルほど先に、児童公園があるだろう？　そこで待ってる」

「あ、ちょっと……」

一方的に言い残し、直也さんがドアの向こう側へと消えた。

「夏陽ちゃん。もうそろそろ、いいんじゃゃない？」

ハリーさんが私の手もと……ティーポットを指差した。

「忘れてた。危ない危ない」

私はティーポットとティーカップを載せたトレイを、純也さんのテーブルに運んだ。

「お待たせしました」

「本当だ。物凄《ものすご》く、素敵な色をしてますね」

窓の外を眺めていた純也さんが、カップの中のルビー色の紅茶をみて感嘆のため息を漏らした。

「前に、失礼してもいいですか？」

「どうぞ」

純也さんが、右手を向かい側の席に差し出した。

「さあ、召し上がってください」

純也さんが小さく顎《あご》を引き、ティーカップを口もとに運んだ。

私は、息を呑《の》んで彼の表情を窺《うかが》った。テーブルの下で重ね合わせた指先を、きつく握り締めた。

「こんなにおいしい紅茶を飲んだのは、初めてです」

純也さんが、無邪気に破顔した。

「そう、よかった」

私は、強張《こわば》りそうになる口もとを無理に綻《ほころ》ばせて頷いてみせた。言葉とは裏腹に、私の心は、深い闇に包まれた。

ハリーさんにたいして、ハルちゃんにたいして……そして、自分にたいして、前向きに接してきた。

けれど、数えきれないほどふたりで飲んだキャンディティーを、まるで初めて知ったように言われてしまうと、張り詰めてきた糸が切れてしまいそうだった。

「はい、これはサービスだよ。食いしん坊の夏陽ちゃんが忘れるなんて、珍しいね」

ハリーさんが、からかうように言いながら、ふたつのオレンジマフィンが載ったケーキ皿を私と純也さんの間に置いた。

「ありがとうございます。これ、なんですか？」

純也さんがハリーさんに礼を述べ、私に訊ねてきた。

私は、弧を描いた唇を崩さないようにするだけで精一杯だった。

「これは、オレンジマフィンなんだよ。スポンジにオレンジピールがちりばめられていて……」

私の代わりに説明するハリーさんの声が、鼓膜から遠ざかっていった。

ふたつ仲良く寄り添うオレンジマフィンは、私とあなた。

あなたは、忘れてしまったのね。

空気に溶け込む霧のように、なにもかも……。


私も、あなたを忘れることができたら、どんなに楽でしょう。

でも、星純也という男性を、私の記憶から消してしまうには、あまりにも、あなたを深く知り過ぎてしまったの。

もう一度、夏陽、と呼んでもらいたい。

もう一度、あなたの腕の中で赤ん坊のようにまどろみたい。

ハリーさんの蘊蓄《うんちく》に真剣に耳を傾ける純也さんの横顔が、ぼんやりと霞《かす》んでゆく。

「夏陽ちゃん。買い出しがあったんじゃないのかい？」

ハリーさんの声で我に返った。

「あ、そうだった。ごめんなさい。すぐに、戻ってきます」

私は顔を伏せ気味にして言うと、席を立ち、小走りにドアへと駆けた。

父の遺体が横たわる薄暗い部屋を飛び出したときのように……。

私は、いったい、どこへ行こうとしているのだろうか？

あのときの川原は、もう、どこにもないのに……。

チリリン　チリリン

いつになく寂しげなドアチャイムの音色が、胸に冷え冷えと響き渡った。

◇　　◇

「ブローニュ」から駅へ続く道とは反対方向に進んだ場所にある、児童公園のベンチに腰かけていた直也さんが軽く手を上げた。

園内には、子供連れの母子が砂場に、なにかに取り憑《つ》かれたように木の根もとの匂いを嗅《か》ぐ柴犬《しばいぬ》の背後で忍耐強く待つ飼い主らしき男性がいるだけだった。

「ごめんね。遅くなって」

明るく振る舞う私に労《いたわ》るような瞳《ひとみ》を向けた直也さんが、見覚えのあるブルーのファイルを差し出した。

「これ……純也さんの思い出帳じゃないの？」

私はファイルを受け取りながら、直也さんの隣に腰を下ろした。

「リハビリのつもりで、アトリエにあったそのファイルを兄貴に読ませようとしたんだ。仕事から戻ってくると、いつも、机に頰杖《ほおづえ》をついて、患者のことを書き込んでいたからね。でも、違った。兄貴が、自分のことを日記につけているなんて、初めて知ったよ」

直也さんが、つらそうに顔を歪《ゆが》ませた。

「私は、知ってたわ。去年の夏に、ふたりで北軽井沢の別荘に旅行したときに、偶然に、みてしまったの。『ブローニュ』で私と出逢《であ》ってからのことが綴《つづ》られていて……病気のことも、それで知ったの」

「ここに書かれているのは、君と逢う前のことなんだ」

「私に逢う前の？」

「そう。とにかく、読んでみてほしい」

私は直也さんに促され、思い出帳のページを開いた。

三月五日　金曜

今日、駅前の通りで、君の名前を耳にしたとき、僕は反射的に声の主を探した。

君の名前を呼んだのは、まんまるな顔をした健康的な女のコだった。

ナツヒ、という響きは珍しく、ほかにそうある名前ではなかった。

そして、その響きは、僕の中では、忘れられないものとなっていた。


三月五日。これは、直也さんの言うとおりに、純也さんが「ブローニュ」に現れる以前に綴られたものだった。

それにしても、なぜ、純也さんは、私の名前に反応したのだろう？　私は、思い出帳の続きを視線で追った。


あれは、十七年前のことだった。僕の母は、車の運転中に対向車と事故を起こして亡くなった。

その前日、母は、高熱を出した僕を夜通し看病してくれた。そのまま一睡もせずに、仕事の打ち合わせに向かう途中での悲劇だった。

当時七歳だった僕の幼心に、母が死んだのは自分のせいだ、という罪の意識が無意識のうちに刻み込まれた。

霊安室のベッドに横たわる、変わり果てた母の姿をみたときには、一切のことがなにも考えられなくなり、ただ、呆然《ぼうぜん》と立ち尽くしていることしかできなかった。

不思議と、涙が出なかった。それが悪いことのように思え、一生懸命に涙を流そうとする自分がいた。

親戚《しんせき》と幼い直也までが泣いているというのに、一滴の涙も零《こぼ》れない自分がいたたまれず、僕は霊安室を飛び出していた。


文字を追い求めるうちに、呼吸が荒くなってきた。

ここに綴られている出来事は、私の過去の一ページにとてもよく似ていた。

気づいたときには、川原にきていた。薄桃色の夕焼け空に向かって泣いている女の子の背中が遠くにみえた。

その泣き声を聞いているうちに、あれほど出なかった涙が自然と溢《あふ》れ出し、そのうち僕まで大声を上げていた。

泣き声が空に吸い込まれても吸い込まれても、涙が止まらなかった。

人間の躰《からだ》の中には、こんなにもたくさんの涙があるのか、と思うほどに号泣した。

でも、母はもう泣くこともできないんだと思うと、よけいに涙が止まらなかった。


思い出帳を持つ手が震え、文字が霞んだ。半開きになった唇から、嗚咽《おえつ》が漏れ始めた。

さっきまで泣いていたはずの少女が、いつの間にか、僕の正面に立っていた。

私も頑張るから、お兄ちゃんも泣かないで。私だって、我慢してるんだからね。

あのときの少女の言葉は、いまでも、まるで昨日のことのように覚えている。洟《はな》を啜《すす》りながら、眼を真っ赤に染め、唇をぎゅっと噛《か》み締め、無理やりに拵《こしら》えた笑顔も、僕は忘れない。

はい、これ、あげる。パパがくれたの。哀しくなったときに、匂いを嗅ぐと笑えるんだって。ほら、ね？

少女は、太陽の絵となつひ、という文字が刺繍《ししゅう》された小さな麻袋を鼻に当てると、泣き笑いの表情で差し出した。

僕も、少女のまねをして、麻袋の匂いを嗅いだ。

その甘酸っぱい香りは暗闇に覆われていた心に光を射し、出口はここだよ、と僕に教えてくれた。

そう、僕は夏陽という太陽の子に救われた。

純也さんの文字の輪郭が、涙に滲《にじ》んだ。

私は眼を閉じ、記憶の車輪の回る音に耳を傾けた。

暗く冷え冷えとした部屋から廊下に駆け出したときに、隣のドアの前で青褪《あおざ》めていた男性は、純也さんのお父さん……そして、川原で泣きじゃくっていた私のほかに、もうひとり、泣いている男の子がいた。

息を止め、耳を澄ました。記憶の車輪の回る音が、次第に大きくなる、大きくなる、大きくなる……。

その男の子は、私よりいくつか年上のようにみえた。

空を見上げ、顔をトマトのように真っ赤にして泣いていた。

そう、私はひとりじゃなかった。私と同じように、光を見失いそうになっている男の子がいた。

私は、男の子の心を染める闇を取り払ってやりたかった。そうすれば、自分自身も光を放つことができ、黒の世界から抜け出せる……無意識に、そう考えていたのかもしれない。

母が作ってくれた大切なカモミールの麻袋は、なくしたものだと思い込んでいた。

違った。私達は十七年前に、出逢っていた。

私の頭の中から、川原にいた男の子の記憶だけが、すっぽりと抜け落ちていた。

運命の人を忘れてしまったのは、純也さんではなく、私のほうだった。

彼は、ずっと、あの日のことを覚えていてくれた……吾妻夏陽という女性のことを、思い続けていてくれた。

「俺が初めて夏陽ちゃんに会った日に、兄貴が事故にあっただろう?」

直也さんの問いかけに、私は眼を閉じたまま頷《うなず》いた。

「兄貴、大切な物を落として、それを取りに戻ろうとして事故っちゃったっていう話、覚えているかい？」

ふたたび、頷く私。抜け殻のように、弱々しく、無気力に。

純也さんが、そんなに慌てるなんて珍しいね。お財布でも落としたの？

純也さんの家を訪れる日に、彼は、道で大事な落とし物をして、慌てて引き返そうとしたときに路地から飛び出してきた自転車に撥《は》ねられ頭を怪我したのだった。

「この日記に書いてある麻袋って、カモミールとかいうハーブだろう？」

「どうして、それを？」

相変わらず眼を閉じたまま、震える声で私は訊《たず》ねた。

「兄貴の事故の原因は、そのカモミールの麻袋なんだよ」

「え……なんですって？」

私は見開いた眼で、直也さんをまじまじとみつめた。

「あとから、兄貴に訊《き》いたのさ。そのときは、なんでそんなものを取りに行くんだ、って呆《あき》れたよ。でも、日記を読んで納得したよ」

お金より、大切な物さ。

直也さんの声に、純也さんの声が重なった。

そのときの私は、道に落とした「その大切な物」を、昔の恋人から貰《もら》った手紙や写真なのではないかと、ヤキモキしたものだった。

純也さんが取りに戻ろうとしていたのは、五歳の私から貰ったカモミールの麻袋だった……。

「ねえ……その麻袋、どこにあるか、知ってる？」

遠くから風に乗って聞こえてくる葉擦れの音のように、微《かす》かな声。

私は、思い出帳の続きを読みながら訊ねた。

「え？」

「カモミールの麻袋のことよ。いま、どこにあるの？」

今度は、はっきりとした声だった。

「ああ……兄貴が持ってるよ。こっちにきてからも、肌身離さず、ずっと持ち歩いているんだ。事故の原因になったものなんか、縁起が悪いから捨てちまえって言ったらさ、ひどく怒ったことがあってね。いったい、それ、どうしたんだよ？って訊いても、わからない、でも、大切なものなんだ、ってね。まあ、あのとき日記を読んでいれば俺も……おい、どこへ行くんだよ？」

私は、思い出帳を胸に抱き、腰を上げていた。

誰かが私になにかを言っている……聞こえない、なにも、聞こえなかった。

ひとりでに、足が動いていた。鳥も風も追いつけないほどに、はやくあの人のもとへ戻りたかった。

僕は夏陽より二学年上だから、彼女が小学校四年生のときまでは、校庭で元気に駆け回る君を、廊下で友人達とはしゃぐ君を、陰から見守ることができた。

中学生になってから、君が進級してくるまでの二年間は、とても長かった。

高校は、恐らく別々の学校になる。それがわかっていた僕にとって、残された中学生活の最後の一年間は、特別な日々だった。

真新しい制服を着た君は、二年前より、ちょっぴり大人っぽくなっていた。

でも、思わず眼を閉じてしまう夏の陽射しのように眩《まぶ》しい笑顔は、そのままだった。

中学校での一年間も、小学校のときと同じように、僕は、陰から君を見守るだけだった。

◇　　◇

視界の端の景色が、物凄《ものすご》いスピードで流れてゆく。

彼のもとに戻るためなら、私は、鳥にだって負けはしない。

やがて、別れのときがきた。

僕らは別々の高校に進学し、二度と、会えないものと思っていた。

君のいない日々の僕は、あの川原で泣いていたときのように、真っ暗な洞窟《どうくつ》を彷徨《さまよ》っているようだった。

でも、もう、哀しみを抱擁して生きていくつもりはなかった。だって、夏陽は、僕に負けないくらいの心の傷を受けているはずなのに、あんなに潑剌《はつらつ》と、強く生きているのだから。

こうしてふたたび、九年振りに君と再会できるとは思ってもみなかった。

再会、というのとは違うかな。僕が、一方的に、君に恋をしていたのだからね。

息が上がり、肺が破れそうだったけれど、私は駆け足のピッチを落とさなかった。

彼に、心に決めた言葉を口にするためならば、私は、風にだって負けはしない。

三月二十日　土曜

ナツヒ。すっかり美しく大人の女性になった君は、「ブローニュ」という紅茶専門店に勤めていた。

僕は、君のおかげで、人助けのできる人間になれた。いつか、そのお礼を言おうと、ずっと心に決めていた。

花の蜜《みつ》に誘われる蝶《ちょう》のように、僕は「ブローニュ」に通った。もちろん、君は、いつも同じ時刻に、同じ場所でキャンディティーを注文する男性客が、五歳の頃に自分が救い、小学校、中学校と自分のことを陰から見守っていた少年とは、夢にも思ってなかったよね？

いままでそれを口にできなかったのは、僕があのときの少年だということを思い出すと、君のお父さんの事故まで思い出させてしまいそうで、それが怖かったから。

君の笑顔が翳《かげ》るのが、怖かったんだ。


「ブローニュ」の建物が、どんどんと近づいてくる。

ごめんね、純也さん。あなたの記憶があるうちに、思い出してあげられなくて……。


僕は、真実を語ろうと決めた。

もう、恐れる必要はない。夏陽は、強い女性になった。

もともと、僕なんかより、ずっと強い女性だった。

でも、それを言うのは、君と正式におつき合いができたとして、それからにしようと思う。

僕がそばにいれば、万が一、君がお父さんのことを思い出して闇に囚《とら》われそうになったときに、支えてあげられるだろう？

今度は、僕が光を射してあげる番だ。


また、君は、僕に闘う勇気を与えてくれたね。

いつか、純也さんが独り言のように呟《つぶや》いたことがあった。

彼は、十七年前のことを振り返り、そう言ったに違いなかった。

そのときも、気づいてあげられなかった。


君の光になるために、真実を語る前にデートに誘おうと思っている。

もう、誘い文句は決めてあるんだ。

おいしい紅茶を、飲みに行きませんか？　ってね。

生まれて初めて、女性に恋をした。

僕には、今後、君以外の女性を好きになることはないという自信がある。

だから、この誘い文句は、永遠に、君だけに向けられる最初で最後の言葉だよ。


おいしい紅茶を、飲みに行きませんか？


完全に記憶を失ってから、再会した「初対面」の私に、純也さんはそう言った。

二度目だけれど、ふたり目ではなかった……永遠に、私だけに向けるという彼の言葉に、嘘はなかった。

「ブローニュ」の建物の前で立ち止まり、私は乱れた呼吸を整えた。

窓の向こう側では、純也さんがティーカップを傾けていた。ほどなくして、私の姿を認めた彼が、あの、眼のなくなる微笑みを浮かべながら、軽く頭を下げた。

「私にも、あなたに言おうと決めた言葉があるの」

私は、純也さんに語りかけた。

もちろん、窓ガラス越しの純也さんに私の声は届かない。

この先、病状が進行してゆけば、毎日の思い出がリセットされ、翌日は初対面になるのかもしれない。

それでも、私の気持ちに揺るぎはなかった。

何度生まれ変わっても……どんなに離れた場所にいても、ふたりは引き寄せられ、思い出のボートで澄み渡った湖面を漂うの。

私と純也さんが出逢《であ》ったのは、奇跡なんかじゃない。

だって、きっと生まれる前から、私達はそう約束していたんですもの。

チリリン　チリリン

出るときとは違って、温かな音色を響かせるドアチャイムに、窓から首を巡らせた純也さんと眼があった。

あなたに逢えてよかった。

私は、数秒後に口にするだろう言葉を、心で呟いた。


（完）

解説

中辻理夫

新堂冬樹の作家史において〈純愛小説三部作〉は代表的な仕事の一つと言っていいだろう。第一作『忘れ雪』は二〇〇三年、続く『ある愛の詩《うた》』は二〇〇四年、そして本作『あなたに逢《あ》えてよかった』は二〇〇六年と、いずれも角川書店から刊行された。ストーリー上のつながりはないが、作品全体を覆うカラー、テイストは共通している。

純愛という単語から、自己犠牲をためらわない、ひたすら献身的な愛の形を連想する人は少なくないだろう。とりわけ本作は、記憶障害の病気におかされ始める恋人を見捨てず愛し続ける女性が主人公で、いわゆる難病もののラブストーリーである。三作のなかで最も純愛の一般的イメージに忠実なのだ。しかしながらさすが新堂冬樹、単にイメージをなぞるだけで終わらせてはいない。自己犠牲、献身とは果たして何ぞや、という根本的な問いまでをも含ませ書いている。ここに深みがある。

本作ならではの魅力について語るため、まずは別の作家の小説を紹介させていただきたい。荻原浩《ひろし》『明日《あした》の記憶』である。二〇〇四年に刊行された山本周五郎賞受賞作だ。

主人公は広告代理店に勤める五十歳の男性である。長年、第一線の営業マンとしてバリバリ働き、今や部長の立場にあることを誇りに感じている。そういう彼が若年性アルツハイマー病を患う。

神経内科医・志村秀樹が著した『本当の若年性アルツハイマー病　誤解だらけの難病を理解する最新知識』(二〇〇七、アスペクト) によれば〈アルツハイマー病には早発例と遅発例があり、65歳未満の人が発症するのが早発例〉だという。あらわれる代表的な症状としては主に記憶障害、見当識(=時間や場所、他人および自分自身などに対する認識) 障害、言語障害等があり、そして一般的に〈発症してから亡くなるまでの罹病《りびょう》期間は、平均で8年〉と言われているのだ。

『明日の記憶』は主人公の〈私〉という一人称語りでつづられる小説だ。病いが進行するに連れ自身の能力、とりわけ記憶力が加速度的に失われ、そう遠くもない死を迎える恐怖心が克明に描かれる。改めて妻、一人娘とつむいできた想い出を見つめ直す。時期を同じくし、娘の結婚話が具体化する。彼女はすでに妊娠しており、〈私〉は新しい生命の誕生を心から喜ぶ。己れが刻一刻と消えゆく恐怖があるから、過去、そして消えたあとの未来、つまり、自分は確かに生きていたという証しに救いを求めるのだ。

そして本書『あなたに逢えてよかった』は、消失していく当事者ではなく、その当事者を失いたくないと切に願う女性が主人公の物語である。

二十二歳の吾妻夏陽《あずまなつひ》は東京・自由《じゆう》が丘《おか》の紅茶専門店「ブローニュ」でウエイトレスとして働いている。女性同士やカップルの客がほとんどの店だ。そこにある青年が一人で、定期的に訪れるようになる。背が高くスリムな体型、いつも窓際の席でファイルを眺める姿は物静かな空気を漂わせている。注文を取るとき見せる穏やかな笑顔に、夏陽は急速に惹《ひ》かれていく。

彼は横浜の病院で働く作業療法士だった。医師ではないが認知症やＭＣＩ＝Mild Cognitive Impairment（日本語訳は軽度認知機能障害）の患者を相手に治療の手助けをしている。常に手元に置いてあるファイルには、患者たちの大切な過去の記憶を整理した書類がはさまれているのだ。

そんな彼が唐突に、しかし少しも押しつけがましくない調子でデートに誘ってきた。勤め先の近くにある桜木町《さくらぎちょう》の紅茶専門店に連れていってもらう。そこで初めて夏陽は青年から自己紹介を受け、星純也《ほしじゅんや》という名を知るのだった。年齢は二歳上。初めての二人だけの映画鑑賞、初めての自宅訪問。関係は深まり、夏陽は胸一杯の幸福感を味わう。しかし間もなく、純也の行動に奇妙さが垣間見えるようになる。約束を忘れることが度重なった。彼自身がＭＣＩに陥ってしまったのである。

ここで〈純愛小説三部作〉の一作目『忘れ雪』が出た当時を振り返ってみよう。作風の変化が大いに話題を呼んだ。一九九八年のデビュー以来、新堂冬樹と言えば主に金融業界を舞台にしたダークで残虐な犯罪小説の書き手として知られていた。代表作は『無間《むげん》地獄』（二〇〇〇）である。それが一転、良心的な獣医師が胸に抱き続ける一途な恋心を描いた。

なるほど、確かに当時であればその変身ぶりはあまりに突然であった。しかしその後、三部作を完成させ、ほかにも『誰よりもつよく抱きしめて』（二〇〇五）、『百年恋人』（二〇〇七）とコンスタントに純愛ものを発表しているわけだから、つまりは少しも特殊な作品ではなかったのである。

今や、残虐描写に徹した犯罪小説群を〈黒新堂〉作品、純愛（あるいはそれに近い優しい世界観にあふれた）小説群が〈白新堂〉作品、と一般的に分けて称せられることが普通になった。二つのタイプを読み比べてみたとき、この作家が作品ごとのテーマに最も合った〝型〟を重視し、それが極端な表現につながっていると理解できよう。すなわち中途半端な残虐、中途半端な純愛は描いていないのである。

小説とは基本的に作家と読者とのコミュニケーションを第一に目指すものだ。読者を楽しませるためには、多かれ少なかれ、ジャンルごとのお約束パターンをプロの作家は会得しなければいけない。そして新堂冬樹は、あらゆるパターンを、おそらく膨大な読書量によって血肉化しており、それを執筆時、目一杯に駆使するのだ（このあたりの作家性については、二〇〇八年刊の『血塗られた神話』幻冬舎文庫に収められた杉江松恋の巻末解説を参照されたい）。

『忘れ雪』刊行当事、新堂冬樹はインタビューで次のように語っている。

〈脇役としては犬もかなり重要なキューピット役として物語の中に組み込んでいる。日本人って王道が好きだと思うんですよ。犬の忠実さ・かわいらしさ、物語の切なさ・美しさ。すれ違いのじれったさ、残酷な時の流れとか。いかに幅広く共通する〝涙のツボ〟をつくか、それをかなり意識しましたね〉（「Special Interview　新堂冬樹」取材・文＝白河桃子、『ダ・ヴィンチ』メディアファクトリー、二〇〇三年三月号）。

このスピリットは三部作すべてに貫かれている。ベタと言ってもいい。とりわけ完結篇である本書は、ベタ度がピークに達している。三人称叙述で書かれた先の二作と違い、夏陽の

〈私〉という一人称でつづられる。ゆえに主人公の内面がストレートに吐露される。二十二歳の、まだ大人になり切れていない女性の繊細で純粋で、自意識過剰の心の揺れ動きが横溢《おういつ》しているのだ。

紅茶というロマンティック・ツール、主人公がいつも心の拠《よ》り所にしているぬいぐるみというファンシー・ツールが、随所に登場する。純也と会うときはいつも心臓がドキドキし、〈騒がしくて、おっちょこちょいの私〉が彼にどう見られているのか不安でしょうがない。

大人と子供との違いには様々なものがあるけれど、自意識の強度なるものも、その一つと言えよう。ある程度の年齢を重ねた者は、自分が人にどう見られようがあまり気にしない。あるいは、素の自分を出したいとは特に思わず、社交辞令の技を駆使し人と接する。しかし青春時代は、そうした境地に達していない。自分は自分のままで人と接していたい、という強烈で純粋な意志を抱き、しかし、では本当の自分とは何なのか突き詰めて考えると分からなくなる苦悩にも陥る。両者のあいだにはさまれ、なおさら心の不安定感が増していくのだ。

夏陽は〈騒がしくて、おっちょこちょいの私〉を肯定している、つまり、自分のキャラクターを愛している。一方で恥じらいも感じ、変化、成長したいと思う。

そういう彼女の恋人が記憶障害の症状を刻一刻と悪化させていく。奈落《ならく》の底へ突き落とされる。そう、作者はロマンティック、ファンシーといった物語世界をあえてベタに構築したあと、それを思い切り反転させてしまうのだ。悲愴《ひそう》感が一気に倍化する。

できれば先に紹介した『明日の記憶』と比べながら読んでいただきたい。自分の記憶が失われていくのは当然、恐ろしい。一方、自分ではない、だけれど愛する人の記憶障害を見つめ続けるのも恐ろしい。彼の記憶から自分が消えるというのは、つまり、自分そのものが彼にとってなくなることとイコールである。

夏陽は、自分を大切にしているから、純也を愛し続けようとするのだ。〈私〉は確かに〈私〉だ、という実感を失いたくないからこそ、彼の病気が悪化してもずっと一緒にい続け、支えていたいと願う。これはおそらくあらゆる恋愛の根本にある感情で、傍目《はため》からは自分を捨てているように見えても実は自分のために献身的な愛を捧《ささ》げている例は珍しくない。〈私〉とは何なのか、つかみ切れていなかった女性が、自己犠牲、献身によって〈私〉をつかもうとする。こういう丁寧な手順を踏んでいるからこそ、本作は上辺だけのロマンティシズムに終わらない、れっきとしたリアリティーがあると言えるのだ。

本書は二〇〇六年十月に小社より刊行された単行本を文庫化したものです。

また、本作品はフィクションであり、登場人物や団体などは、実在するものと一切関係ありません。作中の病気・病名については実際とは異なる場合があります。

（編集部）

あなたに逢《あ》えてよかった

新堂《しんどう》冬樹《ふゆき》

平成22年 1月25日　初版発行
令和6年 4月30日　8版発行

発行者●山下直久

発行●株式会社KADOKAWA
〒102-8177　東京都千代田区富士見2-13-3
電話　0570-002-301(ナビダイヤル)

角川文庫 16092

印刷所●株式会社KADOKAWA
製本所●株式会社KADOKAWA

表紙画●和田三造

ISBN978-4-04-378105-8　C0193

角川文庫発刊に際して

角川源義

第二次世界大戦の敗北は、軍事力の敗北であった以上に、私たちの若い文化力の敗退であった。私たちの文化が戦争に対して如何に無力であり、単なるあだ花に過ぎなかったかを、私たちは身を以て体験し痛感した。西洋近代文化の摂取にとって、明治以後八十年の歳月は決して短かすぎたとは言えない。にもかかわらず、近代文化の伝統を確立し、自由な批判と柔軟な良識に富む文化層として自らを形成することに私たちは失敗して来た。そしてこれは、各層への文化の普及滲透を任務とする出版人の責任でもあった。

一九四五年以来、私たちは再び振出しに戻り、第一歩から踏み出すことを余儀なくされた。これは大きな不幸ではあるが、反面、これまでの混沌・未熟・歪曲の中にあった我が国の文化に秩序と確たる基礎を齎らすためには絶好の機会でもある。角川書店は、このような祖国の文化的危機にあたり、微力をも顧みず再建の礎石たるべき抱負と決意とをもって出発したが、ここに創立以来の念願を果すべく角川文庫を発刊する。これまで刊行されたあらゆる全集叢書文庫類の長所と短所とを検討し、古今東西の不朽の典籍を、良心的編集のもとに、廉価に、そして書架にふさわしい美本として、多くのひとびとに提供しようとする。しかし私たちは徒らに百科全書的な知識のジレッタントを作ることを目的とせず、あくまで祖国の文化に秩序と再建への道を示し、この文庫を角川書店の栄ある事業として、今後永久に継続発展せしめ、学芸と教養との殿堂として大成せんことを期したい。多くの読書子の愛情ある忠言と支持とによって、この希望と抱負とを完遂せしめられんことを願う。

一九四九年五月三日

角川文庫ベストセラー

忘れ雪　新堂冬樹

「春先に降る雪に願い事をすると必ず叶う」という祖母の言葉を信じて、傷ついた犬を抱えた少女は雪を見上げた。愛しているのにすれ違うふたりの、美しくも儚い純愛物語。

ある愛の詩　新堂冬樹

小笠原の青い海でイルカと共に育った心やさしい青年・拓海。東京で暮らす魅力的な歌声を持つ音大生・流歌。二人は運命的な出会いを果たし、すれ違いながらも純真な想いを捧げていくが……。

哀しみの星　新堂冬樹

母に殺されかけ、心に深い傷を負った高校生・沙織。そんな彼女が出会った盲目の青年・亮。「君は、なにも悪くない」と語る亮の言葉は荒んだ沙織の心に染み込んでいくが……運命に翻弄される男女を描く！

瞳の犬　新堂冬樹

飼い主に捨てられた犬と、母の死によって心に傷を負った介助犬訓練士。小さな幸せを掴もうとする彼らが起こした奇跡とは……『忘れ雪』の著者が紡ぐ、優しく哀しい物語。

アサシン　新堂冬樹

幼少の頃両親を殺された花城涼は、育ての親に暗殺者としての訓練を受け、一流のアサシンとなっていた。だが、ある暗殺現場で女子高生リオを助けたため非情な選択を迫られる……鬼才が描く孤高のノワール！

角川文庫ベストセラー

動物記　新堂冬樹

獰猛な巨大熊はなぜ、人間に振り上げた前脚を止めたのか。離ればなれになったジャーマン・シェパード兄弟の哀しき再会とは？　大自然の中で織りなす動物たちの家族愛、掟、生存競争を描いた感動の名作！

クジラの彼　有川　浩

『浮上したら漁火がきれいだったので送ります』。それが２ヶ月ぶりのメールだった。彼女が出会った彼は潜水艦（クジラ）乗り。ふたりの恋の前には、いつも大きな海が横たわる――制服ラブコメ短編集。

ラブコメ今昔　有川　浩

突っ走り系広報自衛官の女子が鬼上官に迫るのは、「奥様とのナレソメ」。双方一歩もひかない攻防戦の行方は⁉　表題作ほか、恋に恋するすべての人に贈る〝制服ラブコメ〟決定版、ついに文庫で登場！

県庁おもてなし課　有川　浩

とある県庁に生まれた新部署「おもてなし課」。若手職員・掛水は地方振興企画の手始めに、人気作家に観光特使を依頼するが、しかし……⁉　お役所仕事と民間感覚の狭間で揺れる掛水の奮闘が始まった！

レインツリーの国　有川　浩

きっかけは一冊の「忘れられない本」。そこから始まったメールの交換。やりとりを重ねるうち、僕は彼女に会いたいと思うようになっていた。しかし、彼女にはどうしても会えない理由があって――。

角川文庫ベストセラー

再生　石田衣良

平凡でつまらないと思っていた康彦の人生は、妻の死で急変。喪失感から抜けだせずにいたある日、康彦のもとを訪ねてきたのは……身近な人との絆を再発見し、ふたたび前を向いて歩き出すまでを描く感動作！

親指の恋人　石田衣良

純粋な愛をはぐくむ2人に、現実という障壁が冷酷に立ちふさがる——すぐそばにあるリアルな恋愛を、格差社会とからめ、名手ならではの味つけで描いた恋愛小説の新たなスタンダードの誕生！

ラブソファに、ひとり　石田衣良

予期せぬときにふと落ちる恋の感覚、加速度をつけて誰かに惹かれていく目が覚めるようなよろこび。臆病の殻を一枚脱ぎ捨て、あなたもきっと、恋に踏みだしたくなる——。当代一の名手が紡ぐ極上恋愛短篇集！

マタニティ・グレイ　石田衣良

小さな出版社で働く千花子は、予定外の妊娠で人生の大きな変更を迫られる。戸惑いながらも出産を決意したが、切迫流産で入院になり……妊娠を機に、自分の生き方を、夫婦や親との関係を、洗い直していく。

スイングアウト・ブラザース　石田衣良

ほぼ同時に彼女にフラれた33歳の男3人組が、大学時代の憧れのマドンナ、河島美紗子先輩のエステティックサロンの特待生になって、数々の難題をクリアし、モテ男を目指す！　笑って泣けるＴＩＰＳも満載！

角川文庫ベストセラー

落下する夕方　江國香織

別れた恋人の新しい恋人が、突然乗り込んできて、同居をはじめた。梨果にとって、いとおしいのは健悟なのに、彼は新しい恋人に会いにやってくる。新世代のスピリッツと空気感溢れる、リリカル・ストーリー。

泣かない子供　江國香織

子供から少女へ、少女から女へ……時を飛び越えて浮かんでは留まる遠近の記憶、あやふやに揺れる季節の中でも変わらぬ周囲へのまなざし。こだわりの時間を柔らかに、せつなく描いたエッセイ集。

冷静と情熱のあいだ Rosso　江國香織

2000年5月25日ミラノのドゥオモで再会を約したかつての恋人たち。江國香織、辻仁成が同じ物語をそれぞれ女の視点、男の視点で描く甘く切ない恋愛小説。

泣く大人　江國香織

夫、愛犬、男友達、旅、本にまつわる思い……刻一刻と姿を変える、さざなみのような日々の生活の積み重ねを、簡潔な洗練を重ねた文章で綴る。大人がほっとできるような、上質のエッセイ集。

はだかんぼうたち　江國香織

9歳年下の鯖崎と付き合う桃。母の和枝を急に亡くした、桃の親友の響子。桃がいながらも響子に接近する鯖崎……〝誰かを求める〟思いにあまりに素直な男女たち＝〝はだかんぼうたち〟のたどり着く地とは――。

角川文庫ベストセラー

チョコリエッタ　大島真寿美

幼稚園のときに事故で家族を亡くした知世子。孤独を抱え「チョコリエッタ」という虚構の名前にくるまり逃避していた彼女に、映画研究会の先輩・正岡はカメラを向けて……こわばった心がときほぐされる物語。

戦友の恋　大島真寿美

「友達」なんて言葉じゃ表現できない、戦友としか呼べない玖美子。彼女は突然の病に倒れ、帰らぬ人となった。彼女がいない世界はからっぽで、心細くて……大注目の作家が描いた喪失と再生の最高傑作！

かなしみの場所　大島真寿美

離婚して雑貨を作りながら細々と生活する果那。離婚のきっかけになった出来事のせいで家では眠れず、雑貨の卸し先梅屋で熟睡する日々。昔々、子供の頃に誘拐されたときのことが交錯する、静かで美しい物語。

ほどけるとける　大島真寿美

女の子特有の仲良しごっこの世界を抜け出したくて、高校を突発的に中退した美和。祖父が営む小さな銭湯を手伝いながら、取りまく人々との交流を経て、進路を見いだしていく。ほわほわとあたたかな物語。

モモコとうさぎ　大島真寿美

モモコ、22歳。就活に失敗して、バイトもクビになって、そのまま大学卒業。もしかしてわたし、誰からも必要とされてない――？　現代を生きる若者の不安と憂鬱と活路を見事に描きだした青春放浪記！

角川文庫ベストセラー